비밀

오 영 석　장편소설

비
밀

1

네오
픽션

|차례|

프롤로그
정우의 이야기 007

제1부 밝은 길
기소라의 시점 019

제2부 암흑의 길
이정우의 시점 203

프롤로그 정우의 이야기

지난 2년 동안 난 앞만 보고 달려왔다.

"축하해."

"이야, 오히려 남들보다 1년 앞서가네?"

태화 검정고시 수능 학원. 이제 내겐 이곳이 출신 고등학교 인 셈이다. 나는 고 1 때 퇴학당하고 지난 2년간 미친 듯이 공부만 했다. 그것만이 내가 진 빚을 갚는 길이라고 생각했기 때문이었다.

그리고 지금, 나는 그 출발선에 서 있다. 누구나 그렇듯이 출발은 어려운 법이다. 더구나 나 같은 인간은 더더욱…….

펑펑!

누군가 축포를 터뜨렸다. 생일상에나 어울리는 케이크가 책상 네 개를 모아 만든 탁자 위에 놓았고 사람들은 환한 얼굴로 박수를 치기 시작했다. 우리 반에서 대학에 합격한 사람들이 학원에 관련 서류를 떼러 왔다가 즉석 파티가 열린 참이었다.

검정고시 학원은 학교와 같은 시스템이었다. 교무실도 있고 담임선생님이 있는 건 물론이며 반장이나 주번까지 학교의 모습 그대로였다. 내가 다닌 곳만 이런지 다른 곳도 그러한지는 알 수 없지만, 학생들의 연령층이 다양하다는 것을 제외하곤 모든 것이 학교와 똑같았다.

"우리 반에서 몇 명 나온 거야?"

나이가 쉰이 넘은 숙자 아주머니가 아이들의 수를 세며 호들갑을 떨었다. 모두 뿌듯한지 입가에 미소만 짓고 있을 뿐이었다. 아주머니의 흥분한 목소리가 모두의 기분을 상쾌하게 했다.

"우리 반에서만 일곱 명이야. 대입 검정고시가 아니라 대학 합격자가 말이야. 세상에!"

"심지어 세 명은 안 왔어요."

담임이 웃으며 말했다. 한 반에서 열 명이나 대학에 합격한 것이다. 물론 지방으로 내려가는 녀석도 있고 2년제도 있다. 하지만 그런 것들이 지금 모인 사람들의 흥분과 기쁨을 누를 수는 없었다. 모두들 이제 다 끝난 것 같은, 성취감이 가득한 얼굴로 행복해하고 있었다. 하지만 나는 앞에 놓인 과자를 씹으며 조용히 있었다. 적어도 나에게 이것은 끝이 아니라 시작이니까.

날 아는 사람들이 들으면 믿지 않겠지만 난 이곳에서 내성적이고 공부만 하는 모범생이었다. 하긴 예전의 나라면 이런 자리에 참석조차 하지 않았을 것이다.

"아, 정우야, 너 이번에 한진대학교에 들어갔지?"

담임이 그렇게 조용히 있는 나를 보더니 내 어깨를 툭 치며 말했다.

"예."

"세진이도 거기 합격했다더라. 미대라는데."

"예, 압니다."

"아이고, 우리 정우, 이렇게 애가 숙맥이야."

내가 담임의 말에 별 반응을 보이지 않자 내 옆에 앉아 있던 숙자 아주머니가 내 머리를 쓰다듬어주었다. 마치 동네 꼬마를 대하듯 그 모습엔 정이 가득 묻어 있었다.

"어쩜 이렇게 말도 없고 착할까? 학교를 왜 그만뒀는지 모르겠네. 자, 이거."

아주머니는 연신 내 머리와 볼을 어루만지더니 내게 케이크 조각을 건네주었다. 나는 고개만 끄덕이고 케이크를 받아 들었다. 이런 나를 학원 아이들은 왕따를 견디지 못해 자퇴한 거라고 믿는 눈치였다. 어른들은 내가 혹시 다른 힘센 아이들에게 괴롭힘을 당할까 봐 날 돌봐주곤 했다. 사실 학원에도 뒷줄에 앉아서 공연히 거드름을 피우는 애들이 있기는 했지만 그 애들은 학원에 잘 나오지 않았다. 나오더라도 한 시간 듣다 제 맘대로 짐을 챙겨 가버리기 일쑤였고 어쩌다 한번 나 같은 아이들에게 돈을 뺏는 것이 전부였다. 학원까지 다니는 우리 신세를 그네들도 알아주었던지 학교에서처럼 심하게 굴지는 않았다. 어쨌든 나는 학원에서 약골에다 불쌍한 왕따 정도로 비춰졌기 때문에 나름대로 동정까지 받고 있었다. 숙자 아주머니 역시 이런 나를 가엾게 여기고 평소에 잘 챙겨주시는 분이었다.

글쎄, 나로서는 잘 견뎌온 시간이었다.

"야!"

조촐한 파티를 마치고 검정고시 학원 건물을 나서자 한 녀석이 날 불렀다. 같이 검정고시를 준비하던 남욱이었다. 녀석의 친구들과 함께 옹기종기 서 있는 모습이 돈이 궁한 모양이었다.

"야, 돈 좀 주라."

남욱이 싱글거리며 다가와 내 볼을 손가락으로 툭 밀었다. 나는 이제 대입시까지 통과했지만 남욱은 몇 년간 학원을 다녔음에도 아직 고등 학력을 인정받지 못하고 있었다. 공부보다는 밖에서 친구들과 몰려다니기에 급급한 녀석이었다. 하긴, 너 같은 녀석이 어떻게 인생을 사는지 나도 알고 있긴 하지.

"얼마가 필요하냐?"

"한 2만 원. 여긴 웬일이야?"

"뗄 서류가 있어서."

"뗄 서류?"

"응."

"대학 붙은 거야?"

"응."

"쓰발."

남욱은 싱긋 웃더니 담배를 빼내 입에 물었다.

"잘됐네. 축하한다. 미친 듯이 공부에 매달리더니, 너 빨리 나간다?"

"그렇게 됐네."

나는 지갑을 열어 2만 원을 꺼냈다. 남욱이 손을 내밀어 다급하게 챙겼다.

"넌 특이한 녀석이야. 하도 공부만 하기에 외고나 과학고에서 내신 때문에 학교 그만둔 케이스인 줄 알았다. 그런데 그런 애들은 고시 학원엔 잘 안 오거든. 왔다가도 며칠 나오다 그냥 단과 몇 개 끊고 혼자서 공부하지."

"그래?"

"그래. 그런데 넌 학원 일과도 안 빠지고, 거기에 단과도 듣고, 완전히 공부에 걸신들린 놈 같았잖아?"

"내가?"

"그래, 인마. 그런데 첫 모의고사 봤을 때 네 점수 보고 완전히 깼지."

나는 어깨를 으쓱거리며 정말 깼다는 표정을 짓는 남욱을 보고 웃음을 터뜨렸다.

"하하."

"그때 너 몇 점이었지? 하여튼 난 문제를 푸는 것보다 그냥 찍는 게 성적이 더 잘 나오거든. 그런데 알고 보니 너도 나하고 같은 과더라고."

"하하하."

나는 소리 높여 웃었다. 그랬다. 난 지난 2년간 미친 듯이 공부했다. 대입 자격 검정고시를 첫 해에 패스하고 이듬해 처음 준비한 대입시에서 만족할 만한 점수를 얻어낸 건 전혀 이상한 게 아니었다. 난 2년 동안 단 한 순간도 한눈을 팔지 않았으니까. 그건 두 사람의 목숨을 빚으로 지고 있는 내겐 당연한 일이었다.

"쳇, 그런데 넌 나보다 까마득히 앞서 있네."

항상 돈이 궁해서 그렇지 정은 있는 녀석이었다. 녀석도 자신의 신세가 답답한지 연신 담배만 뻑뻑 빨아대고 있었다.

"너도 공부 열심히 해봐. 그래도 고입 자격은 있잖아."

"카하하. 중 2 때 퇴학당하고 몇 년이 지났는데도 난 아직 중졸이야. 머리가 돌인 것 같아. 아, 참, 근데……."

"응?"

"너한테 궁금한 게 있어."

"뭐?"

"너 학교 왜 그만둔 거야?"

"응?"

"아무리 봐도 그만둘 애 같지 않은데. 지금 보면 딱 범생이 타입이잖아. 책만 파는 벌레 말이야."

"하하."

녀석은 궁금해 죽겠다는 듯이 나를 다그쳤다. 이 녀석은 워낙 학원에 나오지 않아 아이들 틈에서 떠도는 내 소문을 제대로 듣지 못한 모양이었다. 하긴 나왔다고 해도 녀석에게 말을 걸어줄 사람도 없었을 테지만.

"말해 봐. 사고 쳐서 잘렸냐? 아니면 인생이 지겨워서 가출했다 돌아왔더니 출석 미달이라 한 해 유급, 그런데 유급하기 싫어서 자퇴?"

상상력이 풍부한 녀석이었다. 바라보고 있는 것만으로도 즐거웠다.

"대체 뭔데? 난 커닝하다 걸려서 반성문 쓰라기에 그냥 바로 학교 그만뒀거든."

"너도 성질 급한 녀석이군."

"넌 뭐야? 그것 하나만 알려주라. 진짜 궁금해. 너처럼 돈 달라면 그냥 주는 약골에다 책만 보고 사는 애들이 학교를 그만둘 이유가 없는데. 혹시 왕따였어?"

"비슷해."

나는 녀석의 얘기를 듣는 게 재미있어서 웃으며 대답했다.

"아닌데. 키도 그만하면 꿇릴 정도는 아니고. 너 제법 뽀다구가 난단 말이야. 진짜 뭔데?"

"왕따였어. 학교 다니기 너무 괴로워서 그만둔 거야."

"이상한데. 한가락 했을 것도 같은데."

"다음에 보자."

나는 돌아섰다. 더 이야기하면 쓸데없는 이야기가 오갈 것 같았다. 어쨌든 내 과거는 비밀이니까. 등 뒤에서 남욱의 외침이 들려왔다.

"야! 너 진짜 그거야? 거짓말이지?"

"뭐가 거짓말이라는 거야?"

어느새 내 앞에 세진이 나타나 있었다. 과자 파티엔 나타나지 않았었다. 세진은 내 등 뒤를 흘긋 바라보더니 피식 웃었다.

"남욱이가 또 너보고 돈 달라고 하디?"

나는 어깨를 으쓱하며 말했다.

"너도 한진대라며?"

"응, 숙자 아줌마도 대학 합격했어, 알아?"

"알아, 좀 전까지 같이 있었어."

"우리 반에서 몇 명 나온 거야?"

"열 명."

"와, 많다. 너도 서류 떼러 온 거야?"

"벌써 뗐어. 떼고 와. 같이 가지, 뭐."

세진은 호기심도 많고 귀여운 데가 있는 여자애였다. 애초에 예고를 지망했는데 부모님이 반대하셨고, 별수 없이 인문계로 진학했지만 결국 인문계에선 그림 그릴 시간이 안 나서 학교를 걷어치웠다고 했다. 그런데 정말 인문계라서 그림 그릴 시간이 없었을까? 아마도 그건 아닐 것 같은데.

"다 됐어?"

나는 잠시 후 밖으로 나오는 세진을 보고 물었다. 남욱은 이미 친구들과 사라진 후였다.

"응."

"가자."

"근데 말이야. 너 진짜 순진한 것 같아. 난 이런 데 오는 남자 애들은 전부 양아치일 줄 알았는데, 넌 싸움도 할 줄 모르잖아. 어쩐지 모성애까지 일으키고."

언젠가부터 세진이 나를 보는 눈빛이 다르다는 것쯤은 나도 알고 있었다. 2년 전의 철없던 내가 아니니까.

하지만 그런 세진은 내게 부담스러웠다. 내 가슴속엔 단 한 명만 들어올 수 있을 뿐이다.

"가자."

"너하고 나하고 반대 방향이야."

팔짱을 끼고 가려는 세진에게 나는 중얼거렸다. 순간 날 끌던 세진이 멈춰 섰다.

"바로 집에 가게?"

"그럼?"

"아까 같이 가자고 하고선."

"이게 같이 가는 거지."

"풋, 귀여워."

세진은 그런 날 보며 웃음을 터뜨렸다.

"가자. 이 누나가 맛있는 거 사줄게."

세진은 나보다 한 살이 많았다. 물론 나는 맞먹고 있었다.

"됐어."

나는 세진을 보고 웃으며 붙잡힌 팔을 빼냈다. 몇 걸음 앞으로 옮겼을까?

"잠깐만."

그런 나를 세진이 휙 잡아당겼다.

"잠깐만. 너 얼굴에 이게 뭐야?"

"얼굴?"

"몸 좀 낮춰봐."

키가 작은 세진이 구두 뒤꿈치를 들며 내게 말했다. 세진의 키는 160센티 정도였고 나는 2년 전보다 거의 자라지 않았다. 하지만 아무래도 세진이 나와 얼굴을 맞대기엔 불편한 자세였다.

"이것 좀 봐. 너 이러고 밖에 돌아다녔어? 어우."

"뭐 묻었어?"

나는 세진을 향해 고개를 숙였다. 그와 동시였다. 세진의 입술이 내 입술에 닿았다 떨어졌다.

"어?"

"키스 마크. 넌 이제 내 거다?"

뭐야? 이건. 세진은 뭐가 좋은지 생글거리더니 살짝 윙크하고 도망치듯 멀리 뛰어갔다. 나는 멍하게 그 모습을 바라보며 중얼거렸다.

"세진아, 잘못 선택한 것 같은데……."

나는 얼떨떨한 기분으로 걸음을 옮겼다. 사라진 줄 알았던 남욱이 친구들과 골목 귀퉁이에 있는 것이 보였다.

"너 아직도 여기 있냐? 돈 줬잖아."

"아까 물은 거 대답은 해줘야지."

"왕따였다니까."

"진짜야? 거짓말 아냐?"

"믿기 싫으면 말고."

"아니, 저기."

막 걸음을 옮기려던 나를 남욱이 막아섰다.

"왜?"

"약골! 어디 가더라도 기죽지 말고 잘 살아라."

"고맙다."

"대학에는 나처럼 삥 뜯고 못살게 구는 망종은 없겠지?"

"모르지."

"하하하. 대견하네, 자식."

남욱은 내 머리를 마구 헝클어뜨리더니 내 엉덩이를 툭툭 쳤다.

"짜샤, 기죽지 말고 잘 살아. 너 같은 숙맥들 보면 왜 이렇게 가슴이 아픈지······."

"고맙다."

나는 남욱의 진심을 알 수 있었다. 입가에 배는 건 분명 흐뭇한 미소였다.

자, 이제 처음부터 다시 시작이다. 나는 정말로 출발선에 섰다. 나 같은 인간이 대학생이 된다고? 2년 전만 해도 나조차 상상 못 할 일이었다. 대학? 공부 잘하는 녀석들만 가는 줄 알았던 그곳. 내가 잘할 수 있을까? 언제나 출발은 힘겹다지만, 내 마음은 왜 이리 무겁기만 한 걸까.

'이봐, 통!'

환청이 들렸다. 나는 고개를 흔들었다.

난 이정우다.

단지 그것뿐이다.

과거는 없다.

있다고 해도 모두 비밀이다.

제1부_ 밝은 길
기소라의 시점

1.

띠리리리. 아침 8시 30분. 나는 침대에서 몸을 굴린 후 팔을 쭉 뻗어 자명종을 껐다.

"아읍, 조금만, 조금만."

누구한테 하는 소린지 나도 모른다. 그간의 나른한 생활이 몸에 밴 나에게 아침 8시 30분은 일반인들의 새벽이나 다름없다.

따르르릉.

일어나, 아침이야. 일어나, 아침이야.

곳곳에 배치해놓은 자명종이 시차를 두고 내 귀를 공격해왔다.

"어우, 씨!"

나는 우선 베개를 던져 발밑에 있는 자명종을 중상으로 만들었다. 곧바로 머리맡에 있는 자명종은 팔을 쑥 뻗어 꺼버렸다. 그러자 곧 TV가 켜지며 시끄럽게 떠들기 시작했다. 이어서 옷장 위에 올려놓은 자명종이 기차 소리를 내면서 온몸을 흔들고 있었다.

"어우, 좀 봐줘. 좀만. 5분만."

나는 이불 속으로 기어들었다. 더는 잠을 잘 수 없다는 것쯤은 나도 알고 있다. 그저 오만상을 짓고 한동안 웅크리고 있다가 이불 속을 기어 나와 시끄럽게 꽥꽥 울려대는 자명종과 TV를 하나씩 끄며 아침을 맞을 것임을 잘 알고 있다.

"야, 이 계집애야! 자명종 안 꺼?"

거실을 청소하는 엄마는 또 다른 자명종이다. 엄마는 내 방문을 확 열어젖히더니 청소기를 이불 속으로 마구 집어넣었다.

"엄마!"

"빨리 일어나. 10시에 입학식이라며? 씻고 밥 먹고 제시간에 학교 가겠니?"

"우웅, 밥 안 먹어, 밥 안 먹어!"

"어쭈, 이게. 빨리 안 일어나?"

위이잉. 엄마는 청소기의 흡입력을 강으로 올렸다. 내 머리카락이 청소기 안으로 빨려들고 있었다.

"아욱, 엄마!"

나는 앙칼지게 쏘아붙였다.

"일어난 거지?"

엄마는 그제야 승리자의 당당한 미소를 내게 보여주더니 청소기를 거두고 내 방에서 나갔다.

"무슨 엄마가 저래?"

나는 긴 머리를 벅벅 긁었다. 산발한 귀신 같다. 화장대 거울 속에 미친년 발광하는 것 같은 내 모습이 있었다.

"풋."

그 꼴을 보고 있자니 웃음이 터졌다.

"정신 차려, 기소라, 정신!"

나는 양손으로 얼굴을 탁탁 치며 거울 속의 나에게 말했다.

"후우, 이제 대학생?"

나는 겨울방학 내내 기른 머리를 손으로 훑었다. 아직도 짧다. 어깨 밑으로 조금 내려오는 정도. 내가 생각하는 길이가 되려면 두 달은 지나야 할 것 같다.

삐리리리리. 상념에 빠질 틈도 없었다. 화장대 위에 올려놓은 휴대폰이 요란하게 벨을 울리기 시작했다.

"여보세요?"

"너 지금 일어났지?"

지영이었다.

"아니, 아까 일어났지."

"조사하면 다 나온다. 9시 30분까지 올 수 있어?"

"금방이지."

"그래, 너 아직 잘까 봐 전화했어. 대충 챙기고 빨리 나와."

"알았어."

나는 전화를 끊고 기지개를 켰다. 사실 9시 30분까지 가려면 조금 벅차긴 하다. 하지만 그렇다고 굶을 수는 없는 일이다.

"엄마, 밥!"

"네가 챙겨먹어. 계집애가 매번 차려달래."

엄마는 아마 계모일 거다, 치! 매일 딸이라고 부려먹으려고만 하고.

"나 시간 없단 말이야. 씻고 나오면 바로 밥 먹게 차려주세용."

"누가 세상모르고 자래? 굶어."

애교도 안 통한다, 칫!

"안 먹엇!"

나는 앙칼지게 쏘듯이 말하고는 화장실로 들어갔다. 내가 대학생이 되는 첫날은 그렇게 시작되고 있었다.

9시 40분.

"야야, 지영아! 미안, 늦었지?"

"어쭈, 어설픈 화장? 너 입에 피 칠할 시간만 아꼈어도 제시간에 왔을 텐데?"

"어우, 야아, 내가 나중에 밥 살게, 응?"

"밥만 가지고 될까?"

"흑, 너무해. 울먹울먹."

나는 입으로 울먹거리면서 손등으로 눈 주위의 눈물을 닦아내는 시늉을 했다. 나의 귀여운 척에 지영의 표정이 잔뜩 일그러졌다.

"와, 나 방금 살인 충동 일어났어. 이래서 흉악 범죄가 생기는구나."

지영은 손으로 어딘가를 가리켰다.

"뭐? 햄버거 사달라고?"

지영이 가리킨 곳은 패스트푸드점이었다.

"그래, 배고파."

"꼭 지금 먹어야겠니?"

"그럼, 당연하지."

지영은 도끼눈을 치켜떴다. 안 사주면 살인이라도 할 것 같
았다. 사실 나도 배가 고팠다. 나는 아침을 먹어야 기운을 차리
는 아이였다. 하지만 그렇다고 기뻐하는 척하면 안 되겠지?

나는 어쩔 수 없이 사준다는 듯 인상을 구기며 앞장섰다.

"어우, 진짜. 할 수 없지. 가자."

그때 지영이 내게 착 달라붙어서 호들갑스런 목소리로 무언
가 말을 하기 시작했다. 아무래도 먹을 것을 뛰어넘는 구경거
리가 생긴 듯했다.

"야야, 기소라, 저기 봐."

"응?"

"우로 30도."

"우로 30도?"

나는 천천히 고개를 돌렸다.

"뭐 말이야?"

"저기, 폼 나지?"

하얀 남방을 입고 검은 조끼를 걸친 남자애가 보였다. 아직

추운 날씬데 봄가을 복장이었다.

"저기? 하얀 옷?"

"응."

길게 늘어뜨린 앞머리 덕분에 옆에서는 눈이 보이지 않았다. 저렇게 멋을 부리고 싶을까? 단정하게 앞머리 좀 치지. 햇빛 보기 두려운가? 뭘 그렇게 가리고 싶다고. 키는 175센티쯤 될까? 상체를 구부리고 있었지만 그 정도로 보였다. 굽힌 몸을 쭉 편다고 해도 180센티까지는 안 될 것 같았다. 하지만 다리가 길고 날씬해서 멀리서 보면 꽤 커 보일 것 같았다.

"지영이 넌 저런 애들 좋아하는 모양인데 뭐랄까, 음, 왠지 겉멋만 든 것 같으면서 가수 흉내 내고 다니는 그런 애들 있잖아. 지가 멋있는 줄 아는 밥맛이랄까?"

"멋있구먼, 뭐."

"야, 정신 차려. 저런 타입은 10대나 좋아하는 거야. 어머머, 순정 만화다, 와아아아! 그건 10대라고."

"나 아직 10대야."

"아, 맞다. 너 일곱 살에 학교 들어갔지? 역시 이런 데서 세대 차이가……."

"쳇, 괜찮지 않아? 늘씬하고, 어?"

"응?"

남학생 뒤에 어떤 여학생이 살금살금 따라붙고 있었다. 그러더니 남학생 옆구리를 쿡 찌르며 "왁!" 하고 소리치는 것이 들렸다. 하지만 그는 슬쩍 돌아볼 뿐 별로 놀란 것 같지는 않았다.

"세진이?"

"입학식 가는구나?"

"응."

남학생은 짧게 대답하고 피식 웃었다. 반가워서 웃는 건지 어색해서 웃는 건지 감이 오지 않았다. 분명한 건 여학생이 한 껏 반가운 척을 했는데 그에 비해서는 영 반응이 시원찮았다는 것이다. 그래도 여학생은 그것마저도 좋은 듯 냉큼 그의 팔짱을 꼈다.

"잘난 인간이네. 여자 친구 타박하는 것 좀 봐."

"넌 저게 여자 친구로 보이냐? 쟤가 인물값을 하는 거야. 난 이해할 수 있어. 저런 남자한테는 나 정도는 돼야……."

나는 지영을 노려보며 입술을 이리저리 움직여 구시렁거리는 시늉을 하고 먼저 걸음을 옮겼다. 남학생이 여학생과 팔짱을 끼고 우리 옆을 지나 걸어가고 있었기 때문에 우린 자연스럽게 그 뒤를 졸졸 따라가는 모양이 되었다.

"쪽팔린다. 좀 빼라."

남학생이 여학생에게 무뚝뚝하게 툭 던진 말은 내가 듣기에도 꽤 무례한 말투였다. 하지만 여학생은 그래도 좋다고 깔깔거리고 있었다.

"야, 누나가 끼워줄 때 즐겨, 응?"

그러자 남학생은 말없이 자신의 팔을 슬쩍 뺐다.

"그만 좀 꺼져. 난 너한테 관심 없으니까."

여학생이 차가운 말을 듣고 그 자리에 멈췄다. 뒤에서 따라

가던 우리도 멈췄다. 하지만 남학생은 관심 없다는 듯 여학생을 남겨두고 앞으로 나아갔다. 여학생은 심통이 난 얼굴로 그의 뒷모습을 바라볼 뿐이었다.

"성질머리 하고는."

나는 고개를 끄덕이며 지영이 들으라고 중얼거렸다.

"멋있구먼, 뭘."

"뭐? 저게 멋져? 딱 너 같은 년이 바람둥이 남자한테 헤어지자고 말도 못 하고, 울고불고 매달리다 여자 망신 다 시키는 그런 년이다."

"뭔 소리야? 기소라, 그런 타입은 너잖아. 난 쿨해."

"쳇."

"근데 햄버거 안 사줄 거냐?"

"아, 맞다."

우린 패스트푸드점으로 방향을 틀었다. 조금 전 구경거리는 어느새 머릿속에서 까맣게 지워버린 채.

2.

우리는 햄버거와 감자튀김을 게 눈 감추듯 먹어치운 후 콜라를 손에 들고 입학식이 열리는 대강당으로 들어섰다.

"우리 과 어디냐?"

"저기, 저기 국문과 있네."

우리는 팻말을 보고 서둘러 콜라를 쓰레기통에 던지고 쪼르르 달려갔다. 강당 상단은 학부모들, 그리고 신입생들이 데리고 온 친구들로 바글거렸다.

　"야, 저기 봐. 아까 걔!"

　지영이 손가락으로 그 틈새에서 그 하얀 옷을 입은 남학생을 가리켰다.

　"신입생이 아니고 친구 따라온 모양이다. 스탠드에 올라앉는 걸 보니."

　"그런가 보네. 아깝다."

　"정신 차리시지. 내가 보기엔 아까울 거 하나도 없네. 겉멋만 잔뜩 들어서는."

　"쳇! 넌 저런 남자라도 있냐?"

　"야! 너 거기서 그 말이 왜 나와? 그거 잘못된 유추의 오류인 거 몰라?"

　"아우, 진짜. 그래, 너 잘났다. 너 언어 영역 잘한다, 그래."

　"어? 인신공격의 오류! 너어?"

　"야야, 줄 서! 줄 서!"

　지영은 날 외면하더니 후다닥 줄을 찾아 들어갔다.

　"우, 띠불."

　내가 그런 지영을 향해 온갖 인상을 쓰며 불평하자 주위의 남학생들이 킬킬거렸다.

　"야, 기소라, 쪽팔린다. 너 어디 가서 내 친구라고 하지 마. 띠불이 뭐야? 교양 없게?"

"훙!"

지루한 입학식이 끝나고 선배들이 앞에 나와서 뭐라고 떠들기 시작했다.

"지영아, 뭐라는 거니?"

"인문관 202호실로 따라오래. 수강 신청 요령을 가르쳐준다네."

"가야만 하는 건가?"

나는 한숨을 내쉬었다.

"가야만 하는 거 아닐까?"

지영이 내 말투를 흉내 내며 나를 끌었다.

다음 날.

나와 지영인 오락실에서 서로 니나와 켄을 붙들고 피 터지게 싸우고 있었다. 이른 아침 시간이라 한쪽 구석에서 카드놀이를 하고 있는 남학생을 제외하고는 우리뿐이었다.

"쟤, 어제 걔 아냐? 하얀 옷인가, 뭣인가."

두 판 연속으로 내게 진 지영이 남학생을 가리키며 내게 속삭였다.

"맞는 것 같은데."

"뭐지? 우리 학교 학생 아닌 것 같았는데."

"부모한테 합격했다고 사기 치고 괜히 떠도는 애 아닐까? 마치 합격한 것처럼. 그런 애들 있대."

"에? 우리 학교가 뭐 그리 잘난 학교라고?"

"그래도 서울에 있는 학굔데? 야, 세 번째 판 떴다."

지영과 나는 다시 오락에 정신을 집중했다.

"아자! 아자! 아자!"

나는 눈에 불을 켜고 버튼을 타다다닥 눌러대며 켄을 공격하고 있었다.

"야야, 기소라, 강의 시간 다 됐어."

"분노의 킥을 받아랏!"

"강의 시간 다 됐다니까!"

"이겼다, 이겼다, 또 이겼다아!"

"노래 부를 때가 아니야. 빨리 가자."

"뭐? 몇 분 남았는데?"

"5분."

오락실에서 인문관까지는 10분 거리였다.

"으악! 가자."

나는 황급히 자리를 뜨며 새로운 상대를 만나고 있는 니나를 홀로 남겨둔 채 오락실을 나섰다. 그때였다. 내 옆을 스치고 지나가는 화난 표정의 그녀를 본 것은.

분명했다. 어제 하얀 옷을 입은 남학생과 승강이를 벌이던 여학생이었다. 뭐가 그렇게 심통이 났는지 잔뜩 화난 표정으로 오락실 안으로 들어갔다. 그녀는 분명 그를 향해 다가가는 것 같았고 어깨에 멘 가방과 손에 들고 있는 도구로 보아서는 얼핏 봐도 미대생 같았다.

"야, 뭘 봐? 강의 시간 다 됐다니까?"

"어? 어."

나는 남학생을 향해 다가가는 여학생이 입에 담배를 꼬나무는 것까지 보고서 강의실을 향해 달려갔다.

"후유, 아직 교수님 안 왔네."

"다행이다."

"어? 지영아, 나…….."

"왜?"

"지갑을 오락실에 두고 왔나 봐."

나는 버릇처럼 손가락을 물며 발을 동동 굴렀다.

"바보처럼 딴 데 정신 팔려서 가만히 서 있더니……."

"아이, 강의 시작하는데……. 아아아앙."

나는 울상이 되었다. 정확히 말하면 지갑이 아니라 다이어리를 두고 온 것이었다. 친구들이랑 찍은 사진들, 나한텐 큰돈인 3만원, 알뜰살뜰 삶의 지혜와 나의 바다 같은 감정이 넘실거리는 메모지들이 순간순간 내 눈앞을 스쳐갔다.

끼익.

강의실 문이 열렸다. 어, 쟤는? 하얀 옷의 그 남학생! 하얀 옷은 날 힐끔 쳐다보더니 무언가를 내게 툭 던졌다.

내 다이어리였다. 어떻게 된 거지?

"뭐야? 쟤 말도 없이 그냥 가네."

지영이 내게 속삭였다. 나는 약간 어안이 벙벙했다. 쓰레기통에다 휴지 던지듯 내게 다이어리를 툭 던지고 말없이 지나간 이 남자애는 뭔가 특별한 기운으로 날 압도하고 있었다.

'이름이 뭘까? 가까이서 보니까 좀 무섭네.'

강의가 시작되었다. 아직 출석부가 나오지 않은 상태여서 그 애의 이름을 확인할 수가 없었다. 강의는 간단한 과목 소개로만 이루어졌고 본격적인 것은 다음 주부터 시작한다고 했다. 교수는 일찌감치 강의 아닌 강의를 마치고 나갔으나, 우리는 조교 언니의 명령 덕분에 밖으로 나가지 못하고 기다리고 있었다. 강의실엔 서로 친하지 않아 어색한 기류가 흘렀다. '하얀 옷' 혹은 '겉멋'은 창가에 앉아 한 손으로 턱을 괴고 창밖을 내다보고 있었는데, 아무래도 순정 만화를 많이 본 애가 아닌가 싶을 정도로 그 행동에 공연한 멋을 부리고 있었다.

나는 지영에게 속삭였다.

"야, 쟤 겉멋 말이야. 좀 궁금하지 않니?"

"너도 드디어 내 안목을 받아들였구나. 쿠쿠. 다이어리 찾아줘서 고맙다면서 한번 찔러봐."

"진짜 그래볼까?"

궁금한 남자애였다. 얼핏 봐도 애들하고 어울리지 못하고 겉도는 것이 마음속에 비밀이 많을 것 같았다.

"얘들아, 잠깐만."

그때 강의실로 조교가 들어왔다.

"이기정 교수님 책은 『언어학』이고 수업은 다음 주 수요일부터. 그리고 정선미 교수님 수업은 이번 주부터 바로 시작한다. 교재는 『언어와 인간』, 그리고……."

조교는 한참 동안 수업 일정과 교재에 대해서 설명해주었다.

어느 교수는 학점 받는 게 까다로우니 어떻게 하라는 당부도 잊지 않았다.

"그리고 이정우! 이정우 없어?"

"예."

낮게 깔리는 저음의 목소리가 순간적으로 교실을 냉각시켰다. 이상한 힘이었다. 주위에 있던 아이들이 모두 소리가 난 쪽으로 고개를 돌렸다.

"야, 쟤가 이정우인가 봐."

지영이 낮은 소리로 속삭였다.

"너 수강 신청 안 했지?"

"예."

"나 따라와. 이제 집에 갈 사람은 가고, 교양 수업 있는 사람은 들으러 가면 돼."

조교 언니는 정우와 함께 어딘가로 사라졌다. 그러자 구석에서 이상한 소리가 들렸다.

"이정우? 많이 듣던 이름인데."

"설마 그 쌈꾼은 아니겠지? 우리 학군에서 얼굴은 몰라도 이름은 유명하잖아."

"설마? 그런 애들이 공부할 리 없잖아. 그리고 퇴학당했다던데."

"2년 전이니까 혹시 검정고시로?"

"말이 되는 소릴 해. 키도 보통이고 체격도 별로잖아. 아니야. 내가 듣기로 이정우는 보통 거인이 아니랬어."

34

"내가 듣기론 시라소니처럼 단신이라던데."

구석에 앉아 있던 남학생 둘이서 이정우란 이름만 갖고서 애기꽃을 피우고 있었다.

"저기요……."

나는 조용히 그들을 불렀다. 처음 보는 얼굴들이라 말 놓기가 쉽지 않았다. 모두 대화를 멈추고 날 빤히 바라보고 있었다. 짜식들, 민망하게 뭘 그리 열심히 보나, 쩝.

"예? 왜요?"

"아니, 이정우가 그렇게 유명한 사람이에요?"

"어느 학교 나오셨어요?"

"보현여고요."

"그럼 모르겠네. 동진고라고 있는데 그 일대를 1학년 때 쑥대밭으로 만든 신화예요."

"아하."

지영이 날 쿡 찔렀다.

"왜? 그 이정우였으면 좋겠어?"

"아니, 그냥."

"너 혹시 저 분위기에 반한 거 아냐?"

"난 저렇게 겉멋 타입 싫거든?"

"에, 에?"

지영이 나를 야유했다.

"근데 우리 이제 뭐 하지? 오늘 수업 없다는데."

나는 지영일 무시하고 짐짓 화제를 돌렸다. 하지만 지영은 정우에 대해서 더 이야기하고 싶어 했다.

"이정우한테 미친 척하고 데이트 신청해봐. 다이어리 찾아줘서 고맙다고."

"넌 유치하지 않냐?"

"오오! 기소라 생각은 있다는 소린데? 킥! 킥! 킥!"

지영은 웃음소리를 굳이 한 음절씩 떼어가며 웃고 있었다. 어쩜 저리도 얄미울까? 그때였다. 문이 열리며 정우가 들어섰다. 그리고 날 보자마자 내게로 다가왔다.

"어머, 웬일이야. 기소라! 기소라!"

지영은 주먹을 쥐고 아래위로 흔들면서 속삭이는 소리로 날 응원하고 있었다. 아니, 사실 놀리고 있었다.

"너 수강 신청 어떻게 했어?"

날 보자마자 다짜고짜 반말이었다. 하지만 그 낮은 목소리와 무표정한 얼굴엔 거역할 수 없는 힘이 있었다.

"예?"

"이거 강의 시간표인데 수강 신청서에 네가 한 거랑 똑같이 써줘."

"예, 예?"

이건?

천하에 잘난 놈은 지밖에 없다는 말투. 자존심이 좀 상하긴 했지만 조금 무섭기도 했다. 반말하는 것도 아마 재수나 삼수라서 그런 거겠지. 다 할 만하니까 하는 걸 거야. 암, 그렇고말고.

"저기, 이건 컴퓨터로 신청하시면 되는데요."

"기간 지났대. 적어줘."

"예! 알겠습니다."

나는 허공에 웃어른을 만났을 때처럼 냅다 고개를 숙이며 기억을 더듬어 수강 신청서를 작성하기 시작했다.

"야! 너 몇 살이야?"

그때 갑자기 보고만 있던 지영이 자리를 박차고 일어났다.

"너 첨 본 사람한테 왜 다짜고짜 반말이야? 기분 나쁘게."

정우는 지영을 물끄러미 바라보다 내게 시선을 돌렸다.

"기분 나쁘냐?"

"아니요, 아닙니다."

나에겐 지영이 같은 배짱이 생겨나지 않았다. 내가 머뭇거리는데 정우가 말했다.

"난 너보고 존댓말 쓰라고 한 적 없어."

"그, 그렇죠."

도대체 이 녀석은 뭐야? 마치 아랫사람 대하는 것처럼 거만이 몸에 배어 있잖아.

"야! 너 몇 살이냐고?"

지영은 여전히 기세등등했다.

"열아홉 살."

"뭐, 뭐라고?"

"열아홉 살."

"학교 일곱 살에 들어간 모양이네?"

정우는 그 말에는 대답하지 않았다. 대신 막 표시를 끝낸 수강 신청서를 집어 들었다.

"고맙다."

그리고선 그대로 몸을 돌려 밖으로 나가버렸다.

"우아! 저게, 야! 쟤 안 어울리게 터프한 척하는 거 아냐? 완전 밥맛 아냐? 생긴 건 봐줄만 한데 완전 자기 잘난 맛에 사는 놈이네. 아우, 열 받아. 지가 멋있는 줄 알아, 쟤!"

지영이 흥분했다.

"멋있네, 뭐."

"엇! 기소라, 그거 내가 했던 말 같은데?"

나는 대답을 피했다.

이정우?

가만히 있을 땐 남들과 어울리지 못하고 겉도는 것만 같았는데 막상 입을 여니 그게 아니었다. 그는 그저 자신을 제외한 모두에게 관심이 없는 것 같았다.

어쩐지 우리가 먼저 어울려드려야 할 것 같은 묘한 분위기라고나 할까?

그런 정우에게 나는 호기심을 느끼고 있었다. 그땐 분명히 그것뿐이었다.

3.

정우는 학교를 열심히 다니지 않았다. 이럴 거면 뭐하러 대학에 왔는지. 아마도 성적에 맞춰서 아무렇게나 지원했겠지. 그리고는 적성에 안 맞아서 겉돌다가 재수나 준비하겠지. 그런 친구들이 많으니까 이해할 수 있었다. 그래도 한편으로는 한심해 보였다. 어쨌든 나와 똑같이 시간표를 짠 덕분에 나는 정우의 생활 방식을 알 수 있었다. 정우는 항상 오후 2시가 지나야 나타났고 오전 수업은 처음 며칠을 제외하곤 모조리 빠져버렸다.

"저기……요."

나는 오후 3시에 문학 일반론을 들으러 나타난 정우에게 다가가 말을 걸었다. 오자마자 책상에 엎드렸던 정우는 고개를 들었다.

"교양 영어 리포트 있는데……요."

"리포트?"

"이……예."

어려운 놈이다. 치이, 난 존댓말하고 이놈은 반말한다. 억울하다.

"리포트가 뭔데?"

"에?"

리포트가 뭐냐고? 리포트라는 것 자체를 모르는 것일까? 아니면 리포트로 내준 게 무엇이냐는 뜻일까? 얼굴을 보니 아무래도 리포트라는 단어를 모르는 것 같았다.

"그, 그니까 숙제……요."

"아, 숙제. 알았어."

정우는 그러더니 다시 책상에 엎드려 잠을 청했다.

"뭐, 뭔지 알아야지……요. 교재 레슨 1에서 3까지 구어체 문장 찾아서 해석하기인데……."

"몰라도 돼."

"예?"

"안 할 거니까."

정우는 엎드린 채 내게 대답했다. 무안했다. 어쩐지 내가 바보가 된 것 같은 기분이었다. 나는 엎드린 정우의 머리 위에 주먹을 흔들며 마음속으로 욕설을 날렸다. 이 왕자병, 말미잘, 해삼, 멍게, 개폼.

"이봐."

헉, 뭐야? 갑자기 고개를 든 정우를 보고 난 지은 죄가 들킨 것처럼 심장이 내려앉았다. 정우는 날 보더니 선심이나 쓰는 듯 희미하게 미소까지 지었다.

"챙겨준 건 고마워. 언젠가 보답하지."

나는 그저 웃고 말았다. 허이구, 고맙다, 이놈아. 잘난 놈 같으니, 고마워서 눈물이 난다. 순 왕자병. 뭐, 보답? 같잖지도 않아, 정말. 나는 속으로 투덜거리며 지영의 옆자리로 돌아왔다.

"쟤 좀 심한 것 같지 않아?"

나와 정우를 보고 있던 지영이 낮은 목소리로 내게 말했다.

"뭐가?"

"완전히 '나 왕이요'잖아. 무슨 선심이나 쓰듯 '언젠가 보답하지.'"

지영은 표정을 일그러뜨리며 정우의 억양 없는 말투를 흉내 냈다.

"그만해. 저런 애도 있는 거지. 난 저렇게 제 잘난 맛에 사는 애는 만화에나 나오는 줄 알았는데."

"엥? 언제는 멋있다며?"

"너도 그랬었잖아. 어떻게 보면 폼 나는데 쟨 좀 심한 거 같아. 자기가 멋있다고 생각하나 봐. 어설픈 터프가이."

"그치? 그치? 참, 너 신복 환영회 갈 거야?"

"신복? 그거 가야 하는 거 아냐?"

"아냐, 가기 싫으면 안 가도 되는 거지. 여기가 고등학교냐?"

그럴지도 모른다. 하지만 나는 사실 눈치 보이는 선배가 있었다. 학회실에서 그 선배는 1학년들은 무조건 다 와야 한다고 했다. 한 명이라도 빠지면 1학년 단체로 기합 준다는 말도 빼먹지 않았다. 학교가 군대인 줄 아는지. 나는 그 선배가 맘에 안 들었지만 대들기엔 무서운 존재라 잠자코 듣고만 있었다. 신입생 오리엔테이션 때도 그 선배는 "아무것도 모르는 새내기는 제외하고, 내 밑으로 집합!"을 외쳐댔다. 그러면서 입학하고 나면 1학년들도 예외 없다고 으름장을 놓았다. 체대도 아니고, 도대체 왜 그렇게 사는 건지. 그 선배의 이름은 장태영이었다.

"야, 태영 선배가 1학년 한 명이라도 빠지면 집합이랬어."

"쳇, 대학에서 그런 게 어디 있어? 지금이 어떤 세상인데."

"그래도 태영 선배는 다르잖아. 2학년들도 태영 선배는 무지 싫어하던데. 진짜로 때린대."

"뭐? 진짜로 때려?"

"응, 학교를 군대로 아는 인간이라고 막 욕하던데. 왜 그런 사람들 꼭 있잖아. 나서서 학과 일 전부 주도하고 뒤에서 욕은 바가지로 듣는 사람들."

"엄머? 지집애, 학회실에 들락날락하더니 많이 아네."

"내가 작년 얘기 해줄까?"

"응, 해봐."

나는 학회실에서 들었던 이야기를 시작했다.

작년에 막 제대하고 2학년으로 복학한 태영 선배는 5월 대동제 준비를 하는 후배들의 모습이 눈에 들지 않았다.

"내 밑으로 집합."

그의 손에는 어느새 몽둥이가 들려 있었다.

"여자들 뒤돌아 서. 남자들 엎어."

남자들은 다소 못마땅했지만, 선배가 시키는 대로 할 수밖에 없었다. 퍽! 퍽! 퍽!

"똑바로 안 해? 니들 때문에 과 이미지 망치면 니들이 책임 질 거야?"

"시정하겠습니다!"

"뭘 시정해, 개새끼들아. 여기가 군대야?"

퍽! 퍽! 퍽!

사람 때리는 소리가 듣기 싫었던 여학생들은 참다못해 앞으로 돌아서고 말았다.

"뭐야? 뒤돌란 말 못 들었어?"

"우리도 때려주세요."

"뭐?"

"우리도 때리세요, 선배님. 대학이 몽둥이 들고 후배 때리는 곳이라고 생각하지 않아요. 하지만 때리겠다면 우리도 때리라고요."

나는 여기까지 이야기하고 지영이의 반응을 살폈다.

"재밌어?"

"그래서? 여자는 안 때렸겠지?"

"때리진 않았어. 다만……."

"다만?"

"이것들이 단체로 약 먹었나? 여자라고 빼줬더니 오히려 대들어? 선배 알기를 개똥으로 알아? 운동장 선착순 세 명."

"네?"

"와, 귓구멍 막힌 척하네? 안 뛰면 니들 동기들만 더 맞는 거야. 엉덩이 높여, 개새끼들아."

픽! 픽! 픽!

"그만하시라고요! 우리가 뛰면 될 거 아니에요!"

"그래서 선착순 뛴 거야?"

"응, 운동장에서 선착순 시키고 토끼 걸음 시키고. 그러니까

이번엔 남학생들이 그냥 우리가 맞을 테니까 여학생들 내버려
두라고 했다가 더 얻어맞고. 그렇게 반항하면 따로 불러내서
여자고 남자고 사정없이 때렸대."

"진짜야?"

지영의 표정이 굳어졌다.

"그렇대도."

"뭐야, 그 인간 사이코 아냐? 대학 선배라는 게 그런 거였어?"

"며칠 전에 신구 대면식 할 때도 순형 오빠하고 다퉜대."

"순형 오빠? 아저씨 말이야? 회사 다니다가 학교 들어온?"

"그래, 나이 많잖아. 스물여덟인가? 태영 선배는 스물다섯이
고. 학교가 나이야, 학번이야 하면서 술 취해선 가슴 퍽퍽 치고.
원래 예비역은 신입생이라도 빼준다던데 이 인간은 그런 것도
없나 봐."

"너무했다."

"그리고선 나중에 미안하다며 기분 나쁘더라도 참아라, 하면
서 친구로 지내자고 했대. 그런데 순형 오빠가 그냥 선배님이
라고 부르고 말았대. 더 대박인 건 둘이 고등학교 선후배 사이
라는 거야."

"에? 그럼 뭐야? 고등학교가 먼저 아냐?"

"그치. 지금은 서로 불편해서 복도 다니다가 부딪혀도 아는
체도 안 한대."

"참 나!"

지영이는 혀를 끌끌 찼다.

"젠장, 신복 가야겠네."

"겁먹었지? 그 선배 짜증나긴 하지만 과 행사 참여율이 높긴 높아."

"쳇, 근데 저 인간도 가야 할 거잖아."

지영은 턱짓으로 정우를 가리켰다. 정우는 여전히 엎드린 채 세상모르고 자고 있었다.

"네가 말해. 나 아까 갔다 왔잖아."

"야야, 한번 간 김에 또 말해. 너 이정우하고 친하잖아."

"내가 뭘 친해?"

"보답해준다잖아. 용기를 내. 쟨 좀 짜증나지만 말 붙이기엔 분위기가 좀 무섭거든."

"전엔 왜 반말이냐고 잘도 따지더니."

"히히히, 하여튼 네가 말해."

"아, 진짜."

나는 다시 정우에게로 다가갔다. 자꾸 다가가다 보니 익숙해지려고 했다. 이번엔 나도 반말을 시도해볼까?

"저, 저기……."

반응이 없다. 나는 손가락으로 슬며시 정우의 어깨를 찍으며 살짝 밀었다.

"저기, 잠깐만."

정우는 하품을 하며 고개를 들었다.

"뭐야? 또."

"시, 신복 환영회가 요번 주 목요일에 있는데."

"그래서?"

"오, 오라고."

히얍! 반말했다. 장하다, 장해, 기소라.

"가기 싫은데?"

"아, 아까 나한테 보답해준다며, 여아, 어으."

이런, 턱이 제멋대로 돌아가잖아. 말이 헛돈다. 확실하게 반말로 하자. 힘내라, 기소라, 얍!

"보답? 그렇게 되나?"

"그, 그래."

해냈다. 완전한 반말이다. 난 해낸 거야. 감격의 팡파르를 울려줘, 흑흑.

뚱한 표정의 정우는 내가 존댓말을 하건 반말을 하건 아무관심이 없는 모양이었다. 하긴 알고 보면 만만한 인간인지도 모른다. 괜히 나 혼자 겁먹었던 거야. 어찌 됐건 정우가 무서운 분위기를 풍겼던 것은 분명했다.

"그게 보답이라면 할 수 없지. 알았어. 간다."

정우는 마치 큰 선심이라도 쓰는 듯 미소를 지으며 말했다. 정말이지, 이 인간 하는 짓 보기가 불편하다. 도대체 어떻게 컸기에 하는 짓이 꼭 대장님 같을까? 틀림없이 집에서 오냐오냐 하면서 키웠을 거야. 틀림없어!

그나저나 이 인간 신복 가서 사고나 안 쳤으면 좋겠는데.

4.

신복 환영회가 열렸다. 1박 2일 코스로 수업도 다 빼고 전세한 버스를 타고 간 강원도 어느 산장에서 벌어진 행사였는데 정말로 신입생, 복학생을 환영할 목적은 아닌 듯했다. 내가 본 풍경은 서로 자기소개하고 조를 짜서 별 이상하고 유치한 게임을 하다가 저녁이 되면 술판을 벌이는 게 전부였다. 1학년 중 몇몇은 오지 않았지만, 다행히 태영 선배는 조용했다. 어쩌면 순형 오빠마저 오지 않았기 때문인지 말을 조심하려고 했다.

"놀 땐 놀아야지. 분위기 흐릴 필요 없잖아?"

태영 선배는 누구보다도 적극적으로 놀이와 유흥에 나섰다. 다소 의외긴 했지만, 분명히 오늘은 맘 놓고 놀자며 분위기를 선도하고 있었다. 무섭게만 보이던 선배라 어쩐지 가식 같았지만 우리는 손해 볼 것이 없었다.

그리고 정우는? 오긴 왔다. 하지만 어디서 뭘 하는지 버스에서 내린 이후 도무지 행방을 알 수가 없었다. 나랑 같은 4조였는데 완전히 자취를 감춘 덕분에 마치 처음부터 오지 않은 듯, 그의 행방불명에 대해서는 모두가 무관심했다. 다행인지, 불행인지.

그렇게 놀고 마시며 하루가 지났다. 대부분 새벽까지 술판을 벌이다 아침에 잠이 들었기 때문에 모두가 늘어져 있던 참이었다.

"야야, 남자들, 나와서 이것 좀 치우자. 갈 준비 해야지."

바깥에서 학회장의 시끄러운 목소리가 우리를 깨웠다. 여기 저기 엎어져 있던 남자애들이 눈을 비비며 일어났다. 여자애들 도 일어나서 조별로 아침거리를 준비하기 시작했다. 이미 해는 중천에 걸려 있었다.

"야야, 소라야, 너희 조 반찬 남은 거 없어?"

비닐에 싼 양념 불고기를 보던 지영이 사사삭 무릎걸음으로 잽싸게 다가왔다. 나는 입술을 내밀며 비닐을 꼭 움켜쥐었다. 이미 프라이팬엔 몇 점의 고기가 익어가고 있었다.

"없어."

"야야, 야박하게 왜 이러니? 우리가 어디 하루 이틀 친구니? 난 4조가 좋아. 저긴 먹을 게 영 아냐."

"너희 조 가."

"야, 너 진짜 이럴 거야? 어차피 이정우 안 와서 한 명 비잖아."

"걔 왔어."

"뭐? 안 보이던데?"

"분명 버스에 탔어. 근데 어디 있는지 안 보여."

지영이는 고개를 갸웃거렸다.

"그래? 거 참."

"야, 너 손!"

어느새 지영의 손은 젓가락으로 다 익은 고기 한 점을 집어 들고 있었다.

"야야, 우리 조는 어제 다 먹었어. 요거 한 점만, 요거 한 점."

지영은 입을 쩍 벌리고 고기를 입에 넣으려 안달하는 중이었다. 나는 그 팔을 붙들고 힘겨루기를 했다.

"야아, 야."

"꺄아, 아이, 야."

우리는 어느새 웃고 있었다. 고기에 묻은 양념은 지영의 입가를 이리저리 훑었다.

"키킥."

"야야, 입술에 다 묻었어. 야야, 잠깐만, 야야."

그때였다. 바깥에서 누군가 문을 확 열어젖혔다. 학회장과 태영 선배였다.

"야! 4조."

4조뿐 아니라 방 안에 있던 모든 사람이 소리를 친 태영 선배를 돌아봤다.

"4조에 버스 탈 때 있었는데 지금 없는 사람 누구야?"

우리는 서로 얼굴을 마주 보았다. 정우를 말하는 건가?

"이것들이 같은 조원이 없어졌는데 아무도 몰라?"

태영 선배는 화가 나서 소리쳤다. 모두가 움찔했다. 그 무서운 장태영 선배로 돌아온 것 같았다. 순식간에 방 안 분위기는 냉각되었다. 태영 선배는 눈을 치켜뜨고 있었다.

"이것들이 진짜 미쳤지? 다 안 튀어나와? 30분 내로 찾아, 알겠어?"

"하지만 선배님, 밥이……."

"지금 밥이 넘어가? 이것들이 진짜. 동료 의식이라곤 눈곱만큼도 없어? 안 튀어?"

너나 할 것 없이 우리는 자리에서 튕겨 일어났다. 다른 조원들도 마찬가지였다. 도대체 이 낯선 곳에서 정우가 갈 데가 어디 있단 말인가. 산장을 나온 우리는 나름대로 샅샅이 훑었지만 도무지 정우를 찾아낼 수 없었다.

30분? 순식간에 지나갔다.

"내 밑으로 집합."

태영 선배의 손엔 어디서 구했는지 몽둥이가 들려 있었다.

"야, 여기서 뭐 하는 거야?"

그런 태영 선배를 학회장이 말렸다. 둘은 같은 학번 친구였다.

"있어봐. 이것들이 진짜. 노는 날 깔끔하게 놀고 돌아가려고 했더니 이 꼴이야? 이건 너희가 자초한 거야. 동료 한 명이 없어졌는데 아무도 모른다니 말이 돼? 말 들어보니까 어제부터 안 보였다는데 그럼 아무도 관심이 없었단 얘기 아냐?"

맞는 말 같았다. 반항할 수 없는 분위기를 풍기며 태영 선배는 말을 이어나갔다.

"4조 조장 누구야?"

"예."

2학년인 김수아 선배였다.

"이정우 없어진 거 언제 알았어?"

"선배님이 말씀할 때."

"엎어."

수아 선배는 두말없이 바닥에 엎드렸다. 설마 여자를 때리려고?

"야! 야!"

태영 선배는 수아 선배의 머리를 몽둥이 끝으로 툭툭 건드렸다.

"장난하냐, 지금?"

수아 선배는 말이 없었다. 본인이 잘못한 일이긴 했지만, 수모를 느끼는 듯 비장한 표정이었다. 하긴 대학생이 무슨 애도 아니고.

"와! 진짜. 계집애라 함부로 팰 수도 없고."

태영 선배는 고개를 뒤로 젖혔다 폈다.

"긴말 필요 없어. 다 엎어."

우리는 우르르 바닥에 팔을 뻗치며 엎드렸다.

무서웠다. 아이들도 시키는 대로 엎드리긴 했지만 무언가 불만이 가득 찬 얼굴이었다.

"이 새끼들아, 어제 이정우란 놈 본 사람 있어, 없어?"

대답 소리가 나올 리 없었다. 하지만 출발 직전 인원 파악 때 분명히 정우는 있었다. 도착하고 난 후에 증발된 것이었다.

"4조!"

묵직한 태영 선배의 음성에 4조는 흠칫했다.

"이것들이 대답 안 해? 4조!"

"예!"

"너희 잘못을 알겠냐?"

"예!"

"그래, 그럼 맞아야지, 그치?"

"예!"

우리는 우렁차게 대답했다. 하지만 그 대답 속엔 불편함과 무서움이 배어 있었다.

"남자 다섯 대, 여자 두 대. 4조만 칠 거야. 대!"

곧이어 퍽퍽 소리가 터져 나왔다. 내 차례까지는 아직 많이 남았지만 나는 내가 맞는 것처럼 몸을 떨었다. 공연히 눈에서 눈물이 흘러나왔다. 태어나서 심한 매는 한 번도 맞아본 적 없는 나였다. 중학교 때 수학 선생님한테 손바닥 몇 대 맞아본 게 전부였다. 그때도 너무 상심해 집에 와서 울었다. 그 이후로 공연한 심술이 생겨 수학 선생님은 아는 체도 하지 않았고 봐도 인사도 안 했다. 그런데 지금 이런 험한 꼴을 당하고 나니 기가 막혔다. 중고등학교 때도 안 맞고 살았는데 대학까지 와서 선배한테 맞는다고?

나도 집에서 곱게 컸단 말이야. 우리 엄마도 안 때리는데 네가 뭔데 때려?

대학이란 곳이 이런 데라고? 억지로 술 먹여서 후배 죽이는 곳. 연못에 빠뜨려서 사람 죽이는 곳. 그런 신문 기사를 읽을 때는 막연했다. 체대나 연극영화과가 위계가 엄하다는 말도 들은 바 있었다. 하지만 모두 나에게는 별천지 얘기였었다. 이제 와서 이 꼴이 되고 보니 공연히 억울하고 분해서 눈물이 흘렀다. 이건 정말 뭔가 아니다 싶었다. 다 큰 성인들을 왜 이렇게 잡는 건데? 왜?

"야!"

태영 선배의 신발이 내 눈앞에 와서 멈췄다.

"너 왜 울어?"

"예?"

"어디서 질질 짜? 일어서."

나는 손등으로 눈물을 닦으며 자리에서 일어섰다.

"왜 울어? 울면 봐줄까 봐?"

"아, 아니, 요."

울음을 참으려고 앙다문 입술은 내 어깨를 들썩이게 했다. 눈물이 다시 흘러내렸다.

그때,

그때였다.

태영 선배 너머에서 이쪽으로 다가오는 정우를 본 것은.

"이정우!"

"뭐?"

태영 선배는 내 시선을 따라 고개를 돌렸다. 정우였다. 사람 속을 그렇게 애끓게 하던 정우가 나타났다. 원수 같은 놈이었지만 그 순간만은 한없이 반가웠다.

"야! 네가 이정우야?"

태영 선배가 정우를 보고 소리쳤다. 정우의 눈빛이 머릿결 사이에서 힐끗 빛났다.

"그런데 왜?"

주절거리는 말투에 묻어나온 건 분명 반말이었다. 모두가 놀란 얼굴로 정우를 바라보았다.

"이 녀석 봐라?"

태영 선배도 어이가 없는지 헛웃음을 터뜨렸다.

"여기 너 때문에 네 동기들이 이 꼴인데, 넌 미안한 생각도 안 드냐?"

정우는 우리를 둘러보았다.

"내가 어쨌는데?"

"뭐, 뭐야? 너 하나 없어져서 너 찾는다고 사람들 죄다 고생시켜놓고 뭐 어째? 그리고 말버릇 안 고쳐?"

"한두 살 먹은 어린앤가? 때 되면 어련히 알아서 나타날 텐데 뭘 찾고 그러냐?"

정우는 태영 선배를 무시하고 있었다. 정우의 태도는 우리 모두의 시각과 청각을 의심하게 만들었다. 그러니 태영 선배의 황당함은 능히 짐작할 수 있었다.

"이 새끼가 진짜 미쳤나?"

"난 대학은 좀 다를 줄 알았는데 배운 놈들도 사람 때리고 욕하는 건 똑같나 봐?"

"이 개새끼가! 엎어! 안 엎으면 1학년들 전부 죽을 줄 알아. 너 때문에 다 터지는 거야! 이 개념 없는 새끼야, 엎어!"

흥분한 태영 선배가 소리쳤다. 하지만 정우는 그런 태영 선배를 물끄러미 바라보더니 이내 툭, 한마디 내뱉었다.

"싫어."

웅얼거리지만 주위 사람 모두에게 들리는 특이한 말투. 하지만 저런 안하무인은 우리 모두에게도 해가 될지 몰랐다. 그때 내 옆에 엎드리고 있던 남자 둘이 하는 대화가 들렸다.

"그 이정우 맞아."

"그런가 봐."

그 이정우……

……라니?

5.

태영 선배와 정우는 서로의 눈을 노려본 채 한 치의 흔들림도 없었다. 하지만 사실 정우의 시선이 무관심에서 비롯된 것이라면 태영 선배의 눈초리는 쭉 찢겨 올라간 것이 상당히 화가 난 듯했다. 도대체 이정우라는 애, 얘 왜 이러는 거야? 네가 이런 식으로 나오면 우리 모두 힘들어진단 말이야. 태영 선배는 몽둥이에 기댄 채 삐딱한 자세로 정우를 바라보고 있었다.

"끝까지 네가 잘했다는 거냐?"

"잘못한 건 없어."

"하!"

기가 차다는 듯 태영 선배는 헛웃음을 터뜨렸다. 정우는 막무가내였다. 이런 아이는 처음이었다. 그 순간, 픽! 태영 선배가 정우의 얼굴에 주먹을 날렸다.

"이 새끼가."

하지만 정우는 흥분한 태영 선배를 조용히 바라보고 있었다.

왠지 피하려면 피할 수 있었다는 듯 눈가엔 오만이 가득했다. 나도 모르게 침이 꼴깍 넘어갔다. 정우 같은 막무가내 문제아가 무슨 짓을 할지 생각만 해도 긴장이 되었다. 그러고 보니 정우는 묘하게 주위 분위기를 긴장시키는 힘이 있었다.

"그만해. 학교 가서 하자고."

보다 못한 학회장 신유철 선배가 태영 선배를 가로막았다.

"이대로 기 살려놓고 학교 가면? 학교에선 말 잘 들을 것 같아?"

"뭐하자는 거야? 오늘은 그냥 노는 날이야."

"나도 알아. 그래서 애들 풀어줬잖아. 그런데? 풀어주면 뭐 해? 당장 이따위로 기어드는데?"

"하!"

태영 선배와 유철 선배가 동시에 고개를 돌렸다. 그들의 대화를 가만히 듣고 있던 정우의 비웃음이었다.

"기어든다? 대학생도 그런 표현을 쓰는구나. 난 나 같은 놈들만 그러는 줄 알았지."

정우는 자기 딴에 감회가 새로운 듯 고개를 끄덕거렸다. 마치 선후배가 바뀐 것 같은 분위기였다. 정우는 지금 태영 선배를 한참 아래로 내려다보고 있는 것이 분명했다.

"어쨌든 내가 뭘 잘못했는지, 너처럼 설쳐대는 놈 말고……"

정우는 쭉 둘러보더니 나와 눈을 맞추었다.

"너한테 묻지. 대학에서는 내가 한 행동이 잘못된 거냐?"

정말 모르겠다는 듯 정우는 나를 보며 고개를 갸웃거렸다.

그 모습은 바보 같기도 하고 어처구니없기도 했다. 무엇보다 내가 보기에도 밉상이었다.

"바보야! 네가 잘못한 거 맞아!"

악! 내가 뭐라고 한 거야? 나도 모르게 정우를 보고 소리를 질러버렸다. 수많은 시선을 느끼며 나는 손으로 입을 막았다. 정우가 그런 날 뚱한 얼굴로 보았다.

"그래? 그럼 내가 잘못한 거구나."

이해했다는 듯 심각한 얼굴로 고개를 끄덕거린다. 저거 바보 아냐? 흥!

"그것 참, 배운 놈들도 까다롭게 사네. 알았어. 잘못했으면 내가 책임지면 되잖아?"

정우는 희미한 눈초리로 태영 선배를 가리켰다. 그런데 이상하게도 그런 정우의 태도는 어쩐지 안하무인보다는 의연함으로 보였다.

"뭐야?"

"긴말하지 않겠다. 나하고 상관없는 애들은 일으켜라. 그럼 맞아주겠다."

맞아, 주, 겠, 다? 모두의 시선이 정우에게 박혔다.

"뭐, 뭐어?"

태영 선배도 어이가 없다는 듯 표정을 일그러뜨렸다. 그 얼굴은 태영 선배의 황당함을 고려치 않았다면 웃음이 날 만큼 묘한 표정이었다.

"안 그러면 어쩔 건데?"

태영 선배가 자기보다 조금 작은 정우를 내려다보며 거드름을 피웠다. 태영 선배는 180센티가 조금 넘는 키였다.

"안 그러면……"

정우는 잠시 생각하더니 이내 미소를 띠었다.

"그냥 애들 때리든가."

뭐야, 바보인가? 태영 선배는 정우의 주위를 천천히 돌기 시작했다. 도대체 말문이 막힌다는 표정으로 정우를 찬찬히 뜯어보고 있었다.

"기가 막혀서 말도 안 나오는군. 이 새끼 완전히 꼴통 아냐? 너 출신 고 어디야?"

"검정고시다."

"검정고시? 그래서 학교 선후배가 어떤 건지 모르는 거냐? 존댓말 안 써?"

검정고시?

"진짜 웃기네. 너 같은 꼴통이 우리 학교, 우리 과로 어떻게 들어왔을까? 그래도 인서울인데. 하하! 다들 일어나."

태영 선배의 묵직한 음성이 떨어졌다. 엎드려 있던 1, 2학년들이 눈치를 보며 몸을 일으켰다.

"단체 기합도 있지만 시범 케이스란 것도 있지. 그래, 너만 치면 되겠네. 엎드려."

정우는 군말 없이 팔을 뻗치며 엎드렸다. 툭! 툭! 태영 선배가 정우의 허벅지를 각목으로 건드렸다.

"집에 가서 엄마한테 이르지 마라, 응?"

정우는 대답이 없었다. 그리고…… 픽! 둔탁한 각목이 정우의 허벅지를 가격했다. 남학교는 어떤지 모르겠지만 그런 식으로 때리는 걸 처음 본 나는 주춤거리며 뒷걸음질을 쳐야만 했다. 이게 말로만 듣던 '빳다'라는 건가? 픽! 픽! 보는 내가 심장이 떨 지경이었지만 정우는 아무런 변화가 없었다. 그냥 묵묵히 맞고만 있었다. 한 번씩 얼굴에 핏줄이 설 뿐이었다.

얼마나 맞았을까. 벌써 수십 대는 맞은 것 같았다. 아니, 수백 대라 해도 과언이 아닐 지경이었다. 때리는 사람이 땀으로 온몸이 흠뻑 젖었는데 맞는 사람은 미동도 없었다.

"이 자식 봐라? 제법 개기네? 안 아프다, 이거냐? 오냐, 그래."

태영 선배도 그런 정우의 무덤덤한 모습에 약이 바싹 오른 듯했다.

픽, 픽, 픽. 매질이 빨라지더니 급기야 각목이 부러졌다. 태영 선배는 마침내 발로 차고 짓밟기 시작했다. 하지만 정우는 그 서슬에 자세가 흐트러지긴 했지만, 여전히 무방비 상태로 '맞아주고' 있었다. 하지만 저렇게 맞아주다간 사람이 죽을 것 같았다.

"어떡해, 어떡해."

피가 튀었다. 그냥 보기만 하는 건데 왜 내가 그렇게도 고통스러웠을까? 무서웠다. 그만 때려, 그만!

"야! 그만해!"

그때 가만히 보고 있던 유철 선배가 태영 선배를 뒤에서 안았다. 하지만 태영 선배는 이미 흥분 상태였다.

"놔! 놔! 저 새끼 오늘 죽여버릴 거야! 놔!"

"그만해, 새끼야. 그만하라고!"

"안 놔? 놔. 저거 안 보이냐? 저 새끼 나 약 올리고 있잖아. 해볼 테면 해보자고 저러는 거잖아. 이대로 선후배 기강 무너지면 네가 책임질 거야? 놔, 이 새끼야, 놔!"

소동이었다. 유철 선배는 아무 말 않고 고래고래 고함을 치는 태영 선배를 뒤에서 꼭 끌어안고 어딘가로 끌고 갔다. 멍하니 우리는 모두 그 뒷모습만 지켜보고 있었다.

"야!"

어딘가에서 날 부르는 소리가 들려왔다. 내 이름은 아니었지만 난 나를 부르는 소리로 들었다. 고개를 돌렸다. 이정우?

"나 좀 일으켜줘."

정우였다. 그래도 나와 안면이 있다고 날 찾은 것이었다. 정우의 얼굴은 어느새 뻘겋게 달아올라 있었다.

"뭐 해? 너 부르잖아."

지영이가 내 등을 밀었다.

"어어?"

2학년들은 유철 선배를 따라서 어딘가로 우르르 몰려가고 있었고 1학년들은 가만히 구경만 하고 있거나 방 안으로 들어가고 있었다.

"좀 일으켜줘."

조금 전의 당당한 모습은 어디에도 없었다. 정우는 가쁜 숨을 몰아쉬며 나를 올려다보았다. 나는 외면할 수가 없었다. 하나씩 다가가는 걸음이 그렇게 무거울 수가 없었다.

"어, 어떻게 해야 해?"

"내 손 잡아. 그리고 네 몸 쪽으로 당기면서 몸을 숙여."

나는 정우가 시키는 대로 정우의 손을 잡고 힘껏 잡아당겼다. 그리고 동시에 내 몸을 숙였다. 정우는 순간적인 반동을 이용해 굽힌 내 몸에 기대며 일어섰다. 하지만 자신의 몸을 지탱하려는 다리는 너무나 힘겨운 듯 후들거리고 있었다. 나는 정우의 한쪽 팔을 어깨에 둘러 정우를 부축하며 걸음을 옮겼다.

"괜찮아? 걸을 수 있어?"

"훗, 괜찮아."

하지만 괜찮지 않은 듯했다. 정우의 쌕쌕거리는 숨소리가 내 귀에 들려왔다. 통통 부어오른 다리는 정우의 청바지를 풍선처럼 부풀려놓았다. 오른쪽 허벅지가 특히 더 많이 부어오른 모습이었다.

"왜 그랬어? 어차피 맞을 거면서. 왜 그렇게 거들먹거렸어?"

"훗."

정우는 달아오른 얼굴로 비뚤어진 미소를 지었다.

"잘났어, 정말. 난 또 잘난 체하기에 정말 잘난 앤 줄 알았지. 이상한 분위기나 풍기고."

"핫, 너 뭐라고 중얼거리는 거야?"

정우가 이를 드러내었다. 비록 활짝 웃은 건 아니었지만 이를 드러내놓고 웃는 모습은 처음이었다.

"다 왔어."

나는 방 앞에서 정우에게 말했다.

"고맙다."

정우는 신발을 신은 채 그대로 방바닥에 엎어졌다. 어떻게 맞았는지 오른쪽 허벅지 부분의 바지 천이 조금 찢어져 있었다. 그러고 보니 바지 색깔도 조금 진해진 것 같았다.

"야, 신발 벗어야지. 안에 들어가지 마. 내가 벗겨줄게."

정우의 두 발만 문틀 밖으로 나와 있는 모습이었고 나는 정우의 신발을 벗기려 정우의 발에 손을 갖다 댔다. 내 손끝이 정우의 발에 닿자마자 정우는 몸을 한 번 부르르 떨더니 갑자기 축 늘어졌다.

"저, 정우야?"

나는 정우의 몸을 흔들었다. 조용했다.

"야, 장난하지 마."

나도 모르게 내 목소리가 떨리고 있었다.

"야! 왜 그래?"

지영이 내 곁에 다가왔다. 나는 떨면서 말했다.

"얘, 얘 좀 봐……. 안 움직여……."

지영은 엎어져 있는 정우를 돌려 눕혔다.

"끙."

그 순간 정우의 입에서 신음이 들렸다.

"야, 너 의식 있어? 야! 야!"

지영은 정우의 얼굴을 손바닥으로 탁탁 때렸다. 정우의 눈이 가늘게 떠졌다. 벌겋게 달아오른 얼굴에서 땀이 비 오듯 흘러

내리고 있었다. 무서웠다. 무슨 일 생기는 거 아닐까? 어떡해, 어떡해?

"구급약 있어?"

정우는 쌕쌕거리는 숨을 간신히 누르고 말했다. 입가엔 미소까지 그렸다. 하지만 그 미소는 억지로 지어 보이려는 여유 같아서 어색하기 그지없었다.

"구급약? 구급약?"

"야, 뭐야?"

2학년 수아 선배가 어느새 우리 앞에 나타나 있었다.

"언니!"

"어? 이거 피 아냐?"

수아 선배는 정우의 청바지에 번지고 있는 피를 보았다. 바지 색깔이 진해진 건 바지에 스며들고 있는 피 때문이었다. 너무 많이 맞아 부어오른 혈관이 터진 모양이었다.

"야! 바지 벗겨, 얼른! 선영아, 약 가지고 와!"

"예."

같은 조인 선영이 구급약 통을 들고 왔다. 지영과 나는 서둘러 정우의 바지춤을 풀어 내렸다. 정우는 다시 엎드렸다.

"옷."

나는 고개를 돌렸다. 정우의 왼쪽 허벅지는 시퍼런 피멍이 들어 있었다. 그리고 오른쪽 허벅지는……

"무식하게, 어떻게 애를 이렇게 때릴 수가 있어?"

수아 선배도 기가 막힌 모양이었다. 수아 선배는 피가 철철

넘치는 허벅지에 약을 바르기 시작했다. 어느새 정우는 모두의 구경거리가 되어 있었다.

"집에 갈 때 뭐 입고 가지?"

정우는 그 와중에서도 미소를 지었다. 하지만 수아 선배의 손가락이 허벅지를 훑자 정우는 감전된 개구리처럼 파르르 떨더니 이내 완전히 까무러쳤다.

"야! 야!"

6.

"무슨 일이야?"

어느 틈에 밖으로 나갔던 태영 선배와 유철 선배가 돌아왔다. 태영 선배는 그새 흥분이 많이 가라앉은 듯했지만, 여전히 화난 인상이었다. 유철 선배가 한 걸음 앞으로 나오더니 정우를 살폈다.

"뭐야? 기절했어?"

"독한 새끼."

태영 선배는 아직 분이 덜 풀린 모양이었다. 하지만 부어오른 다리를 보고 자신도 얼굴을 찌푸렸다.

"난리 났군. 어떻게 된 거야? 방금 기절한 거야?"

유철 선배의 손놀림은 바빴다. 이건 일종의 사고였다. 선배 말을 안 듣는다고 기절할 정도로 신입생을 때린 것은 뉴스에 나올 수도 있는 일이었다. 유철 선배는 이리저리 정우를 살펴보더니 태영 선배를 향해 획 하고 몸을 돌렸다.

"야, 이 자식아, 어쩔 거야? 사발식 하다 애 죽였다는 다른 학교랑 뭐가 달라?"

어느새 유철 선배의 눈꼬리가 올라가 있었다. 태영 선배도 지지 않고 맞고함을 쳤다.

"그럼 이 자식아, 저런 녀석을 내버려둬?"

"너무 심했잖아! 저 녀석 부모님이 학교에 문제화하면 어쩔 거야? 저 꼴을 보라고! 피가 철철 난단 말이야!"

태영 선배는 아무 말도 하지 못했다. 선배들의 냉각된 분위기 탓에 우리도 조용히 눈치를 보고 있었다. 분위기가 어쩌다 이렇게 된 걸까. 어색한 시간이 한동안 계속되었다.

"끄응."

정우가 다시 깨어나려는 듯 앓는 소리를 냈다. 우리는 정우를 향해 시선을 집중했다. 얼굴 전체에 식은땀이 줄줄 흐르고 있었다.

"걱정할 거 없어, 끙."

어느새 정우가 몸을 일으키고 있었다. 비틀비틀했지만 그래도 용케 몸을 곧추세우고 똑바로 섰다. 우리는 그저 어안이 벙벙할 뿐이었다. 정우는 아래를 보더니 인상을 찌푸렸다. 도대체 자신의 눈앞에 있는 선배들이나 우리는 전혀 상관하지 않는 오만함이었다.

"이런, 바지 못 입겠네. 이거 엄청 부었군."

마치 남 얘기하는 것처럼 덤덤한 말투였다. 정우가 움직이자 좀 전에 약을 발랐던 정우의 허벅지에서 다시 피가 진물처럼 새어 나오기 시작했다. 우리는 얼굴을 찡그렸지만 정우는 오히려 양쪽 다리를 굽혔다 폈다 하면서 근육을 시험하고 있었다.

"뭐, 걷는 데는 별 지장 없을 것 같군."

식은땀을 폭풍처럼 흘리면서도 정우는 태연한 척 말했다. 바보야! 그렇게 터프한 척 안 해도 된다고!

"움직이지 마."

수아 언니가 얼른 정우를 제지했다.

"후, 괜찮아. 그런데 너,"

정우의 시선이 화살처럼 태영 선배의 얼굴에 박혔다.

"너 사람 많이 패봤어?"

뭐, 뭐야? 방금 기절했던 애 맞아?

"이 새끼가 아직 정신을 못 차렸나?"

태영 선배가 주먹을 쥐었다. 간신히 가라앉혔던 분노가 다시 치밀어 오르는 듯했다. 그런 태영 선배를 유철 선배가 손으로 가로막았다.

"참아."

하지만 정우는 태영 선배의 속을 박박 긁어놓기로 작정을 한 모양이었다.

"연장에 못이 있는지 정도는 확인해야지. 끄트머리에 못이 있는 것 같다."

정우는 변함없는 반말로 주절거리고 있었다. 태영 선배를 아래로 내려다보고 훈계하는 말투였다. 그리고 그제야 자신이 팬티 차림으로 뭇 여학생들의 시선을 받고 있음을 의식했는지 남방을 벗어 하반신에 둘렀다.

"조심하라고. 흥분해도 때릴 땐 제대로 때려야지. 감정이 드러나게 때리는 건 하수야."

도대체 얘는 어떻게 자랐기에 이렇게 제멋대로일까. 나도 태영 선배가 무섭고 싫지만 그래도 선배인데, 어린애 달래는 말투라니.

"너 입조심해!"

보다 못한 수아 선배가 낮은 목소리로 정우에게 주의를 주었다. 태영 선배가 미운 건 미운 거지만 정우의 안하무인도 꽤 보기 싫었던 모양이었다.

"넌 빠져. 상관없잖아?"

하지만 돌아온 건 정우의 타박뿐이었다. 정우는 남녀를 가리지 않았다. 오직 혼자 잘난 아이였다.

"아, 이 새끼가 진짜!"

붕! 결국 태영 선배의 주먹이 정우의 안면을 향해 날아갔다. 참을 만큼 참은 것이다. 하긴 내가 보기에도 좀 심하다 싶었다. 하물며 태영 선배가 지금까지 정우의 깐죽거림에 놀아나고 있었다는 건 말도 안 되는 일이었다.

"악!"

"어멋!"

여학생 몇 명이 움찔하며 숨을 죽인 그 순간, 획 하는 소리가 들리는 듯하더니 정우의 머리칼이 살짝 휘날렸다. 픽! 정말 크게 난 소리였다. 정우는 고개를 약간 젖히고 있을 뿐 별로 아프지 않다는 듯 의젓한 자세를 취하고 있었다. 개폼은.

"야! 장태영! 뭐 하는 거야?"

유철 선배가 소리쳤다.

"모르겠냐? 이 1학년 새끼가 지금 날 가지고 놀고 있단 말이다."

유철 선배가 태영 선배의 앞을 가로막았다.

"어쨌든 그만해, 이 새끼야."

분위기가 묘했다. 아무도 끼어들 수 없는 무서운 분위기였다.

"그 이정우 아닌가?"

"맞다니까."

"근데 왜 안 받아쳐?"

"알고 보면 별거 아닌 놈인가 보지."

내 뒤의 남학생들이 다시 숙덕대고 있었다. 대체 그 이정우는 누구고 여기 있는 이 이정우는 누구라는 거야?

"후우, 남는 옷 있어?"

정우는 한숨을 쉬더니 씩 웃으며 내게 말했다. 분위기가 어떻든 전혀 상관없는 듯했다. 결국 때리는 대로 다 맞고 혼자서 폼은 있는 대로 잡은 것이다. 정말 실속 없는 애였다.

"남는 옷 없어?"

정우가 재차 나를 보며 말했다. 그래, 네가 아는 애가 나밖에 더 있겠니. 하지만 난 여잔데.

"치마밖에 없는데."

설마 치마를 입지는 않겠지. 하지만 상대는 정우였다.

"줘."

"야, 남자가 치마를 어떻게 입어? 늘어난단 말이야."

"그래, 넌 내 운동복 줄 테니까 그거 입고 가라."

유철 선배가 다행히 운동복을 가지고 있었다. 정우와 키도 비슷하니, 그러면 될 것 같았다. 하지만 정우는 고개를 저었다.

"바지 입으면 따가워서 안 돼. 치마 줘."

"야아……."

"어서."

그날 정우는 정말 내 긴 치마를 입고 귀가했다. 허리도 안 들어가는 걸 지퍼를 활짝 열어 벨트로 단단히 고정하고 말이다. 난 잘 때 입었던 운동복을 입고 집에 와야 했다. 그 앤 내게 발목까지 내려오는 치마를 7부로 전락시키고 당당히 귀가했다. 난 다시는 그 치마 안 입을 것 같다. 비싼 거지만.

정우는 학교에 나오지 않았다. 사실 그런 상처를 몸에 안고 쉽게 학교에 나올 수는 없었을 것이다. 나는 치마 때문에 정우를 기다렸지만 나오지 못하는 정우도 이해가 되었다. 공연히 멋있는 척하려고 갖은 폼은 다잡았지만 결국 혼자만 바보가 되었다는 걸 정우는 알고 있을까? 어쨌든 학교에는 정우에 대해 나쁜 평판이 돌기 시작했다. 정우 때문에 우리 학번은 선배들에게 찍히고 말았고 그것은 새내기들의 학교생활을 알게 모르게 어렵게 만들었다. 태영 선배에게 건들거리며 맞설 때는 어쩐지 통쾌하기도 했지만 결국 정우가 보여준 건 때리는 대로 맞는 것뿐이었다. 단체 생활에 적응도 못 하고 혼자서 겉도는 아이. 그런 아이를 누가 좋아할까? 더구나 남학생들은 그 '이정우'가 아니라고 결론을 내렸는지 정우에 대해 심한 반감을 보였다. 아니, 그 '이정우'라고 생각하는 아이들의 눈에도 이젠 정우가 우습게 보이고 있었다.

"완전히 사이코야, 사이코. 왜 아무한테나 반말이야?"

"그 새끼 때문에 우리 학번 완전히 찍혔어. 짜증나게, 정말."

"아니, 개폼은 왜 잡냐고? 왜 멋있는 척하냐고? 요란한 빈 수레 같은 놈. 아, 진짜."

"몇 대 맞았다고 학교도 안 나오잖아?"

한동안 우리는 정우를 화제로 삼았다. 어떤 애들은 겨우 몇 대 맞았다고 학교에 안 나온다고 비난했지만 정우의 말대로 태영 선배가 들고 있던 각목의 끄트머리에 못이 튀어나와 있던 건 사실이었다. 그 못이 정우의 바지를 찢고 살을 찢었다. 그런 매질을 끝내 견뎌낸 정우는 어쩌면 정말 대단한 존재인지도 몰랐다. 어쨌든 정우는 그렇게 우리 사이에 미운털이 박히고 있었다. 뭐가 있는 척하지만 아무것도 없는 그런 우스운 아이.

끼익. 수업 시작까지 10분 정도가 남았을 무렵이었다.

"야, 기소라, 너 저런 사람 봤어?"

지영이 시선은 날 향한 채 볼펜 끝으로 어딘가를 가리켰다. 어쩐지 무척 조심하는 모습이었다. 나는 지영의 볼펜 끝을 따라 고개를 돌렸다. 키 적어도 190센티. 인상 우락부락. 그렇다고 못생긴 얼굴은 아니었다. 그저 범접하기 어려운 건달 포스를 가득 풍기고 있어서 험상궂게 보였다. 처음 보는 남자였다. 큰 덩치에 무시무시한 인상은 그저 얼굴에 주름만 그려도 충분히 경고 표시가 될 만했다. 나도 얼른 고개를 돌렸다. 왜 강의실 문 앞에서 기웃거리고 있는지 모르겠지만 보는 것만으로도 납량 특집 공포 체험이었다.

"저기 잠시만요."

뒤늦게 들어오려던 선영이 그 남자에게 비켜달라는 몸짓을 하며 강의실로 들어오려 하고 있었다. 남자의 앞모습을 봤다면 자신이 얼마나 용기 있는 행동을 하는 중인지 깨달을 텐데.

"한 가지 물어봐도 되겠습니까?"

남자는 선영이 말을 걸어줘서 잘됐다 싶었는지 얼른 선영을 향해 몸을 돌렸다. 움찔. 그 인상을 보더니 선영도 당황했는지 어깨를 움찔거렸다.

"예?"

목이 꺾어질 듯 고개를 든 선영의 눈동자가 떨리고 있다는 건 어렵지 않게 알 수 있었다. 그 정도로 남자의 인상은 무서웠다.

"여기 국문과 1학년 강의실 맞습니까?"

"예? 예."

"혹시 이정우라고 있습니까?"

"이정우요?"

선영이 그 순간 반사적으로 나를 향해 고개를 돌렸다. 엇! 저게 왜 나를 봐?

"정우하고는 쟤가 친해요."

엇! 어느새 선영의 손가락은 분명히 나를 가리키고 있었다. 남자는 웃으며 날 향해 터벅터벅 다가오고 있었다.

"야, 기소라, 오늘은 필기 좀 할래."

"어? 야."

지영이 냉큼 자리에서 일어서더니 가방을 들고 자리를 앞으로 옮겼다. 야, 이 여우 같은 계집애야.

"이정우하고 친합니까?"

"아, 아닌데요. 그, 그게……."

"정우, 학교 나옵니까?"

"잘 안 나오는데요."

"연락처는 아십니까?"

나한테 왜 이래요, 아저씨? 지금 심문하는 거야, 뭐야?

"모, 몰라요. 학교에 잘 안 나와서."

"음, 하도 연락이 안 돼서 학교에 왔는데……."

다행히 예의는 바른 남자였다. 역시 사람은 생긴 것만 보고 판단하면 안 되는 거야. 그럼, 그럼.

"실례했습니다."

남자는 가볍게 묵례를 하고 돌아섰다. 나는 그제야 지영을 째려봤다. 지영은 혀를 쏘옥 내민 채 고개를 까딱거리며 날 놀리고 있었다. 눈동자는 바보처럼 한가운데로 집중시킨 채. 저게 정말!

"야, 박지영! 너 죽을래?"

"오랜만이다."

거의 동시였다. 내가 발끈해서 소리친 것과 낯익은 목소리가 들린 것은.

"이정우, 이게 얼마만이야?"

"김인범, 잘 지냈어?"

김인범? 저 남자가 정우 친구란 말이야?

"나가자."

"너 수업이잖아?"

정우는 친구의 말은 무시하고 가방에서 뭔가를 꺼내더니 내게 휙 하고 던졌다. 내 치마였다. 비닐봉지에 억지로 구겨 넣은 것도 모자라 가방 안에 꾹꾹 눌러 담은 모양이었다.

"그거 빤 거니까 걱정 마. 우린 나가자."

"드, 드라이클리닝?"

김인범의 어깨를 치며 방금 들어왔던 강의실을 나가려던 정우는 슬쩍 고개만 돌린 채 말했다.

"아니, 공기 방울 세탁기."

"야! 이건 그렇게 빨면 천 상하는데……."

"공부 열심히 하고 선생님 말씀 잘 듣고."

어느새 정우는 내게 등을 보이고 있었다. 어깨너머로 살래살래 흔드는 손짓만이 내 시야에 들어왔다. 진짜 얄미워. 어설픈 터프가이, 깡패 놈, 씨이.

정우의 짧은 이야기

인범과 나는 자판기 커피를 뽑아서는 문과대 현관 앞 계단 구석에 나란히 앉았다. 현관을 드나드는 학생들이 인범의 얼굴을 흘낏흘낏 바라보며 지나쳐갔다.

"그동안 뭐 하고 지냈냐?"

어쨌든 내게는 정말 반가운 녀석이었다. 인범은 그 뜨거운 커피를 단숨에 후루룩 마셔버리더니 종이컵을 구기며 날 바라보았다.

"나?"

"그럼? 누구 또 있나?"

"후후후. 학교 졸업하고 2년째 농땡이 까고 있지."

"나 여기 온 건 어떻게 알았어?"

"학원 다닌다고 했었잖아. 그 검정고시 학원 가서 알아봤다. 그런데 이 학교는 일부러 들어온 거야?"

"일부러?"

"윤정임이 다니던 학교잖아."

윤정임. 2년 만에 듣는 이름이다.

"성적 맞춰 온 거다. 그런데 너 정말 노는 거냐? 군대는?"

"군대는 아무나 가나? 난 전과자라고."

"전과?"

"뭐 어쨌든 아직은 갈 때가 아니라서. 사실은 요리 학원 다닌다. 요리사가 돼볼까 하고."

"요리?"

나는 녀석의 우락부락한 얼굴과 커다란 덩치를 보며 웃음을 지을 수밖에 없었다.

"웃지 마, 짜샤. 나도 내 갈 길을 찾은 거지. 늦게나마."

"애들은 어때?"

"그냥 그래. 전형수는 자동차 정비 배우고 있다고 그러고, 이영수는 잡혀갔고."

"이영수?"

"유림 통 말이야."

"유림에 인재 나왔다더니?"

"그 녀석은 앞 못 보는 계집한테 맘이 홀렸다가 끝이 안 좋았다던데. 죽었다나?"

"그러냐?"

죽음. 다시는 듣기 싫은 말이었다.

"참, 아까 그 애 누구 닮았던데?"

"누구?"

"네가 치마 준 애 있잖아."

기소라? 누굴 닮았다는 거지?

"윤정임이랑 비슷하던데? 분위기가."

"전혀 달라."

"너랑 친하다던데?"

"그 애가 한 말 아니지?"

"어? 어."

어정쩡한 인범의 대답을 들으며 나는 미소와 동시에 한숨을 내쉬었다.

"대학 괜히 왔나 봐."

"무슨 소리냐? 대학 생활 재미없어?"

"글쎄. 다른 녀석들은 대학에 오고 나서 목표를 잡는 거 같은데 난 뭐랄까, 내 인생 목표 자체가 대학이었으니까. 들어오고 나니 목표가 없어졌다. 그냥 앞이 캄캄해. 그리고 대학생들은 뭐 좀 다를 줄 알았더니 내가 중딩 때 하던 짓을 이제 와서 하더라고."

"왜? 일진 놀이 하냐?"

"비슷해. 기강이니 선후배니. 배운 놈들이 더 악게 괴롭히는 것 같아."

"크크크. 원래 공부하던 놈들이 대가리가 늦게 트이거든. 다 커서 하는 일진 놀이가 더 추하긴 하지."

인범은 나를 그윽한 눈길로 바라보았다. 딴에는 감회가 새로운 듯했지만, 사실 그 인상에 그 눈길은 부담스럽다.

"그래서 수업 잘 안 듣는 거야?"

"훗, 모르겠다. 내가 뭘 해야 할지 모르겠다. 미래가 없어, 미래가."

"학교나 제대로 다니고 그런 말 하지그래?"

어디선가 들려오는 소리에 나는 고개를 돌렸다. 어느 틈에 나타난 세진이었다. 짝다리를 짚고선 삐딱한 눈길로 날 노려보고 있었다.

"이세진."

세진은 말없이 다가왔다. 그때 오락실에서 만난 이후 처음
보는 모습이었다. 내가 소라의 다이어리를 주운 그날, 세진은
입에 담배를 물더니 내게 다가왔다.

'야, 이정우,'

세진은 한껏 분위기를 잡으며 담배에 불을 붙였다.

'너 갑자기 왜 잘난 척하는데, 우엑, 캑캑.'

나는 담배 연기에 캑캑거리는 세진을 무시하고 그대로 자리
에서 일어났다. 그러다 소라의 다이어리를 발견했다.

'야! 너 어디가? 캑캑.'

'담배 오늘 처음이지?'

'웃기지 마! 아니거든. 오늘은 연기 잘못 마신 거야!'

세진은 발끈하며 소리쳤다. 하지만 어찌나 기침을 하는지 눈
에는 눈물까지 맺혀 있었다.

'그래? 그럼 끊어라.'

그 말을 끝으로 나는 그대로 돌아섰다. 그리고 거의 보름 만
에 보는 세진이었다. 세진은 투덜거리며 내 옆에 털썩 주저앉
았다.

"뭘 그렇게 봐? 문과대에 교양 수업 있어서 왔다가 우연히
본 거야. 내가 뭐, 너 쫓아다니기라도 하는 줄 알아?"

"누가 물어봤나? 그럼 수업 들으러 가라."

"휴강이래."

"정말이야?"

세진은 대답하지 않았다. 인범은 팔꿈치로 나를 툭 하고 쳤다. 호기심이 생긴 얼굴이었다. 세진은 다시 투덜거렸다.

"얘기하는 거 듣고 있는데 웃겨서. 미래가 없어? 하긴 왕따 주제에 무슨 미래가 있겠어? 이 누나가 너 불쌍해서 좀 사귀어 주려고 했더니 네가 날 차? 그러니 재미가 없지."

"왕따? 누가 누굴 차?"

인범이 어이가 없는 듯 웃으며 날 바라보았다. 나는 자리에서 일어났다.

"강의 들으러 간다."

"뭐야? 또 피하는 거야?"

세진이 발끈하며 날 따라 일어섰다.

"지금 무슨 강의를 듣는다는 거야? 시작한 지 적어도 20분은 지났겠네."

"그럼 집에 가지, 뭐."

"너 왜 그러는 건데? 학원에선 안 그랬잖아. 이유를 말해줘야 할 거 아냐?"

나는 그 자리에 우뚝 멈췄다. 그리고는 세진을 향해 시선을 돌렸다.

"꺼져."

"뭐, 뭐?"

"재수 없어, 꺼져."

"하, 너, 하."

입을 벙긋거릴 뿐 세진은 말도 제대로 잇지 못했다.

"어, 어떻게 면전에 대고. 너 좀 심한 거 알아?"

나는 눈을 내리깔며 가득 오만을 부렸다.

"꺼지라고."

그 순간이었다. 철썩 하는 소리가 나더니 눈에서 불꽃이 일었다.

"나쁜 자식아, 난 네가 좋았을 뿐이야, 알아?"

세진은 내 뺨을 후려갈기고 그대로 돌아섰다. 세진의 얼굴은 슬퍼 보였다.

세진이 완전히 사라지자 인범이 날 놀리기 시작했다. 얼굴엔 장난기가 가득했다.

"이야, 이거 뭐야? 내가 지금 뭘 본 거야? 천하의 이정우가 계집애한테 뺨을 맞네? 너 왜 이렇게 망가졌냐? 으하하."

"흥."

"웃을 일이 아니라니까? 너 스타일 많이 구겼구나? 그런데 왜 너 좋다는 여자도 싫다고 그러냐? 나 같으면, 하하."

무슨 상상을 하는지 인범은 큰 소리로 웃었다. 어찌나 소리가 우렁차던지 오가던 학생들이 인범을 바라보는가 하면 2층 빈 강의실에서 공부하고 있던 여학생이 창을 열어 밖을 내려다볼 정도였다.

"내 옆에 여자는 안 돼."

"무슨 소리야?"

짐짓 심각한 내 목소리를 듣고 인범은 인상을 고쳤다. 하지만 아직 장난기는 남아 있는 모습이었다.

"너 옛날에 평범하게 살고 싶다고 그러지 않았냐? 망나니 주먹질은 이제 그만둬야지, 암. 하긴 내 생각엔 말도 안 되는 거지만. 어쨌든 평범하게 살려면 여자 친구도 사귀고 그래야지. 남들처럼 데이트도 하고 말이야."

"어쨌든 내 옆에 여자는 안 돼."

"왜?"

나는 인범을 바라보았다. 꽤 싱거워진 걸 보니 그동안 녀석도 많이 변한 것 같았다.

"비밀이다."

"비밀? 진짜 옛날 이정우가 아니군. 계집애처럼 비밀이 뭐야? 사나이들 사이엔 비밀이란 없는 거야, 알겠냐? 사나이 말이다, 사나이. 혹시 네 첫사랑 때문에 그러냐? 이루어질 수 없었던 연상의 여인. 그러고 보니 방금 그 앤 진짜 윤정임하고 똑같더라."

"넌 내 옆에 여자만 있으면 정임일 갖다 붙이냐?"

"하하하. 그런가? 그런데 방금 그 앤 진짜야. 진짜 똑 닮았어. 치마만 입혀놓으면 완전 판박이야. 너한테 함부로 대하는 성격도 비슷하고. 좀 기가 세 보이긴 한다만."

그래, 맞다. 세진이를 보고 있으면 정임이가 생각난다. 그럴 리야 없겠지만 내가 만약 세진이와 사귄다면 정임이의 불운이

세진에게도 이어지지 않을까, 하는 불안. 그것이 세진이를 밀쳐내게 했다. 하지만 그런 이야기는 낯간지러우니까 인범과 나눌 이야기는 못 된다. 틀림없이 못해도 30년은 놀려먹을 테니까. 젠장, 일어나야겠다.

"간다."

"야야."

인범의 다급한 목소리를 듣고 나는 다시 옮기던 걸음을 멈춰 세웠다.

"너 학교 잘 안 다녔냐?"

대답하지 않았다.

"뭐냐? 아직 갈등하고 있는 거야?"

조금 전까지 날 놀리던 인범은 이제 진지한 얼굴이었다.

"네가 원하는 대로 됐잖아. 더 이상 방황하지 마라."

"그냥."

"그냥?"

"대학에 들어오고 난 후 갑자기 뭔가를 상실한 것 같아서 그래. 정말 이게 내가 원하는 길일까, 하는 그런 생각들 말이야. 이제 어떻게 해야 할지."

인범은 내 등을 툭툭 두드려주었다.

"네가 할 일은 열심히 공부해서 장학생이 되는 거야."

"그다음엔?"

"졸업하고 취직해야지."

"취직? 취직이 안 되면?"

"취직하려면 토익인가 토플인가 그런 거 공부하고 컴퓨터 자격증 몇 개 따고 해외 유학도 다녀와야 한다더라. 그렇게만 하면 취직은 돼. 아니면 아무도 알아주지 않는 지방 중소기업에 일용직 노동자로 가라고, 핫핫."

하지만 나는 웃을 수 없었다. 지금 인범이 하는 말이 내가 고민하는 바로 그것이었다.

"그렇게 해서 취직이 됐다고 하자. 취직되고 난 다음엔 뭐 하지?"

"결혼하고 돈 모아서 집 사고 아기 낳고. 뭐, 그런 거지. 그게 평범한 삶 아닌가?"

"죽기 전까지 그렇게 기계처럼 살라고?"

"너,"

인범은 드디어 한없이 진지해졌다. 그 옛날의 모습이 얼굴에 잔뜩 묻어나오고 있었다. 녀석의 인상에 어울리는 날카로운 눈빛이 순간 빛났다가 사라졌다.

"네 인생은 두 사람의 목숨값이라며? 마치 내가 옛날에 널 꼬드길 때 했던 말 같구나. 네가 예전에 가던 세상이 다시 눈에 보이는 거야? 갈등하지 마, 알잖아?"

나는 그렇게 말하는 인범을 물끄러미 바라보았다. 그러다 그만 픽 웃고 말았다.

"그래, 그래야지. 넌 이제 좀 사람이 된 것 같구나."

"당연하지. 너 같은 막가파는 처음부터 아니었다, 이 녀석아."

"핫핫핫, 이래서 옛 친구는 좋은 거군. 근데 네가 하는 요리는 맛있냐?"

"몇 살이나 먹었다고 옛 친구냐? 그리고 내 요리 실력을 의심하다니. 요리사가 되겠다는 소박하고 순진한 꿈을 꾸는 나한테 너무한데?"

"하하하."

나는 소리 높여 웃었다. 최근 이렇게 웃어본 적이 없었던 것 같다. 소박? 순진? 도저히 녀석의 얼굴과는 어울리지 않았다. 그러고 보니 순간 빛났던 인범의 눈빛도 다시 사그라진 것 같았다.

"가라. 강의 들어가야겠다. 벌써 한 시간 지났네."

인범은 씩 웃었다.

"그래. 그리고 아까 그 아가씨하고 잘해봐. 내가 보기엔 괜찮더라. 그리고,"

"뭐?"

"머릿속에 먹물 들어간 놈들은 생각이 너무 많아. 너도 먹물 좀 찼다고 생각이 많아진 것 같아."

나는 코웃음을 날리며 손바닥을 펼쳤다 접었다. 잘 가라는 인사였다. 인범은 손을 좌우로 흔들었다. 김인범. 녀석은 이제 제 살 길을 찾은 것 같았다. 다행이다.

"야, 너 우리 조야."

강의실로 들어가려고 복도에 들어서자마자 소라가 상기된 표정으로 내 앞에 턱 버티고 서더니 뚱딴지같은 소리를 내뱉었다.

"조?"

요즘 들어서 날 대하는 태도가 부쩍 자연스러워진 소라를 바라보며 나는 되물었다.

"그래, 조 짜서 발표하는 거 있단 말이야. 어떻게 짜다 보니 너하고 우리하고 같은 조가 됐어."

"우리가 누군데?"

"나하고 지영이, 선영이, 태상이."

"다 모르는 애들이네?"

소라는 기가 막힌 표정을 지었다.

"태상이는 너처럼 학교 안 나오는 애라서 우리도 궁금해. 지영이, 선영이는 얼굴 보면 알걸?"

"그래? 알았다."

하지만 소라는 선뜻 물러날 기세가 아니었다.

"뭐야? 또 할 말 있어?"

"너 학교 또 안 나올 거잖아. 학번 적어줘."

"학번?"

"공동 리포트에 학번이랑 이름 올려야 돼. 어차피 넌 또 보기 힘들 테니 지금 가르쳐줘. 그리고 연락처도. 조별 비상 연락망 만들 거니까."

연락처? 학번? 미안한 일이지만 내 학번은 나도 잘 모르고 있었다. 그만큼 나는 그동안 학교에 무관심했고 딱히 관심을 가질 생각도 없었다. 제출하라는 사진도 내지 않았고 학생증도 없었다. 학생증을 만들려면 따로 교무과로 가서 개인적으로 만

들어야 할 형편이었다. 그런 내게 학번이라니.

"몰라."

"뭐? 세상에 자기 학번 모르는 사람이 어디 있어?"

"여기."

"기가 막혀, 진짜. 너 오늘 중으로 학번 알아내서 나한테 가르쳐줘, 알았지?"

소라는 심술을 부리면서 돌아섰다. 나한테 명령하는 건가? 이걸 귀엽게 봐야 하나? 후우, 이정우. 그래, 넌 예전에 죽었다. 소라가 나한테 명령 못 할 것도 없었다. 어쨌든 나는 학번을 알아내기 위해 조교를 찾아 학과 사무실로 향했다. 오랜만에 학교에 왔다가 하릴없이 다리품만 팔고 있었다. 생각해보니 웃음이 나왔다. 이정우가 이렇게 되다니.

"어? 야아, 이거 잘난 이정우 아냐?"

비딱한 목소리에 나는 눈길을 돌렸다. 막 학과 사무실에서 나오던 장태영이었다.

"실실 쪼개고 있냐? 뭐 좋은 일 있나 봐? 다리는 괜찮나?"

이걸 어떻게 받아칠까. 그냥 하던 대로 말 트고 무시해버릴까. 아니다. 그럴 순 없었다. 인범이 말이 맞다. 더 방황하지 말자. 나는 아무 말 없이 인사하는 듯 고개를 까딱거리고 학과 사무실 앞에 섰다.

"건방진 건 여전하구만. 아예 말도 하기 싫다? 요즘 애들은 큰일이야. 선배 무서운 걸 모르고 그저 맞먹으려고만 하니. 그러다 너처럼 맞고 나서 정신 차리잖아, 쯧쯧."

장태영은 고개를 흔들며 나를 지나쳤다. 그리고 나를 스치는 순간 조용히 속삭였다.

"한 번만 더 까불면 그땐 진짜 죽는다. 한 주먹거리도 안 되는 게."

후우! 대학에서도 이 꼴이라니. 한심하게. 씁쓸한 미소를 지으며 나는 학과 사무실로 들어갔다.

"너 학생 맞아?"

조교는 어이가 없다는 표정이었다.

"너 제출 안 한 게 왜 이렇게 많아? 학생증은 네가 교무과 가서 개인적으로 만들어. 날짜 지났어. 그리고 이거 내일까지 작성해서 주고."

조교가 내게 넘긴 건 정말이지 한 묶음의 종이뭉치였다. 나는 대충 말아 쥐고 복도로 나왔다. 대학이든 어디든 서열과 격식은 나를 피곤하게 만든다. 이런 생활이 무의미하게 느껴지고 있었다.

"야야! 이정우! 이정우!"

그때 누군가의 다급한 목소리가 들렸다. 소라하고 붙어 다니던 지영이었다. 나는 멀뚱거리며 숨 가쁘게 날 향해 달려오는 지영을 바라보고 있었다.

"소라가, 소라가……."

"소라가 뭐?"

"태영 선배한테 뺨을 맞았어."

뺨? 맞든지 말든지. 나하고 무슨 상관이라고.

"그런데?"

"그런데라니? 너희 친하잖아."

친하다고? 도대체 그런 이야긴 누가 퍼뜨린 거지? 남들 보기엔 우리가 친하게 보이는 걸까?

"태영 선배 난리 났어. 1학년들 정신 교육 하다가 소라가 한마디했는데 그것 때문에 완전히 뒤집어졌어. 태영 선배는 너데리고 오라고 난리고."

지영이는 발을 굴러대며 내 소맷자락을 끌었다. 나는 영문도모른 채 하릴없이 소맷자락을 지영이한테 맡기고 끌려가다시피 강의실로 향했다.

8.

나는 손으로 뺨을 가리며 바들바들 떨었다. 눈물이 삐질 흘러나오고 있었다. 왜 때리는 거야? 네가 뭔데? 나도 귀하게 컸어. 아빠도 엄마도 날 때린 적이 없는데. 네가 뭔데.

섧고 슬펐다. 얼마나 잘나서 내 뺨을 때리느냐고. 펑펑 울었다. 뭔가 속에서 부글부글 북받쳐 올랐다. 하지만 태영 선배는오히려 당당한 모습이었다.

"어디서 질질 짜는 거야? 잘했다는 거야?"

한마디 톡 쏘고 싶었지만 나는 그저 울기만 할 뿐이었다. 소심한 나에겐 그것만이 내가 할 수 있는 유일한 일이었다. 난 홀

쩍거리며 손등으로 눈물을 닦아냈다. 도무지 멈추지 않는 눈물이었다.

"이게 진짜 우는 걸로 넘어가려고 그러네? 계집애가 질질 짜면 봐줄 것 같아서 그러냐? 엉?"

태영 선배는 무섭게 나를 보며 호통을 쳤다. 그 서슬에 어깨가 움찔거렸지만, 도무지 아무런 말도 할 수 없었다. 그저 서럽기만 했다. 그때였다. 강의실로 정우와 지영이 들어섰다. 정우를 보니 느닷없는 설움이 더욱 북받쳐 올랐다. 나쁜 놈, 씨이. 그렁그렁한 눈물을 머금고 정우를 바라보는데 나쁜 정우는 날 힐끔 보더니 태영 선배에게 이내 시선을 돌렸다. 언젠가 내가 느꼈던 무서운 정우. 그런 정우의 눈빛이었다. 하지만 태영 선배는 그런 정우를 비웃고 있었다.

"이 자식이 눈 봐라? 너 사람 패겠다?"

무섭게 굳어가는 정우의 표정이었다. 긴장감. 그랬다. 언젠가 느꼈던 그것. 정우는 마음만 먹으면 사람을 긴장시키는 힘이 있었다. 태영 선배의 쌍심지가 휘어 올라갔다. 정우 때문에 잠시 주춤했던 태영 선배는 다시 우리에게 분노를 터뜨렸다.

"이것들이. 요즘 세상 진짜 좋아졌구나. 1학년 새끼들이 작당하고 선배 물 먹이려 들어?"

정우는 침묵했다. 잠시 눈을 내리깔았다가 다시 치떴을 뿐이었다.

"욕먹을 만하네."

정우의 심드렁한 목소리는 분명 날 타박하고 있었다. 정우가 그렇게 말하는데 왜 이렇게 내 맘이 허해지는 걸까.

"뭘 울고 그래? 잘못했구만."

잘못했구만? 그래. 내가 잘못했겠지. 그런데 너한테 이런 말 들으니 왜 이렇게 억울하지? 도대체 넌 뭐야? 뭐 대단한 배경이라도 있는 거야? 왜 잘난 척하냐고? 왜 대단한 척하냐고? 결국 기어들 거면서 왜 애초에 대들고 그랬냐고? 나는 원망을 담은 눈으로 정우를 노려보았다. 태영 선배가 그런 우리를 보고 코웃음을 쳤다.

"하! 웃기는 새끼들. 이정우, 너 잔대가리 제법 굴린다? 이제 겁 좀 먹었냐?"

무슨 소리냐는 듯 정우는 태영 선배를 바라봤다.

"오기만 하면 작살을 내버리려 했는데 알아서 기니까 오늘은 이 정도만 하지. 앞으로도 딱 이렇게만 살아, 앙?"

정우는 대답하지 않았다.

"1학년 새끼들, 다들 조심해. 알겠어?"

태영 선배는 그렇게 소리치고 난 후 우리를 쓱 둘러보더니 강의실을 나갔다. 그 뒷모습을 보고 있자니 또 왈칵 눈물이 쏟아졌다. 그 후 한동안 정적이 계속되었다.

"아이씨, 학교 왜 이러냐?"

뒷줄에 앉아 있던 남학생 한 명이 화난 표정으로 자리에서 일어나더니 강의실 문을 박차고 나가버렸다.

"야! 너 미쳤어?"

누군가 그렇게 소리쳤다. 누구한테 하는 소리인지 알 수 없었다.

"야, 기소라, 너 미쳤냐고?"

"웅? 나?"

아이들은 나를 보고 있었다. 오늘 태영 선배에게 대든 건 분명 나였다. 그래서 일이 이렇게 커지고 말았다. 아이들의 원망이 나를 향하는 것은 당연한지도 몰랐다. 하지만 억울했다.

"내, 내가 뭘?"

"아이씨, 진짜. 태영이 저거 개 또라이인 거 몰라? 왜 건드려서 이렇게 만들어?"

해성이 나한테 소리쳤다. 태영 선배가 자리에 없자 호칭은 선배에서 당장 개 또라이로 변했다.

"안 그래도 전에 신복 환영회 갔다 와서 1학년들 찍혔는데 눈치 없게 왜 그래? 그냥 죽은 듯이 들었으면 됐을 거 아냐?"

"뭐야? 왜 소라한테 그래?"

지영이 자기 일처럼 나서 주었다. 하지만 나는 이미 약간의 충격을 받은 상태였다. 나는 이렇게 원망 어린 시선을 집중적으로 받아본 적이 없었다.

"야야, 그만해. 소라 잘못이냐, 이게? 애초에 저 새끼가 학교에 들어온 것 자체가 잘못이지."

다른 쪽 구석에서 비아냥거리는 말이 들려왔다. 그것은 정우를 보고 하는 말이 분명했다.

"안 그러냐, 이 깡패 새끼야?"

깡패? 정우를 보며 비아냥대는 남자애는 박응식이었다. 키도 크고 운동으로 다져진 몸매가 탄탄한 그런 남자애였다.

"김인범이 찾아온 거 보고 확신했다. 2년 전의 동진고 이정우 맞지?"

정우는 응식에게 반응하지 않았다. 대신 나를 보더니 종잇조각을 내보이고 있었다.

"내 학번이다."

그런 정우의 태도가 응식의 기분을 거슬리게 한 것 같았다.

"저 새끼가. 사람 말이 말 같지가 않나."

응식이 자리에서 일어서더니 정우에게 성큼 다가왔다. 응식의 키는 185센티는 족히 될 것 같았다. 정우에게 가까이 다가서자마자 응식은 정우의 머리칼을 턱 하고 붙잡더니 거칠게 잡아당겼다.

"아아!"

나는 놀라 소리쳤다. 다른 여학생들도 응식의 갑작스러운 행동에 깜짝 놀란 거 같았다.

"가만 있어봐."

응식은 한 손으로 정우의 머리를 누르고 다른 손은 활짝 펼쳐서 마치 우리의 함성을 통제하듯이 휘휘 저었다.

"야, 이 깡패 새끼야! 네가 어떻게 대학교에 왔냐? 어? 너 같은 새끼가 공부해서 들어왔을 리는 없고 어디 뒷돈 대주고 들어왔냐?"

정우는 가만히 있었다. 응식이 정우의 고개를 계속 눌러대는 통에 정우의 머리는 응식의 허리띠 아래까지 내려가 있었다.

"너 이 새끼, 똑똑히 들어. 너 때문에 우리 면학 분위기 해치고 그러면 내가 너 아작 낸다, 알아?"

"야, 그만해. 정우가 무슨 짓을 했다고 그래?"

"이 새끼 2년 전만 해도 그 인근에서 유명했던 놈이야. 소문난 깡패라고. 설마 했더니 진짜 그놈일 줄이야. 김인범이 안 왔으면 몰라볼 뻔했네."

깡패? 정말일까? 웅식은 정우의 머리에서 손을 놓았다. 정우의 머리가 까치집을 지은 듯이 일어서 있었다. 이상한 분위기가 흐르고 있었다. 정우는 여전히 무표정했지만, 자신이 얼마나 대단한 모욕을 당했는지는 알고 있는 듯 약간 얼굴이 달아올라 있었다. 웅식과 정우를 제외하고 우리 모두는 이 이상한 광경에 얼어붙고 말았다. 누가 어떻게 이 어색함을 깨뜨려야 할지 아무도 모르는 듯 미묘한 기류가 한동안 계속되고 있었다.

"학번 가르쳐줬으니 가도 되지?"

정우는 아무것도 아니라는 듯 날 보며 미소를 지었다. 하지만 그 모습이 그렇게 어색하고 불쌍해 보일 수가 없었다. 제발 그러지 마. 그렇게 애써 태연한 척, 멋있는 척하지 마. 너 사실 아무것도 아니잖아. 나는 그런 정우가 정말 안타까웠다. 소문난 깡패라고? 믿을 수 없었다. 무언가 소문이 잘못 났을 거야.

"으응."

"그래."

정우는 손으로 몇 번 자신의 머리를 손으로 훑더니 뒤돌아서 강의실을 나섰다. 그 뒷모습이 참 쓸쓸해 보였다.

"쟤 불쌍하다."

그런 느낌은 나만 가진 것이 아닌 모양이었다. 터벅터벅 돌아서 나가는 정우를 보고 다른 아이들도 비슷한 감정을 느낀 것 같았다. 그때였다. 무언가 내 머리를 치고 가는 것이 있었다.

"아! 비상 연락망!"

우리 조 비상 연락망을 짜야 했다. 정우가 언제 또 학교에 나올지 보장할 길이 없었다. 나쁜 놈. 왜 가르쳐달라고 했는데 안 가르쳐주는 거야? 나는 서둘러 정우의 뒤를 쫓아 강의실을 나섰다. 하지만 나는 강의실을 나서자마자 몸을 움찔거리며 벽에 달라붙어야 했다. 저쪽 복도 끝에 정우와 태영 선배가 서서 마주 보고 있다가 복도 뒤로 들어가는 모습이 보였다. 뭐지?

"뭐야, 이 새끼야?"

태영 선배의 욕설이 튀어나왔다. 이정우. 이 정도 되면 그 앤 오늘 정말 일진이 사나운 날이었다. 또 태영 선배의 속을 긁어 놓은 모양이었다.

"이 새끼가 시건방지게. 너 죽을래?"

태영 선배의 욕이 터져 나왔다. 정우의 목소리는 들리지도 않았다. 나는 두려웠지만, 벽에 몸을 붙이고 조심스럽게 복도 끝으로 다가갔다.

"하! 좋아, 너 오늘 잘 걸렸다. 그렇지 않아도 너 언젠가는 손 좀 보고 싶었는데. 선후배 서열 필요 없어. 계급장 떼고 한번 붙어볼까?"

태영 선배의 화난 음성이 들려 왔다. 그리고 그제야 정우의 목소리가 작지만 또렷이 내 귀를 파고들었다.

"제가 다 잘못했습니다. 그냥 소라 때린 거 그건 아닌 것 같으니까 소라 따로 불러서 때린 거 사과하고 달래주었으면 합니다."

정우의 정중한 부탁이었다. 나는 약간 의외라서 더욱 귀를 세웠다. 물론 그네들은 내가 이야기를 엿듣고 있는 줄은 모를 것이다.

"사과? 이 새끼가. 아예 네가 선배 해라, 응? 네가 부려먹고 시켜먹고 네 맘대로 해봐, 이 개자식아."

"그 정도의 사과도 안 되겠습니까?"

분명히 존댓말이었지만, 그 순간 정우는 마치 심판자가 된 것 같았다. 나는 차마 그들 앞에 나타나진 못하고 벽면에 몸을 더욱 바싹 붙이고 대화를 엿들었다. 정우의 목소리가 이어졌다.

"선배의 체면을 생각해서 따로 보자고 한 겁니다. 1학년들 모두 있는 데서 사과하라고 하진 않겠습니다. 나중에 소라한테 따로 얘기하는 게……."

철썩. 정우가 말이 끊겼고 뺨 때리는 소리가 들렸다.

"햐아, 이 새끼 진짜 웃기네. 아예 협박을 해라, 응? 뭐 이런 인간 망종이 다 있어? 위아래가 없어, 인간이."

"정중하게 부탁하는 건 이번이 마지막입니다."

"이 개새끼가 진짜."

태영 선배의 화난 음성이 들려왔다. 나는 나도 모르게 어깨를 움찔했다. 지금까지와는 전혀 다른 태영 선배의 목소리였다.

"뭘 믿고 이렇게 건방져? 너 세상 살아오면서 아직 진짜 임자를 못 만났지? 진짜 무서운 사람을 못 만나서 네가 이렇게 건방을 떠는 거지, 응?"

"부탁입니다."

태영 선배가 하하, 웃는 소리가 들렸다.

"하아, 이 새끼 진짜 막 나가네? 분위기는 하여튼 엄청나게 잡아요. 너같이 분위기 띄우는 놈들이 빈 수레지. 내 다 알아. 나도 소싯적엔 학교에서 짱 뜨고 다녔어, 이 새끼야."

이번에는 정우의 목소리에도 변화가 생기기 시작했다.

"후우, 사과해라."

사과해라. 마지막 한마디가 내 귀를 뚫고 들어왔다.

"사과 안 하면? 안 하면 어쩔 건데?"

"사과하게 만들어주겠다."

"하하하하."

태영 선배의 웃음이 터졌다.

"야, 너 어디서 협박하는 건 배웠구나? 하하하하. 이 새끼 귀여운데? 응? 너 그년하고 잘 아냐? 소란지 뭔지."

"날 위해 이야기하다가 맞았으니까. 나는 나와 인연이 닿으면 확실히 챙겨준다. 그게 내 방식이다."

"말하는 게 무슨 조폭 같다? 이런 미친 새끼. 너 진짜 맞는다? 세상 무서운 거 똑바로 알게 해줘? 엉?"

"선수 주겠다. 먼저 쳐라."

"하하. 야, 이거 돌겠네. 너 오늘 죽었다 복창해라, 그냥. 나이 스물다섯 먹고 학교에서 주먹질하려니 쪽팔린다. 야, 너 진짜

울지 마라, 이 새끼야."

빡! 태영 선배의 마지막 목소리와 함께 뭔가 엄청난 소리가 들렸다. 소리만 들어도 알 수 있었다. 이건 사람을 거의 죽일 소리였다. 선수 주겠다. 먼저 쳐라. 정우의 마지막 목소리가 내 귀를 맴돌았다. 빠악!

"컥, 끼익."

큰일이었다. 금방이라도 숨이 끊어질 것 같은 소리였다. 어떡하지. 어떡하지.

"선배님, 제가 잘못했어요!"

나는 더 이상 참지 못하고 두 사람의 공간으로 뛰어 들어갔다. 이대로 놔두면 정우가 죽을 것 같았다.

"어?"

바닥에 쓰러져 있는 건 태영 선배였다. 기절한 것 같았다. 정우는 거의 의식도 없는 것 같은 태영 선배의 멱살을 붙잡으며 다시 일으켜 세우는 중이었다.

"이, 이정우!"

정우는 거의 혼절한 태영 선배를 손아귀에서 놓았다.

"이것으로 빚은 갚은 거다."

"뭐, 뭐라고?"

정우는 내게로 다가왔다. 나는 흠칫 놀라 뒷걸음질 쳤다.

"빚은 갚았다고. 치마 빌린 값."

"너, 너?"

에? 아깐 내가 자길 위해 대꾸하다 맞아서 그렇다더니. 나 다

들었거든. 아니, 그리고 치마는 누가 이렇게 갚아달래? 세탁기에 돌려서 내 치마 못 쓰게 해놓고선.

"겁나냐?"

"아, 아니. 그, 그게……."

속으로는 소리치고 있었지만, 사실은 정우의 얼굴을 똑바로 바라보기도 어려웠다. 정우는 겁에 질린 날 보며 피식 웃었다. 삐딱한 웃음이었다.

"비밀이다."

"비밀?"

"내가 주먹 쓴 거 비밀이야."

나는 대답도 못 하고 바보같이 고개만 수차례 끄덕였다. 정우가 이렇게 무섭게 보인 적이 없었다.

"난 원래 태생이 더러운 놈이야. 놀랄 것 없어."

정우는 그렇게 말하고는 날 지나쳤다. 나는 태영 선배가 염려되었지만 총총거리며 정우의 뒤를 따랐다. 태생이 더럽다고? 그럼 응식이한테는 왜 그렇게 당하기만 한 거야?

"다음에 보자고."

정우는 그 이상하고 어색한 웃음을 다시 나에게 보여주며 계단을 내려갔다. 나는 쓰러져 있는 태영 선배를 어떻게 해야 하는지 그날 한참이나 고민해야 했다. 그리고 며칠이 지났다.

9.

정우는 무언가 결심한 바가 있었는지 아침 일찍 강의실에 나타났다. 그런 정우를 보고 모두가 쑥덕거렸다.

"쟤가 동진고의 이정우라고?"

"무슨 전설이나 신화처럼 유명하다던데."

"헛소문이지, 뭐. 잘난 척 폼만 잡지, 뭐 하나 제대로 하는 게 없잖아? 때리면 맞아준다고 폼만 잡더니 결국 맞아서 기절하고."

"웃기는 애야, 정말."

아이들은 소곤소곤 말했지만 묘하게 마치 들으라고 하는 소리 같았다. 정우의 귀에도 분명히 들렸을 텐데 그 앤 태연히 앉아 있었다. 그때, 순형 오빠가 정우를 향해 입을 열었다.

"야, 네가 이정우니?"

정우는 순형 오빠를 향해 고개를 돌렸다. 회사 다니다가 학교 들어온 순형 오빠는 그 나이를 고려하더라도 꽤나 늙어 보이는 외모를 가지고 있었다.

"나는 자리에 없어서 몰랐는데 너 하나 때문에 1학년들이 얼마나 곤욕인 줄 아니? 응? 1학년들 전부가 너 하나 때문에 분위기 잘못 타가지고 완전히 엉망이 됐어."

그러자 구석에 앉아 있던 남학생이 자리에 앉아 한껏 거드름을 피우며 정우를 나무랐다,

"남에게 피해는 주지 말아야 할 거 아니야?"

"너 동진고 이정우 맞나?"

"하여튼 한 다리 건너 소문나는 건 믿으면 안 돼. 얼마나 과장되었겠어?"

"좀 조용히 살자. 대학에 와서도 선배 눈치 보면서 살아야 되냐? 너 하나 때문에 우리 학번 완전히 찍힌 거 알아?"

아이들은 서로 돌아가며 정우를 타박하고 있었다. 며칠 만에 나타난 정우는 뜻밖의 공격에 당황하는 것 같았다. 무언가 자기 딴에는 마음속에 다짐한 바가 있었던 모양인데 학교에 오자마자 모두에게 타박을 듣고 있으니 그 기분이 얼마나 참담할까 짐작하고도 남았다.

"좀! 좀 조용히 학교 좀 다니자. 이게 무슨 양아치 소굴도 아니고. 너 우리 과 분위기 흐리는 거 느끼고 있어?"

"멋있는 척은 엄청나게 해. 별것도 아닌 자식이."

정우의 입술 끝이 실룩거렸다. 태연한 척하고 있었지만 아무래도 속마음 모두를 숨기기는 어려운 것 같았다.

"그, 그만해."

보다 못해 내가 나섰다. 남들 앞에 나서길 무서워하는 나로서는 대단한 용기였다. 그러자 지영이 놀랍다는 표정으로 날 바라보았다.

"야, 기소라, 너 왜 그래?"

하지만 나는 그냥 두고 볼 수 없다고 생각했다. 난 태영 선배를 다루는 정우를 봤다. 그리고 유치하게 이게 뭐야? 무슨 왕따 분위기냐고.

"괜찮아."

날 보고 정우가 말했다. 무언가 속에 끓는 것을 억누른 말투였다. 하지만 그래도 날 챙겨주는 의젓한 품새가 엿보였다.

"하여튼 이정우, 너 앞으로는 1학년들한테 피해 없도록 서로 조심하자, 응?"

순형 오빠가 그래도 어른 행세를 하고 싶었는지 정우에게 타이르듯 말했지만 정우는 듣지 않는 것 같았다. 그저 날 보며 미소를 짓고 있을 뿐이었다.

"공동 리포트 있다고?"

"그, 그래."

"뭔데?"

"왜 너도 뭐 해보려고?"

"그래."

"경기 방언에 대한 조사야. 나중에 발표도 해야 해. 너 할 수 있어?"

"경기 방언? 경기도에 사투리가 있어?"

"있어!"

"표준말 안 쓰나? 다 수도권이잖아?"

"하여튼 있어."

"그래? 그럼 같이하자. 내가 도와줄게."

"허이구, 시작이군, 왕자병. 넌 그냥 있는 게 도와주는 거야."

내가 무슨 말을 해야 할지 몰라 꾸물거리는데 지영이 냉큼 나서며 말했다. 정우가 지영이를 돌아보았다.

"뭘 그런 눈으로 봐? 그럼 너 도서관 가서 방언에 관한 자료

빼서 복사해 와."

턱을 쏙 내밀며 제법 도도하게 구는 지영이었다. 모르는 사람이 봤으면 한 대 때리고 싶을 만큼 얄밉기 그지없는 모습이었다.

"그것만 찾으면 되는 거야?"

"아니, 인터넷도 뒤져야지. 그것도 네가 해. 네가 자료 다 뽑아 오면 편집해서 리포트 작성하는 건 우리가 할 테니까. 나중에 발표도 네가 하고."

"인터넷?"

"왜?"

"그건 어떻게 찾는 건데?"

"너 검색 엔진에서 뭐 찾을 줄 몰라? 컴맹이야?"

"컴맹? 그건 또 무슨 말이야?"

뭘 알아야 시켜먹지. 지영은 말문이 막혀 우물쭈물하고 있었다. 결국, 우리는 정우와 함께 행동할 수밖에 없었다.

"아들이야, 아들. 숟가락으로 떠먹여 줘야 돼."

지영이 짜증이 나는 듯 투덜거렸다. 어느새 이것으로 정우를 향한 독화살 같은 아이들의 독설은 사그라지고 있었다. 그러나 단 한 명만은 정우를 향한 무서운 눈빛을 거두지 않았다. 바로 응식이었다.

"세상은 말이야. 그렇게 멋대로 살면 안 되는 거야."

분위기가 가라앉았다 싶었는데 자기 말을 무시한 게 못마땅했는지 정우를 가만히 지켜보던 순형 오빠가 다시 입을 열었다.

"형, 관둬요. 영감처럼 무슨 훈화 말씀이유?"

응식이 잔소리를 늘어놓으려는 순형 오빠를 가로막았다. 순형 오빠도 자신이 멋쩍었는지 피식 웃고 말았다. 응식은 자리에서 일어나서 정우에게로 다가갔다. 정우도 말라서 그렇지 작은 키는 아닌 것 같은데 정우에게 다가가는 남자아이들은 하나같이 정우보다 머리통 하나는 큰 것 같았다.

"너,"

흘낏 정우가 그런 응식을 눈으로 훑었다.

"학교엔 왜 나왔냐?"

"무슨 소리냐?"

"공부하러 나왔냐?"

"그런데?"

"핫핫핫."

정우의 대답을 듣고 응식은 소리 높여 웃었다. 그것은 웃음보다는 조롱에 가까웠다.

"하여튼 내 말 잘 새겨들어라. 또 김인범 같은 벌레 새끼가 학교에 얼굴 들이밀면 너 진짜 죽인다."

"……."

"왜 이 새끼야? 노려보면 어쩔 건데? 응?"

응식은 협박하듯 손가락으로 정우의 머리를 툭 밀었다.

"학교 일진도 날 건들진 않았어. 반에서 꼭 뒷줄에 앉아서 괜히 힘쓰는 쓰레기 같은 새끼들도 나한테는 꼼짝 못했다는 것만 알아둬라, 알겠냐?"

분위기가 이상했다. 하여튼 남자애들이란. 어째서 저렇게 으스대고 싶어 하는 걸까? 정우는 웅식을 똑바로 바라보며 말했다.

"할 얘기 있거든 개인적으로 해라."

"아니? 그렇겐 못 하지. 다 있는 데서 확실히 해야겠거든."

웅식은 그러면서 턱을 쑥 내밀었다. 어쩐지 정우를 희롱하는 것 같았다. 이유야 어쨌든 난 남자애들이 이런 식으로 힘자랑하는 것이 꽤 꼴사납게 보였다. 웅식이의 입장도 이해할 것 같았지만 사실 너무하다 싶었다. 웅식은 말을 이었다.

"경고하는데 여긴 고등학교가 아니다."

정우는 긴 숨을 내쉬며 말하기 싫다는 듯 시선을 돌렸다. 하지만 웅식은 멈추지 않았다.

"아무리 우리 학교가 커트라인이 낮다 해도 너 같은 시러베자식이 들어올 줄은 생각도 못 했다. 그래서 분명히 말하는데, 네가 다니던 고등학교라고 생각하고 과 분위기 흐리면 내가 널 가만 안 둔다. 분명히 새겨라."

정우는 말이 없었다. 무슨 생각을 하는 것일까. 정우가 아무 말이 없자 웅식은 더욱 신이 난 듯 떠들었다. 모두의 시선이 자신을 향한 것에 대해 어떤 승리감을 느끼는 것 같았다.

"너 같은 새끼들 진짜 밥맛이다, 아냐? 유치하게 주먹자랑이나 하는 저능아 새끼들. 그래 봤자 나이 칠십 먹고 머리 하얘지면 똑같은 걸 모르고 주먹 가지고 반 분위기, 과 분위기 깡패소굴로 만드는 새끼들."

'새끼들'이라는 말에 웅식은 유달리 힘을 가득 실었다.

"너 때문에 대학이 양아치 소굴로 바뀌었다? 그럼 바로 너 아가리 깨지는 거야."

여전히 정우는 묵묵부답이었다. 그러다 그냥 낮게 한숨을 쉬었다.

"꼽냐, 이 새끼야? 한때 네가 학교에서는 짱 먹었다 이거지? 유치한 놈의 새끼들. 너 같은 종자들 하는 짓거리 보면 웃기지도 않아. 친구끼리 서열을 만들질 않나. 일진이네 이진이네, 우우 몰려가 짱 뜨고 이겼다고 술 처먹고 담배 피우면서 그게 뭐 자랑이라고 지랄, 지랄이지."

"이름이 뭐냐?"

그제야 정우는 입을 열었다.

"박응식이다."

"기억해두지."

"핫, 꼭 협박 같다? 왜? 자존심 좀 상했어? 잘 들어. 뛰는 놈 위에 나는 놈 있는 법이야. 천방지축으로 날뛰지 마. 솔직히 요즘 1학년 분위기 너 때문에 엉망된 거 아닌가?"

"그만 좀 해."

나는 더 이상 두고 보지 못하고 조심스럽게 대화 속으로 끼어들었다. 아무리 봐도 너무한다 싶었다. 정우는 분명히 며칠 만에 학교에 나타났다. 나름대로 심정도 복잡할 거라 생각하니 두고 보기가 힘들었다.

"도대체 왜 그래? 정우한테 너무하잖아."

"너도 정신 차려. 이 새끼 순 깡패 양아치 새끼야. 소문은 그때

멋지게 났었지. 하지만 소문이란 건 어차피 과장되게 마련이야. 내가 볼 때 이 녀석은 성격만 더럽지 남자다운 구석은 없어."

"그렇게 함부로 말하지 마. 잘 알지도 못하면서."

정우에 대한 힘담이 나를 기분 나쁘게 만들고 있었다. 정우의 주먹 한 방에 쓰러진 태영 선배를 나는 분명히 보았다. 그리고 정우가 얼마나 많은 고민을 가슴속에 안고 있는지도 알 수 있을 것 같았다.

"잘 모른다고? 내가? 소라야, 너보다는 내가 많이 알걸? 이런 녀석들이 사는 인생이란 빤한 거야. 어릴 때 철없는 것들은 이런 날건달을 멋있다고 착각도 하지만 말이야. 세상에 나오면 아무짝에도 쓸모없는, 사회성 없는 범죄자들이 이런 인간들이라고."

"옛날엔 그랬어도 어쨌든 지금이 중요하잖아. 그리고 정우가 꼭 그런 애들과 같다고 장담할 수 있어?"

"나 참."

웅식은 말이 안 통한다는 듯 어깨를 으쓱했다.

"넌 이런 애들을 몰라. 대학까지 온 걸 보니 나름대로 뭔가 생각이 있었나 본데, 그래, 그건 인정할게. 하지만 제 버릇 개 못 주는 거야. 대학 와서 과 분위기 망치는 거 너도 봤잖아? 나도 태영 선배가 싫지만 솔직히 후배로서 넘지 말아야 할 선을 넘는 거 너도 봤잖아? 그게 결국 우리한테 피해로 돌아온다는 거 모르냐? 그리고 이런 놈들은 빤해. 이런 새끼들이 정신 차리고 살 것 같냐? 아니야. 태생 자체가 글러먹은 새끼들이라고.

네 눈으로 보고도 모르냐? 이런 새끼 한 명만 단체에 끼어 있으면 얼마나 피곤한지 알아?"

"너야말로 어떻게 그렇게 말을 함부로 할 수 있어?"

나도 모르게 소리치고 말았다. 과 아이들의 시선이 나에게 집중되었다. 지영이 놀라 내 옆구리를 손가락으로 쿡 찔렀다.

"야, 너 왜 그렇게 흥분하고 그래? 미쳤어?"

하지만 지영의 말은 내 귀에 들어오지 않았다.

"진짜 너무해. 아무리 그래도 그래. 어떻게 사람을 앞에 세워 놓고 애들 다 보는 데서 그런 식으로 말할 수 있어? 네가 그렇게 잘났어?"

내 눈엔 어느새 눈물이 고여 있었다. 속에서 화가 솟구치면 눈물이 고이는 나였다. 하지만 왜 정우를 험담하는데 내가 이렇게 속이 상하는 걸까. 웅식은 내가 눈물까지 보이자 당황하는 기색이었다.

"소라야, 그래, 너 착한 건 알겠는데 이런 녀석은 모두 다 보는 데서 확실히 잡아놔야 나중에 딴 짓을 못 해. 내가 이런 녀석들을 알아. 얼마나 야비하고 제 잘난 맛에 사는 놈들인지 아냐?"

"그만하라고!"

내가 다시 소리치자 마침내 웅식은 입을 다물었다. 하지만 할 말을 다 못 한 듯 불만 어린 표정이었다. 한동안 무거운 침묵이 계속되었다.

며칠이 지나도록 태영 선배는 학교에 나타나지 않았다. 들리는 말로는 술 먹고 길을 가다 앞으로 엎어졌는데 턱이 깨졌다는 것이었다. 아이들은 쌤통이라면서 고소해했지만 나는 그럴 수만은 없었다. 태영 선배의 턱을 깬 건 정우라는 것을 잘 알고 있었으니까.

"허, 대학 생활도 재밌네?"

도서관에서 자료를 뒤척이던 정우가 뜬금없이 내뱉은 말이었다.

"재밌다니?"

"재밌지 않아? 자료 찾는 게 재밌어."

"미친놈. 드디어 저 인간이 실성한 거야. 밖에 나가 놀지도 못하고 리포트 쓴다고 꽁꽁 묶여 있건만 뭐가 좋다는 거야?"

지영이 내 옆에서 투덜거렸다. 같은 조인 선영이는 복사기 앞에 붙어서 연신 뭔가를 복사하는 중이었고 우리는 정우가 찾아오는 자료를 정리하고 있었다.

"너 무슨 생각을 그렇게 골똘히 하냐?"

말없이 자료를 뒤적이던 나를 보고 지영이 속삭였다.

"그냥, 쟤."

나는 정우를 가리켰다.

"너 엄마병 있니? 신경 꺼. 쟨 아무래도 이 세상 사람이 아닌 것 같아."

"너도 그렇게 생각하지?"

"어머 너도? 우리 텔레파시가 통한 거야?"

"그런가?"

"어머, 어머. 세계 8대 불가사의야. 어떻게 돌하고 사람 머리하고 텔레파시가 통할까?"

"이게?"

오랜만에 단짝답게 지영과 내가 장난을 치고 있었다. 하지만 내 맘은 불편했다. 그때 선영이와 함께 자료를 찾고 있던 정우가 쓱 우리에게 다가왔다.

"이거 어때? 한국의 방언. 여기부터 여기까지 복사하면 될 것 같은데."

"어? 그래."

정우는 뜻밖에 열의가 있었다. 엎어져 잠만 자는 곰탱이 같은 인간이었는데 정말 의외였다. 그렇게 도서관에서 얼마나 시간을 보냈을까.

"야, 너희도 자료 찾니?"

순형 오빠가 우리에게 다가왔다. 손에는 막 복사한 자료가 한가득 들려 있었다.

"네, 오빠, 안녕하세요?"

"밥은 안 먹어?"

"오빠가 사주시면."

지영과 나는 순형 오빠를 바라보며 애처로운 눈길을 보냈다. 순형 오빠가 미소를 지었다.

"밥? 우린 먹었는데?"

"아악, 아앙, 오빠아아아."

"헉."

지영과 나의 살인 애교에 순형 오빠는 기겁하는 표정을 짓더니 이내 사람 좋은 웃음을 보였다.

"하하. 너희 조 누구누구 있어? 같이 가자. 밥 먹으러."

"네!"

우리는 합창하듯 대답하고 정우와 선영이를 불렀다. 순형 오빠는 우리를 모두 데리고 학교 뒷문 쪽에 늘어서 있는 분식집 중 한 군데로 들어갔다. 정우도 순순히 따라갔다.

"오빠 조는 사람 없어요?"

"응? 글쎄, 다들 어디 갔는지, 하하."

자리를 잡고 앉자 순형 오빠 조는 단 두 명인 것이 눈에 들어왔다. 순형 오빠와 웅식이었다. 순형 오빠는 우리의 주문을 받아 이것저것 주문을 하고 난 후 정우에게 시선을 보냈다. 마치 어린애 달래는 듯한 미소까지 띠고 있었다.

"아, 저기, 정우야, 며칠 전에 웅식이가 한 말은 내가 생각하기에도 심했던 것 같네. 그렇다고 남자가 또 꿍해서 말도 안 하면 안 되지, 안 그래?"

정우와 웅식은 그날 이후로 서로 아무 말도 하지 않는 사이로 지내고 있었다. 하지만 정우는 내가 보기엔 그냥 무관심이었다.

'칫, 누가 꿍해 있었다는 거야? 정우는 그냥 무관심이라고. 괜히 속 좁은 애 취급하지 마.'

어느새 나는 속으로 정우의 편이 되어 투덜대고 있었다. 순형 오빠는 말을 이었다.

"너희 마주쳐도 서로 말도 안 하고 그러지? 어차피 이제 같은 학번, 같은 과 친구인데 남자들이 그렇게 꽁해서 되겠냐?"

순간, 웅식이 계면쩍은 듯 먼저 손을 내밀었다.

"야, 내가 그땐 좀 심했다. 삐치지 말고. 남자 아니냐? 응?"

두 사람은 정우를 속 좁은 인간으로 만들고 있었다. 하지만 내가 보기엔 정우는 그런 것이 아니었다.

"손 치워."

"아, 남자 새끼가 진짜. 계집애도 아니고 왜 그러냐? 내가 잘못했다. 화 풀어라? 응?"

"분명히 네 이름을 기억해둔다고 했다."

"아, 진짜 남자 새끼가 쫀쫀하긴. 끝내 내 손만 민망하게 만드네. 인마, 내가 딱 부러지게 사과를 하면 너도 그냥 받아라, 응? 안 받아주면 더 멀어지는 법이야."

"친구라면 그럴 것이다. 하지만 넌 나를 내려다보고 있어."

"뭘 또 내가 내려다보냐? 하하. 이 자식 꽁해서는."

"네가 날 봐준다는 느낌이 드는 한, 네 악수는 받지 않겠다."

정우가 말을 이어갈 찰나였다. 분식집 문이 덜컥 열리는 소리가 났다.

"야! 이정우! 너 이정우 맞구나!"

분식집이 떠나갈 소리였다. 그때 그 김인범처럼 험상궂은 인상은 아니었지만, 이 남자도 결코 좋은 인상은 아니었다. 정우의 얼굴에 정말로 반가운 미소가 번지고 있었다. 항상 어딘가

삐뚤어진 미소였는데 이번엔 뭔가 달랐다.

"전형수?"

"그래, 나다! 인범이 얘기 듣고 찾아왔는데 못 찾겠더라고. 너 못 보고 가는가 싶었는데, 핫핫핫!"

전형수? 이 사람은 또 누굴까.

10.

"하하하. 이정우, 인마."

전형수의 목소리는 정말 컸다. 분식집 안에 있던 사람들이 모두 전형수와 우리 테이블을 바라보고 있었다.

"인마, 소리 좀 낮춰라."

정우도 민망한 듯했다. 전형수는 정우의 어깨를 툭 치더니 의자를 끌어 합석했다. 응식은 무언가 못마땅한 표정을 짓다가 비웃더니 물을 단숨에 마셨다. 그리고는 굳은 표정으로 반찬을 먹기 시작했다. 우린 모두 이 불청객의 등장에 당황해 있었다. 넉살이 좋은 건지, 앉으라고 하지도 않았는데 마음대로 앉는 모습이 그저 대단하게 보였다.

"네가 대학 갔대서 놀랐다."

"옷은 그게 뭐야? 웬 양복이야?"

"면접 봤어. 자동차 정비 기능사 공부하고 있었거든. 카센터에 면접 보러 가는데 아무래도 양복이 필요할 듯해서."

"아, 너 공부하는 거 인범이한테 들었어."

이것들이 뭐야? 할 말 있으면 나가서 하든지. 난 고개를 푹 숙이고 속으로 중얼거렸다. 정우는 만만하게 생겼는데 이 애 친구들은 다들 왜 이런지 모를 일이었다.

"나도 인범이한테 듣고 너 찾아왔지, 뭐. 면접 결과 좋으면 앞으로 보기 힘들 것도 같고."

"잘 왔다."

"저기,"

지영이 더 이상 참을 수 없다는 듯 목에 힘을 주고 입을 열었다. 그거야, 박지영! 네가 하던 대로 따져보라고.

"이정우, 밥부터 먹고 얘기하지?"

"어? 그래, 그래야겠다. 너도 뭐 좀 먹어라."

전형수는 주방을 향해 큰 소리로 외쳤다.

"여기 김치볶음밥 추가요."

전형수의 목소리는 쩌렁쩌렁 울렸다. 그보다 더 목소리 큰 사람도 없을 거다. 얼굴은 마치 활화산 분화구처럼 여기저기 구멍이 숭숭 나 있었다.

"야, 박지영, 그게 다야?"

"넌 정우 친구 얼굴 보고 제대로 말이 나오냐? 하나같이 왜 저렇게 생겼는지 모르겠네."

우리는 잔뜩 소리를 낮춰 투덜거렸다. 정우는 다시 이야기를 시작했다. 어느새 순형 오빠와 웅식이는 꿔다놓은 보릿자루처럼 침묵을 지킬 뿐이었다.

"면접은 잘 봤어?"

"그냥 그래. 전과가 있어서."

뭐, 전과? 나는 지영을 돌아보았다. 놀란 표정의 지영과 시선이 마주쳤다.

"전과?"

"아, 넌 모르지? 그냥 옛날에 지하철에서 성추행범 하나 두드렸는데 내가 폭력으로 걸리더라. 그게 문제가 돼서 학교 휴학도 하고 그랬었잖아."

"아, 맞아. 너 복학생이었지?"

"그래. 너보다 두 살이나 많다, 이놈아."

정우는 씩 웃었다.

"야, 박지영, 저 사람이 정우보다 두 살 많대."

"어쩐지 늙어 보이더라. 그럼 오빠네?"

"오빠는 무슨. 생긴 건 아저씨구만."

우리가 중얼거리는 소릴 들었을까? 전형수가 날 보고 웃으며 말했다.

"거기 뭐라고 속삭이십니까? 같이 얘기합시다."

나는 화들짝 놀랐다. 지영도 얼른 고개를 돌려 외면하고 있었다.

"제가 그쪽으로 자리 옮길까요?"

"아, 아니. 괘, 괜찮은데요."

나는 어설프게 웃으며 예의 바르게 거절했다. 그러나 상대는 막무가내였다. 벌떡 일어서더니 의자를 들고 우리 쪽으로 성큼

성큼 다가왔다.

"전형수입니다. 정우 친구죠."

"아, 네."

"정우 진짜 멋진 놈이에요. 남자가 남자한테 반하기는 정말 어려운데, 저놈은 능히 그런 놈이죠."

남자가 남자한테 반하다니, 너 게이니?

"아, 네."

우리는 어색하게 웃었다. 달리 할 말이 없었다.

"어려운 일 있으면 정우한테 바로 말씀하세요. 저 녀석 능력 있어요."

아유, 그만 좀 해. 짜증나. 정우 친구야, 팬이야? 나는 속으로 연신 받아치고 있었다. 하지만 실제로는 고개조차 제대로 들지 못하고 있었다. 그저 어색하게 웃을 뿐이었다.

"못 믿는다는 표정이신데요?"

"아, 아니에요. 믿어요."

나와 지영은 손사래를 치며 억지웃음을 지었다. 하지만 전형수는 내 말을 믿지 않는 것 같았다.

"데이트라도 한번 해보세요. 이거 패밀리 레스토랑 식사권인데……."

"앗, 아니에요."

난 기겁을 했다. 왜 내 손에 쥐어주는 거야? 지영이나 선영이도 옆에 있잖아. 전형수는 반강제적으로 내 손에 식사권을 맡기고는 씩 웃었다. 나는 어떻게 해야 할지 몰라 우물쭈물했다.

정우가 그런 나를 보더니 말했다.

"이번 주에 같이 갈까?"

"뭐?"

나는 너무나 당황해서 그만 목소리가 솟구치듯 튀었다. 그 모습을 본 정우가 어깨를 으쓱했다. 한번 놀려봤다는 듯 장난 같은 미소가 입가에 맺혔다.

"싫음 말고."

정우의 표정이 묘했다. 농담인지 진담인지 분간하기 어려웠다. 분위기는 농담 같은데 표정이나 말투는 진담 같기도 했다.

"뭘 머릿속으로 생각하고 있어?"

"아, 아니. 그게……."

"거절인지 아닌지만 말해."

나는 지영이를 돌아보았다.

"지, 지영이랑 같이 가도 돼?"

"시, 싫어. 내가 왜?"

안 어울리게 지영이 빼고 있었다. 공짜를 마다하는 인간이 아닐 텐데.

"이번 주 일요일 오후 4시. 둘 다 거기 레스토랑으로 와. 내가 사는 거니까 부담 가질 것 없어."

또 나왔다. 왕자병. 치사한 인간. 친구가 주는 식사권으로 사는 거면서 생색내긴. 거기다 제발 명령하는 듯한 말투 좀 집어치워 줘.

"으응, 그, 그래."

속으로야 어떻든 지영이와 나는 고개를 끄덕일 수밖에 없었다. 왠지 이 두 사람의 분위기에 압도당하는 기분이었다. 생각해보면 이해할 수 없는 일이었다. 정우는 때에 따라선 만만했고 때에 따라선 두려웠다. 모든 사람을 하인 대하듯 하는 말투가 내심 못마땅했지만 그렇다고 그 문제로 시비 걸고 따질 만큼 만만한 상대는 또 아니었다. 도대체 이 아이는 어떤 아이일까? 도대체 종잡을 수 없는 아이.

"아, 진짜."

갑자기 웅식이 짜증난다는 듯이 자리를 박차고 일어났다.

"형님, 나 먼저 갑니다."

무엇인가 잔뜩 화가 난 모습이었다.

"왜 그러냐? 밥 먹고 가라. 내가 사는 거라고 했잖니?"

"됐습니다. 미안합니다, 형님. 어떻게 형님 말 듣고 잘 지내보려고 제 딴에는 맘 단단히 먹었었는데 양아치 새끼들 깽판치는 거 보고 있자니 속에서 열이 나네요. 죄송합니다."

웅식은 그렇게 말하자마자 바로 분식집 문을 열고 나가버렸다. 순간 전형수가 발끈하여 자리에서 일어났다. 쫓아가겠다는 행동이었다.

"앉아."

그때 정우의 한마디가 낮게 깔렸다.

"야, 정우야, 방금 양아치……."

"앉으라고 했다."

그 낮은 음성. 소름이 돋았다. 정우가 이렇게 무섭게 느껴진

적은 없었다. 전형수는 두 말 않고 자리에 앉았다. 나와 지영이
는 서로 얼굴을 마주 보았다. 지금까지 보았던 정우와는 또 다
른 모습.

"나름대로 생각이 있는 녀석이다. 단순하게 반응하지 마."

"네 말이 그렇다면 그렇겠지. 알았다."

놀라운 일이었다. 나이도 두 살이나 많다면서. 몸도 정우보
다 훨씬 좋아 보였다. 그런 전형수가 정우에게 꼼짝 못하고 있
었다. 이해가 되지 않았다.

우리는 도서관으로 돌아왔다. 정우는 전형수와 할 얘기가 있
다고 어딘가로 사라진 뒤였다.

정우가 없으니 이젠 정말 우리 세상이었다. 도서관에는 먼저
와서 자료를 찾고 있는 응식이 보였다. 어느 틈에 선영이 응식
에게로 다가서서는 빵과 우유를 내밀었다.

"배고프지?"

"어? 고맙다."

지영과 나는 서로 얼굴을 마주 보았다. 이번에도 재빨리 고
개를 돌려 날 외면하는 지영이었다.

"선영이, 쟤 응식이 좋아하나?"

"그냥 챙겨주는 거 갖고 뭘? 저런 애들 있어. 엄마같이 남들
챙겨줘야 직성이 풀리는 애들. 꿈은 현모양처에 괜히 남자 챙
겨주기만 하다가 배신당해서 나중에 우는 애들."

"하여튼 년."

응식이 빵을 씹어 먹으면서 우리에게로 다가왔다.

"이정우는?"

"그 친구랑 나갔어. 주말에 김인범도 불러서 회포 풀자고 막 그러더라."

"쳇, 너 조심해라. 그 친구가 누군지 아냐?"

"누군데?"

"전형수라고, 대신공고에서 짱 먹던 애야. 아까 전과 있다는 말 들었지?"

"으응, 그래도 성추행범 잡다가 그랬다고……."

"자기 유리하게 거짓말 친 거지. 그걸 그대로 믿어? 전과자 하고 정우란 놈이 친구라고. 뭐 느껴지는 거 없냐?"

"그, 글쎄?"

"조심해. 그런 인간한테 가까이 가봐야 좋을 거 없어."

"지, 지금은 자동차 기술 배운다잖아?"

이상하게도 나는 응식이 이렇게 나올 때면 정우 편을 들고 싶었다. 응식은 내 말을 듣고 안됐다는 듯 혀를 차며 고개를 저었다.

"전과자가 취직할 거 같냐? 그런 놈들은 아무리 살려고 발버둥 쳐봐야 제자리로 돌아와. 맘 잡고 다시 산다고? 얼핏 들으면 그럴듯해 보이지. 하지만 조금만 시간이 지나면 결국 옛날 그 놈으로 돌아가. 이 사회가 받아주지 않거든."

"그, 그래도 열심히 살려는데……."

"깡패들을 미화해선 안 돼. 영화나 뮤직비디오 같은 데서 양아치 새끼들 진짜 멋있게 나오는데 그게 다 미화야. 그런 게 애들 망친다니까?"

"미화가 아니라 진짜로 열심히 살려고 그러잖아. 면접도 보고."

"부질없는 짓이야. 내 말 틀리나 나중에 한번 봐라. 절대 처음부터 상종하면 안 돼."

칫, 마치 세상 다 아는 것처럼. 잘났다, 잘났어.

"내가 얘기해줄까? 그런 애들 인생이 어떤지?"

"됐어."

나는 듣고 싶지 않았다. 보나 마나 험담인데, 뭘.

"곧 알게 될 거야. 어쨌든 이정우하고 친하게 지내지 마. 유유상종이라고 했어. 서로 살아가는 환경이 비슷해야 하는 거야."

나는 더 이상 듣기 싫다는 듯 시선을 다른 곳으로 돌렸다. 응식은 할 말이 없었는지 다시 빵을 씹으며 순형 오빠 쪽으로 향했다.

"멋있어."

그때 선영이의 목소리가 들렸다.

"뭐?"

"멋있지? 불의를 보면 참지 못하는 정의의 사도 같아, 그치? 거침없고 남자답지?"

얜 또 왜 이래? 지영이가 조용히 선영이의 앞에 섰다.

"선영아,"

"응?"

"병원 가라. 더 이상 방치하면 치명적이야."

일요일 아침.

"야, 너 진짜 오후에 그 레스토랑 갈 거야?"

아침부터 지영이 전화를 해왔다.

"왜? 넌 안 가려고?"

"아니, 난 너 가면 가려고."

"나도 너 가면 가려고."

"너 갈 거야?"

"너 가는 거 보고. 넌?"

"너 가는 거 보고."

"아이, 뭐야?"

일요일 아침부터 우리는 고민이었다. 우리는 쉽게 결론을 내리지 못하고 있었다.

"그래도 예의상 가야 하는 거 아냐?"

"난 가기 싫어. 오래 있으면 있을수록 불편해지는 애야."

"그냥 아파서 못 간다고 그럴까?"

"연락처 알아?"

"같은 조 비상 연락망 있잖아."

나는 수첩을 뒤적였다.

"잠깐만. 어떻게 좀 둘러대 볼게."

나는 지영의 전화를 끊고 정우에게 전화를 걸었다.

"여보세요."

"어, 정우니? 나, 난데……."

"빨리 나와라."

뚜, 뚜, 뚜…….

뭐, 뭐야? 이거. 뭐, 이런 애가 다 있어? 그래 너 잘났다. 네가 왕이다, 이놈아.

결국 지영과 나는 패밀리 레스토랑으로 향했다. 정우는 먼저 와서 메뉴판을 보며 우리를 기다리고 있었다.

"비, 비싼 거 먹어도 되지?"

"돼."

그러면서 정우는 자신이 보던 메뉴를 나에게 던졌다. 정말 여자한테 이렇게 무례해도 되는 거야? 덕분에 우리에게 줄 메뉴판을 들고 오던 종업원이 멈칫하고 있었다.

"난 돈가스."

내가 그렇게 말하자 지영은 내 어깨를 밀었다.

"이 바보야, 이런 데서 무슨 돈가스야? 이런 거 먹어. 로스구이 햄 양념 불고기."

"이름이 너무 길어. 이런 잡탕으로 지어놓은 이름은 신뢰가 안 가. 돈가스. 얼마나 간편하고 아름다워?"

"아름답진 않다. 인간적으로."

우리는 메뉴판 하나를 두고 머리를 맞대어 티격태격했다. 얼마나 촌스러워 보였을까. 종업원이 그런 우리를 보며 작은 소리로 피식 웃는 소리가 들렸다. 지영이 고개를 들어 불만스럽게 바라보자 종업원은 황급히 들고 온 두 개의 메뉴판을 테이블 위에 올려놓고 현관 쪽으로 쪼르르 달려갔다.

"어서 오십시오."

그 순간이었다. 방금 들어선 손님들을 본 정우의 인상이 아주 약간 일그러졌다.

"이게 누구야?"

뚜벅뚜벅. 세 명의 낯선 남자들이 우리 앞에 섰다.

"이정우? 머리 많이 길었네."

지영과 나도 그들을 향해 고개를 들었다. 30대 중반 정도 되어 보이는 남자의 양쪽에는 20대 중반의 남자와 30대 초반의 남자가 호위하듯 서 있었다. 정우는 말없이 그들의 시선을 외면한 채 묵묵히 앉아 있었다.

"이런 곳에서 만나네? 여긴 전형수 단골이던데?"

정우는 묵묵부답 말이 없었다. 남자가 말했다.

"너 한진대 들어갔다지? 네가 어떻게 사는지 우리 레이더에 딱 걸려 있다는 건 알고 있나?"

"모른다."

자기보다 한참 나이 많은 아저씨한테 반말이라니! 싸가지 없는 놈. 남자는 피식 웃었다.

"조심하는 게 좋을 거야. 나중에 가볍게 인사는 해주지."

"인사로 끝낸다면 받아주겠다."

"하하. 하여튼 배짱 하나는 두둑한 놈이라니까. 좋아. 아가씨, 룸은 없나?"

"네, 손님, 이쪽으로 오십시오."

그들은 우리한테 눈인사를 한 뒤 다시 뚜벅뚜벅 걸어 나갔다. 이 상황이 무슨 일인지, 그들과 정우가 나눈 대화가 무슨 말인지 알 수는 없었지만, 정우가 만나서는 안 될 사람들 같았다. 우리는 갑자기 얼굴이 무서워진 정우의 눈치를 살피며 대충 먹고 레스토랑을 나왔다.

"우, 우리 가도 돼?"

밖에 나와서도 아무 말 없는 정우를 보며 내가 물었다. 왜 저렇게 분위기만 잡는 거야? 무서워 죽겠네, 진짜.

"가라."

"넌?"

"왜?"

"아, 아니. 그냥. 뭐 안 좋은 일이 있는 것 같아서 걱정되기도 하고."

"그럼 걱정하면서 가."

무슨 말을 저렇게 싸가지 없게 하는지. 아유, 정말. 주먹이 운다, 울어.

"그럼 우린 간다?"

정우는 고개만 끄덕이고 그대로 돌아섰다. 그리고 다음 날에도, 그다음 날에도 그다음다음 날에도 정우는 학교에 나타나지 않았다. 마지막으로 본 모습이 심상치 않아 나는 은근히 걱정이 되었다.

"얘가 어디 가서 죽었나."

"뭐? 누구?"

"이정우."

"걔 원래 학교 잘 안 오잖아."

"이번엔 뭔가 좀 이상해서."

"허이구, 둘이 사귀기라도 해? 전화해보면 되겠네. 비상 연락망도 있겠다."

전화를 하고 싶다가도 저런 소리를 들으면 전화하기 싫어지는 법이다. 하지만 나는 지영이한테 혀를 쏙 내밀고 휴대폰을 꺼냈다.

"왜 안 받는 거야?"

몇 번이나 전화했는지 모른다. 신호는 가는데 정우는 전혀 전화를 받지 않았다.

"안 받아?"

"응."

엎어져 자나. 하긴 내가 왜. 막 전화를 끊으려던 순간이었다.

"여보세요?"

여자 목소리였다. 왜 여자가 정우의 전화를 받는 거지? 가족인가?

"거기 이정우 폰 아니에요?"

"맞아요."

"정우 좀 바꿔주세요."

"실례지만 어디신데요?"

"그냥 학교 동기인데요. 리포트 때문에……."

차마 정우가 걱정돼서 전화했다는 말은 할 수가 없었다.

"지금 정우……."

"네?"

"병원에 있어요."

"네? 그게 무슨 말이에요?"

"저도 자세한 건 몰라요."

여자는 울먹이고 있었다. 무슨 큰 사고라도 난 걸까? 갑자기 덜컥 겁이 났다.

"여보세요?"

"나중에 다시 전화해주세요. 이쪽으로 말고, 제 번호 가르쳐 드릴게요."

나는 여자가 불러주는 대로 번호와 함께 이세진이라는 이름 을 메모했다. 황당했다. 대체 무슨 일이야…….

11.

지영과 나는 병문안을 가기로 했다. 같은 조라고 선영이도 불렀지만 선영이는 응식과 약속했다면서 오지 않았다. 우리가 병원을 찾아갔을 때 정우는 잠들어 있었고 그 주위에 멀쩡한 모습의 김인범과 전형수가 서 있었다. 이세진이라는 여학생은 간절한 모습으로 깊이 잠든 정우를 바라보고 있었다. 이세진? 기억났다. 오락실에서 봤던 그 여학생. 입학식 때 정우에게로 다가가며 친한 척하던 그 미대생이었다.

"아, 오셨습니까?"

김인범은 꽤 정중하게 우리를 맞았다. 그런 모습이 오히려 우리를 불편하게 했다.

"아, 네, 여기 음료수."

나는 쭈뼛거리며 들고 있던 상자를 내밀었다. 그것을 받아든 건 전형수였다.

"데이트는 잘하셨습니까? 그런데 이런 일이 나버렸네요?"

데이트란 말에 이세진이 나를 잠깐 응시했다. 그리고 고개만 까닥이며 인사를 했다. 나 역시 어색하게 고개만 까딱이며 그 인사를 받았다. 이세진은 조금 전까지 울었는지 눈이 퉁퉁 부어 있었다.

"대체 어떻게 된?"

나는 분위기에 압도되어 제대로 말을 잇지 못했다. 김인범이 더없이 정중하게 말했다.

"아마 습격을 당한 것 같습니다. 일요일에 우리한테 연락이 왔더라고요. 무슨 일인지. 어쨌든 같이 술을 과도하게 마시고 헤어진 뒤에 사고가 난 거 같습니다."

너무 정중해서 오히려 불편할 정도였다. 김인범은 말을 이었다. 그, 그런데 습격이라니?

"거의 다 죽어가는 목소리로 정우에게서 연락이 왔더군요."

"난 네 연락 받고 술이 확 깨더라고."

전형수가 고개를 흔들며 몸서리를 쳤다.

"그냥 정우 휴대폰에 처음 있는 번호로 연락해서 이분이 오신 거고."

김인범은 이세진을 가리켰다. 처음 있는 번호? 만날 구박하는 것 같았는데 번호를 첫 자리에 넣어놨단 말이야? 처음엔 몰랐는데 가까이서 보니 이세진이란 여학생, 제법 분위기가 있었다. 그때였다.

"으음."

정우가 고통스러운 듯 신음을 냈다.

"정신이 들어? 정우야?"

그 모습에 곧바로 반응한 건 이세진이었다. 정말로 정우를 마음 깊이 좋아하는 것 같았다.

"끙."

정우의 얼굴에 식은땀이 가득 배어 있었다.

"아, 장성태."

아직 의식이 돌아온 것 같지는 않았다. 하지만 정우는 또렷한 발음으로 장성태라는 사람을 찾고 있었다. 그 소리에 놀란 건 김인범이었다.

"장성태?"

"장성태라고?"

전형수도 동시에 외쳤다. 왜 저러는 거지? 왜들 저렇게 놀라는 걸까? 김인범이 긴 한숨을 내쉬었다. 대체 무슨 분위기인지 알 수가 없었다. 그냥 자기들끼리 온갖 심각한 폼을 잡고 있었는데 그 모습이 진지하기도 했고 우습기도 했다. 그때였다. 정우가 두 눈을 번쩍 떴다.

"정우야!"

정우는 눈동자만 이리저리 움직였다.

"어디냐? 여기가?"

"병원이다. 우리도 모르겠는데 너 어떻게 된 거냐?"

"병원? 아, 너한테 밤에 전화했었지?"

"기억나냐? 그날 이후로 사흘 지났어."

"사흘?"

"그래, 너 칼에 난자당했어."

"대충 기억이 난다. 술이 너무 취해서. 차하고 받았나?"

정우는 꿈틀거리며 몸을 일으키려고 했다. 이세진이 황급히 그런 정우를 막았다.

"안 돼, 아직은. 움직이면 상처 덧나."

정우의 눈이 이세진의 눈동자와 부딪히는 것 같았다.

"넌 뭐야? 네가 왜 여기 있는 거야? 꺼지라고 했잖아."

정우를 막으려던 이세진의 몸짓이 그대로 돌처럼 굳었다. 김인범이 더 당황하는 것 같았다.

"내가 단축 키 1번 눌러서 불렀다."

정우의 눈동자가 빠르게 김인범을 향했다. 아픈 사람 같지 않은 날카로운 눈이었다.

"네가?"

"그래, 이분이 지금껏 널 간호했어. 함부로 말하지는 마."

"훗, 이제 일어났으니 넌 가."

가만히 듣고 있는 나도 기분이 상하고 있었다. 이세진은 정말 진심인 것 같은데 정우가 심하게 대하고 있었다.

"장성태 소식 알아?"

"최근에 출소해서 돌아다니더라. 사실 나한테도 찾아오긴 했어. 몸조심하라던데?"

"그렇군."

"장성태 쪽 애들이었어?"

"인사 받아준다고 했더니 바로 들이밀었네. 처음엔 차가 내 앞을 막았고, 바로 누가 내 등인지 허린지 찔렀어. 그러다가 사람들이 몰렸고, 여기저기서 막 소리를 질러댔어. 경찰차 소리 들렸고. 그래서 날 못 죽였나?"

정우는 이세진을 완전히 무시하고 이야기를 나누고 있었다. 마침내 이세진은 자리에서 일어났다.

"갈게."

정우는 가든지 말든지 상관없는 것 같았다. 불현듯 화가 치솟았다. 하지만 나보다 더 화가 난 건 지영이었다.

"너 진짜 못됐다."

"어? 너희 왔었냐?"

정우는 그제야 우리를 본 것 같았다. 이세진은 이미 병실을 나선 뒤였다.

"진짜 너 잘났다, 진짜 잘났어. 뭐가 그렇게 대단하고 잘나서 너 좋다는 여자한테 그렇게 야박하게 대하니? 네가 그렇게 잘났어? 네가 그렇게 대단해?"

지영은 정말 화가 많이 난 것 같았다. 소리는 낮추었지만 속으로 끓어오르는 걸 참는 듯했다. 진지한 표정에 차분하면서도 비꼬는 말투. 그건 지영이 한 사람에 대해 인간적으로 실망했을 때 나오는 버릇이었다. 하지만 정우 역시 만만치 않았다.

"넌 또 뭐야? 너도 꺼져."

"그렇지 않아도 가려고 했어. 넌 진짜 인간적으로 실망이야."

지영은 내 손을 잡아채며 몸을 돌렸다.

"가자, 소라야. 상종하고 싶지 않아."

"어, 어."

지영은 날 끌고 가다 문득 멈춰 섰다.

"음료수 내놔, 이것들아!"

"성질 있는 년이군."

정우는 꿈틀거리며 상반신을 일으켰다.

"뭐야? 넌? 너 말 다 했어?"

하지만 정우의 상반신을 보는 순간 지영은 입을 다물 수밖에 없었다. 나 역시 너무 놀라 손으로 눈을 가렸다. 드러난 정우의 어깨에 새겨진 건 분명 깊은 칼자국이었다. 거기에 잘 보이진 않았지만, 피가 번진 모양으로 보아 허리춤에도 한 대 맞은 것 같았다.

"움직이지 마라."

김인범이 일어나려는 정우를 막았다. 하지만 정우는 끝내 몸을 온전히 일으켜 침대 위에 양반다리로 앉았다.

"괜찮아, 이 정도는."

"혈기 부리지 마. 늙어서 고생해."

"아직 세포 분열은 왕성할 때니까 걱정 마라. 하마터면 죽을 뻔했네, 젠장."

그곳에서 지영과 나는 말뚝처럼 바닥에 박히고 말았다. 뭔가 이런 대화에 우리는 익숙하지 않았다.

"아가씨들 듣기엔 불편한 대화 같습니다만."

　김인범은 정중하게 말했다. 우리는 심상치 않은 낌새를 느끼고 그대로 병실 밖으로 나왔다. 안에서 무슨 얘기를 나눌지 솔직히 우리가 알 바 아니었다.

　병실을 나섰더니 병원 복도를 서성이던 이세진이 보였다. 거의 쫓겨나다시피 하고서도 무슨 미련이 남았는지 서성이는 모습이 안쓰러워 보였다. 어떻게 위로라도 해주고 싶은데…….

"저기,"

　역시 먼저 다가간 건 지영이었다.

"괜찮아요?"

"예? 아, 예."

"저런 놈한테 마음 쓰지 말아요. 내가 알기로 여자 울리는 놈치고 잘사는 놈 없거든요."

　이세진의 얼굴에 미소가 걸렸다.

"저 애 누군지 알아요?"

"이정우잖아요."

"홋."

　세진이 피식 웃었다. 하지만 어쩐지 그 웃음은 쓸쓸해 보였다.

"이정우가 어떤 앤지 알아요?"

"한진대 국문과 신입생이요."

"이정우를 아는 사람은 이름만 듣고도 바지에 오줌을 지린

대요."

무슨 소리야? 지영은 뚱한 얼굴로, 속삭이듯 말하는 이세진을 바라보고 있었다.

"난 알고 있었어요. 동진고 이정우. 그런 남자를 사귀고 싶었고."

이세진은 그동안 속에 담아두었던 게 많은 것 같았다. 우리와는 초면이나 다름없는데 이런 이야기들을 늘어놓다니. 여자가 속을 털어놓을 때는 그저 맞장구치면서 고개만 끄덕이면 된다. 괜히 맞다, 아니다 할 필요는 없는 것이다. 그냥 들어만 주면 된다. 나는 본능적으로 그것을 느끼면서 이세진의 입이 다시 열리기만을 기다렸다.

"정우는 자신을 숨기려고 하지만……."

"그런데요?"

지영이가 이세진의 말을 잘랐다. 눈치 없게 왜 그러는 거야? 그냥 들어만 주면 되는데.

"이정우가 뭐 어떤 사람이에요? 우리 과 남자애들도 막 시끄럽게 떠들던데. 그래서 전 정말 대단한 애인 줄 알았거든요. 그런데 실제로 보면 매일 폼만 잡지, 이건 뭐, 아무것도 아니고."

이세진이 고개를 돌렸다.

"폼이요?"

"네, 개폼이요."

"폼만 잡는데 실제로는 아무것도 아니라고요?"

"그, 그래요."

뭔가 말실수라도 했나, 하는 표정으로 지영은 이세진을 바라보았다. 이세진은 잠깐 진지한 표정을 짓더니 다시 고개를 돌렸다.

"속에 담긴 게 많아서 그래요. 그래도 학원 다닐 땐 정말 잘 속였는데. 아줌마들은 정우하고 부딪힐 일이 없었으니까."

"예?"

말을 하려면 좀 속 시원하게 해보란 말이야. 아우, 답답해. 나는 마음속으로 가슴을 치고 있었다.

"마음속에 담아둔 게 많은 아이예요. 나도 그 속은 잘 모르겠어요."

"그런데요. 도대체 뭐가 그렇게 대단한 아이라는 거예요?"

이제 지영의 말투는 거의 따지는 듯했다. 난 지영이 성격을 잘 알고 있었다.

저 싫다고 내친 남자를 해바라기처럼 바라보는 여자들에 대해 지영은 어떤 정의감마저 가지고 있었다. 도대체 왜 바보처럼 싫다는 남자 따라다니는 거야? 이세진의 이런 모습은 지영을 짜증나게 만들었음이 분명했다.

"정우요?"

이세진은 눈을 깜박였다.

"내가 아는 언니 중에 김보영이라고 있어요. 조금 무서운 언니지만 내가 학교를 자퇴하고 난 뒤엔 잘해주었어요."

"그런데요?"

"내가 배성여고 다닐 때 그 언니가 3학년 짱이었는데 3학년을 한 번 더했죠. 그런데 복학해서 3학년이 되었을 때, 동진고 이정우 앞에서 설설 기었대요. 감히 말도 못 할 정도라고 했죠."

"그야 남학생이니까 여자보다야 아무래도……."

"그때 정우는 1학년이었어요. 열일곱 살. 보영 언니는 복학한 3학년이라 스무 살이었고요."

"아하, 위아래를 모르는 인간이었군요?"

"그리고 동진고와 그 일대를 전학 온 지 한 달 반 만에 완전히 통합했고요. 친구 한 명과 정우 둘이서 유림정보고 쳐들어가서 완전히 엎어버린 건 그 지역에선 전설이에요."

지영의 얼굴이 해쓱해졌다.

"소, 소문은 원래 과장되는 거예요."

"경찰도 출동했었죠. 고등학교 1학년으로 성인 조직에도 들어갔고요."

"서, 성인 조직?"

"나중에는 자신이 통폐합한 아이들을 데리고 성인 조직을 완전히 깨버렸어요. 2년 전 이야기지만 아직도 그 지역에 가면 이정우란 이름만으로 일주일 밤낮은 얘기한대요."

"말도 안 돼."

지영은 그제야 조금 당황한 것 같았다. 나도 그만 꿀꺽 침을 삼켰다. 태영 선배를 칠 때의 소리가 남다르다 싶었지만 그런 과거가 있는 줄은 몰랐다.

"난 그 앨 처음 본 순간 알았어요. 학원에 왔던 첫날부터. 보영 언니한테 얘기 많이 들었거든요. 그 언니가 정우를 잘 알아서. 하지만 모른 척하고 주변만 서성였어요. 마음을 너무 달아 건 것 같아서요. 마음의 문이 열리기만을 조용히 기다리려고 했었는데……."

이제 이세진의 말이 끝난 것 같았다. 이세진은 속에 담아두었던 말을 어느 정도 털어내서 그런지 편안한 얼굴이었다.

"내가 너무 쓸데없는 말을 했죠? 미안해요."

"아, 아니요. 별말씀을."

의례적인 인사말이 지영과 이세진 사이에서 오갔다. 그때였다. 병실 안에서 갑자기 고함이 터졌다.

"야, 이 미친놈아! 무슨 헛소리야, 이정우!"

"내 말 들어!"

우리의 시선이 일제히 정우의 병실을 향했다. 들어가야 하나?

"어이구, 의리 있는 척하더니 지네들끼리도 싸우네?"

지영이 팔짱을 끼며 빈정거렸다.

"가봐야 하지 않을까?"

"뭘 가봐? 우린 그냥 집에 가면 돼."

지영이 그렇게 말했을 때였다. 이세진이 재빨리 병실 안으로 뛰어 들어갔다. 그 서슬에 나도 같이 들어갔다. 내 의지라기보다 순전히 엉겁결이었다. 하지만 이제 와서 멈출 수는 없었다.

"야, 기소라, 어디 가는 거야? 이 소라껍데기야!"

지영의 목소리가 뒤에서 들려왔다. 그리고 앞에선 정우의 고함이 터져 나왔다.

"넌 요리사 공부나 해! 나한테 간섭하지 마!"

"너 지금 그걸 말이라고 하는 거야?"

맞고함이었다. 전형수는 정우한테 꼼짝도 못 하던데 김인범은 맞고함을 치고 있었다. 하지만 그 고함엔 정우에 대한 따뜻한 정이 잔뜩 배어 있었다.

그러면서도 한편으로 흐르는 긴장감. 어쩌면 난 그 아이들 사이에 공연히 끼어드는지도 몰랐다. 친구들끼리 서로 말로 대화를 풀게 놔두는 게 낫지 않을까. 그때였다.

"넌 이미 장성태의 표적이다! 모르겠냐? 네가 살아나면 또 찾아온다! 네가 죽을 때까지 그 인사라는 거 백 번도 넘게 들어온단 말이다!"

"그러니까 내가 찾아간다잖냐?"

"네가 찾아가면 잘 왔다 하고 인사라도 할 거 같냐? 너 죽어, 이 새끼야!"

두 사람의 대화가 무서웠다. 이런 이야기 듣고 싶지 않다. 하지만 이세진이란 여학생을 혼자 이 무서운 자리에 세워둘 수는 없다는 의무감이 샘솟고 있었다. 난 그 자리에서 돌아서지 않았다. 그래서 두 사람의 무서운 대화를 더 들어야 했다.

표적. 죽음.

12.

세진과 내가 병실에 다시 들어갔지만 정우는 우리한테 전혀 관심이 없었다. 다만 화난 눈빛으로 김인범과 전형수를 바라보며 목소리를 높일 뿐이었다.

"한 번만 숙이면 돼. 간섭하지 마!"

"널 죽일지도 모르는데도? 이정우!"

"지금 안 죽였잖아. 멀쩡히 살아 있잖아."

도대체 이 사람들은 죽인다는 말을 너무 쉽게 하는 것 같았다. 정말로 사람을 죽인다는 건지 남자애들이 장난으로 너 죽었어, 할 때의 뉘앙스인지 분간하기가 어려웠다.

김인범이 답답하다는 듯 한숨을 쉬었다.

"잘 들어. 네가 노출됐고 장성태는 너한테 복수를 하려는 거다. 그리고 널 한 번 담갔지."

"그래서?"

"그놈들은 처음 기회를 놓쳤어. 다음엔 그냥 해체 작업이야."

해체 작업? 무슨 은어 같았다. 진짜 깡패들인가, 이 사람들? 갑자기 덜커덕 심장이 내려앉았다. 진짜 깡패? 내가 있을 자리가 아닌 것 같았다. 나는 슬금슬금 뒷걸음질을 쳤다. 김인범은 이야기를 계속했다.

"장성태의 입장이라면 널 전시적으로 이용할 거다. 윤재식이 윤정임을 그렇게 이용했던 것처럼 부하들한테 반드시 보복한다는 걸 보여줄 거라고. 넌 한 번 고개 숙이고 만다지만 그렇게 안 끝나. 그럴 바엔 애초에 선수 치고 들어가는 거야. 다행히 아직도 난 연락되는 놈들이 있다. 그쪽 돌아가는 사정도 어느 정도는 빼올 수 있을 거야. 애들 모아서 그냥 엎어버리는 거지."

"김인범,"

정우는 깍지를 끼고 턱을 고였다.

"왜?"

"조리사 시험 언제냐?"

"뭐?"

"너 요리사 된다며?"

"2주 후에 있다."

"전형수,"

"응?"

"너 면접 본 거 어떻게 됐어?"

"그거? 떨어진 거 같다. 전과 때문에."

"그래서 다시 사람 치고 다닐 거냐?"

"무슨 소리야?"

전형수는 펄쩍 뛰었다.

"난 말이다. 그런 생각을 한다."

침묵이 감돌았다. 지금 이 순간, 이 공간에는 정우만이 존재하는 것 같았다.

"지금부터 한 삼사십 년이 지나서 말이다. 우리 머리도 벗겨지고 쭈글쭈글 주름도 늘었을 때 말이다."

정우는 깍지를 풀었다. 그러더니 무슨 상상을 하는지 싱긋 기분 좋은 미소를 지었다.

"그때 부부 동반으로 우리가 낳은 새끼들 데리고 끼리끼리 설악산이나 경주 같은 곳으로 콘도 잡아서 놀러간다면 멋지지 않을까? 뭐, 외국도 좋고."

"정우야……."

"인범이는 그때쯤이면 호텔에서 주방장을 하고 형수는 적어도 카센터. 내가 제일 애매하군. 대학 졸업하면 뭐 하지? 난 기술도 없는데."

"인마……."

전형수의 목소리가 떨리고 있었다. 정우는 모른 척 말을 이었다.

"어쨌든 말이다. 우리 30년 뒤에 검은 양복 입고 선글라스 끼고 각목 든 애들 호위 받으면서 언제 죽을지 모르는 상태로 사는 것보다 그게 더 낫지 않겠냐?"

이정우. 도대체 어떤 아이인지 짐작할 수 없었다. 다만 확실한 건 정우의 가슴속엔 내가 결코 알 수 없는 무언가가 깊이 담겨 있는 것 같았다. 정우가 다시 말했다.

"장성태만 넘기면 된다. 나도 생각하고 있었어. 내가 그 입장이라도 보복할 거야. 난 받아줄 거다. 개 패듯이 패면 개 맞듯이 맞을 거고 땅바닥을 기라면 바싹 붙어서 길 거다."

"그건 우리가 못 참아! 마!"

느닷없이 무언가 북받쳐 오른 듯 전형수가 소리쳤다. 조금 전까지 목소리가 떨리던 전형수였다. 하지만 사실 놀라운 일이었다. 전형수의 눈에 눈물까지 고인 것 같았다.

"이정우, 넌 그래선 안 돼. 안 된단 말이다. 넌 나한텐 산이었다. 네가 그러는 건 내가 못 참는다, 이 자식아!"

"못 참으면 어쩔 건데?"

"야, 이정우!"

"한 번만 굴욕을 겪으면 된다. 인범이 말대로 날 건드리는 건 전시용일 거야. 굳이 죽이지 않고 체면만 살려도 될 거다. 난 녀석들을 알아. 한 번만 당하고 나면 돼. 그 뒤엔 30년 후의 우리 미래만 있는 거다, 오케이?"

김인범은 무언가 생각을 정리하는 듯 아무 말도 하지 않고 있었다. 하지만 전형수는 수긍할 수 없는 모양이었다.

"아직 연락되는 애들이 있어. 그때처럼 다시 뭉치자. 다시 뭉치는 거야, 응? 그때처럼."

"바보 같은 소리 하지 마. 그땐 양쪽에서 서로 정면충돌을 했기 때문에 시간 차 공격이 성공했던 거다. 양쪽이 피해를 입은 후에 우리가 숫자로 밀고 들어간 거야. 정면으로 부딪치면 이길 수 없어. 그땐 실력이 아니라 작전이었다. 모르겠어? 아직도 꿈꾸고 있냐?"

"네가 바닥을 긴다고?"

"여기서 충돌하면 난 정말 그쪽 길로 가야 해. 자의든 타의든 말이다. 살아 있는 한 난 표적이 될 테고 벗어나려면 나 자신도 그쪽으로 들어설 수밖에 없어. 주먹을 팔고 살아야 한단 말이다. 알겠냐, 전형수? 한순간만 참으면 되는 거야. 그렇게 하자. 각자 자기 길을 찾았잖아? 아깝지 않냐? 그렇게 하자. 한 번 지면 영원히 이긴다."

"이정우……."

전형수는 정말 울고 있었다. 뚝뚝 눈물이 떨어지고 있었다. 믿을 수가 없었다. 전형수란 사람.

남자가 운다는 건 저런 걸까? 나는 뒷걸음질을 멈출 수밖에 없었다. 김인범이 말했다.

"이정우, 그럼 넌 어떻게 하겠다는 거야? 정말 네 발로 찾아가서 처벌을 받고 나오겠다는 거야?"

"그래, 어차피 이대로 있으면 언젠가는 날 찾으러올 거 아니냐? 그럴 바엔 내가 찾아가서 담판을 짓겠다."

"그러다 죽어. 진짜야."

"그러지 않을 거라 생각하고 있어."

"후우, 대비해도 모자랄 판에 죽으러 직접 가겠다니."

정우는 픽 웃더니 고개를 돌렸다.

"그리고 너희,"

정우의 눈빛이 번쩍 빛나더니 이세진과 나를 향했다. 나는 순간 소스라치게 놀랐다. 모른 척하더니 다시 들어온 걸 처음부터 알고 있었던 것 같았다.

"오늘 일은 너희 인생에서 없었던 일로 해라. 모르는 거야, 알겠어?"

"싫은데?"

이세진이 고개를 빼딱하게 들고 정우를 노려보며 말했다.

"뭐?"

"싫다고."

"하아, 짜증나게 왜 이래? 너 내가 주먹잡이인 거 알고 있으니까 하는 소린데,"

주먹잡이. 정우가 자신을 그렇게 말했다. 주먹잡이? 나는 그 말을 몇 번이고 입속에서 곱씹었다.

"아냐, 길게 말할 필요 없어. 세진이, 넌 아까 꺼지라고 했지?"

"……."

"넌 절대 안 돼. 내 앞에서 알짱대지 마. 진심이다."

"그리고 소라,"

정우는 이세진의 말은 곧바로 무시하고 나를 돌아보았다. 거침없이 지시하는 행동. 이것이 정우의 진짜 모습인 것 같았다.

"으응?"

"난 지금 예민해져 있다. 한 가지 약속해줘."

"뭐, 뭘?"

"내가 성질을 이기지 못할 기미가 보이면 네가 한마디만 해라. 약속을 지키라고."

약속? 우리가 무슨 약속을 했다는 건가. 순 자기 맘대로야.

"아마 내가 참아낼 거다. 하지만 혹시 모르니까 부탁하는 거다. 난 너에게 어떤 경우에도 절대로 주먹은 쓰지 않는다는 약속을 한 거다. 그걸 어길 것 같으면 바로 일깨워달란 소리다."

"아, 알았어."

뭐야, 이건 부탁이 아니라 명령이잖아.

"내가 직접 장성태를 만나러 갈 거다. 죄송합니다. 용서해주십시오. 그거면 돼. 한 번의 고비만 넘기면 된다. 그 이후엔 각자의 길을 가고 30년 후에 각자 행복한 가정을 꾸리고 설악산

콘도에서 만나자."

"결심은 선 거냐?"

한동안 침묵하고 있던 김인범이 입을 열었다.

"물론이다."

"내 생각에도 죽이지는 않을 것 같다. 하지만 넌 폐기될 거다."

"폐기?"

"한쪽 어깨를 부숴버리든가, 다리 한쪽을 작살내든가, 아니면 무릎 관절을 뽀개버리든가. 두 번 다시 주먹을 쓸 수 없도록 확실하게 넌 폐기될 거야. 넌 평생 그렇게 외팔이나 외다리로 살아야 할지도 몰라. 평생이다. 알겠어? 평생 바보가 된다고."

피식. 정우가 웃었다. 그 특유의 비뚤어진 미소였다.

"차라리 잘됐군. 평생 그런 쪽으론 미련을 버리고 살 테니까."

"정말 결심이 선 거냐?"

"물론이다. 절름발이가 되어도 좋다. 난 완전히 손 털었어."

김인범도 이제 받아들였는지 고개를 끄덕였다.

"알겠다, 이정우. 그럼 철저히 개가 되어라."

"개?"

"사람은 감당하기 힘든 수치를 줄 거야. 모든 걸 잊고 개가 되어라. 그래야 버틸 수 있다."

정우는 말없이 고개를 끄덕였다. 전형수는 돌아서서 주먹으로 눈물을 닦아내고 있었다. 사뭇 긴장감이 감돌았다. 정우가 힐끗 김인범을 향해 눈짓했다. 김인범은 그 긴 팔로 이세진과 나를 감싸서 문으로 밀었다.

"자아, 아가씨들은 같이 좀 나가실까요?"

우리는 어떻게 하지도 못하고 김인범에게 밀려 병원 복도로 다시 나왔다. 나는 내심 다행이다 싶었지만 이세진은 침울한 표정이었다. 우리를 복도로 밀어낸 김인범은 병실 문을 닫은 후 깍듯이 고개를 숙였다.

"죄송합니다. 잘 알지도 못하는데 이런 말씀을 드리게 되어서."

잘 가라는 인사가 아니었다. 무언가 우리에게 부탁하려는 듯했다.

"정우에게 무슨 문제가 생기는 것 같으면 저에게 곧바로 연락 주시겠습니까?"

"예?"

김인범은 그러면서 메모지와 펜을 꺼내 들었다.

"이건 제 휴대폰 번호입니다. 무언가 정우에게 엉뚱한 일이 생기는 것 같으면 꼭 연락 주십시오. 물론 정우는 모르게 해야 합니다."

김인범이라는 이 사람. 무슨 생각을 하는 것일까?

"예? 아, 예."

내가 그 상황에서 뭐라고 달리 할 말이 있어야지. 그냥 엉거주춤 받을 수밖에 없었다.

"싫어요."

하지만 이세진은 달랐다. 김인범은 그 대답에 당황하는 것 같았다.

"세진 씨,"

"내가 왜요? 날 저렇게 무시하는데."

정말 싫어서 그런 것 같지는 않았다. 상한 자존심이랄까? 쉽게 말해 그냥 삐져서 퉁겨보는 정도였다. 말은 저렇게 해도 실제로는 그렇지 않을 것이다. 메모지를 받았다는 것 자체가 그랬다. 이세진은 친구가 아니라 여자로서 정우를 바라보고 있었으니까. 하지만 김인범은 적잖이 당황하고 있었다.

"세진 씨의 번호는 정우의 휴대폰 1번에 저장되어 있었습니다."

"그래서요?"

이세진의 눈이 빛나고 있었다. 정우란 존재에게서 자신의 가치가 어느 정도인지 확인하고 싶어 하는 마음.

"전에 세진 씨를 보았을 때도 정우한테 그런 말을 했습니다만, 세진 씨는 누군가를 닮았습니다."

"정우 첫사랑이라도 돼요?"

"사랑이라고까지 할 정도는 아니지만 정우의 짧은 인생에선 중요한 사람이었습니다. 그런데 정우 때문에 너무 위험한 일을 당했죠."

"위험한 일?"

"자세히 말씀드릴 순 없습니다. 하지만 이것만은 말씀드릴 수 있습니다. 정우는 세진 씨를 아끼고 있습니다. 두 번 다시 위험에 노출되지 않도록 하려는 겁니다."

"정말이에요?"

이세진은 기분이 좋아진 것 같았다. 그것이 정말인지 간절히 되묻고 있었다.

"날 지키려고 그러는 거예요?"

"그렇습니다. 하지만 지금은 정우가 위험합니다. 어떤 낌새를 느끼시면 곧바로 제게 전화해주십시오."

이세진은 고개를 끄덕였다. 저도 모르게 방긋거리는 미소마저 얼굴에 배어 있었다. 정우 얘는 복도 많지. 쫓아다니는 여자도 있고. 김인범은 다시 한 번 정중하게 고개를 숙이며 다시 병실 안으로 들어갔다. 멀리서 지켜보고 있던 지영이 우리에게 다가왔다.

"뭐야? 뭐라는 거야?"

"아냐, 아무것도."

"저 사람들 진짜 깡패야?"

"으응, 옛날엔 그랬나 봐."

"이정우도?"

"아마."

"참 나."

지영은 기가 막힌 듯 고갯짓을 했다.

"웅식이 말대로 조심해야겠네. 저런 사람들 언제 무슨 짓 할지 어떻게 알아? 기분 나빠, 저런 인간들."

그때였다. 이세진이 지영을 향해 획 고개를 돌렸다. 무표정한 얼굴로 빤히 바라볼 뿐이었지만 어딘가 화가 난 것 같았다. 지영도 그런 이세진을 보고 흠칫했다.

"왜, 왜요?"

"아니에요. 만나서 반가웠어요."

이세진은 고개만 까딱이고 우리를 지나쳤다. 지영이 팔꿈치로 날 쿡 밀었다.

"뭐야? 왜 저래?"

"네가 잘못했지, 뭐. 좋아하나 본데."

"에?"

정우는 며칠 지나지 않아 학교에 나왔다. 마치 아무 일도 없었다는 듯 평온한 학교생활이 계속되었다. 응식은 여전히 정우를 무시하고 살았으며 어느새 퇴원한 태영 선배는 정우가 눈에 보이면 비켜갈 정도로 겁을 먹고 있었다. 어쨌든 겉으로 보기엔 평화로웠다. 병원에서 그 난리를 치더니 정우의 주위엔 아무 일도 일어나지 않았다. 이대로 모든 것이 묻히는 것 같았고 정우는 잘 적응하지는 못했지만 어쨌든 학교에 꾸준히 나오려고 노력하고 있었다.

그러던 어느 날이었다. 지영과 나, 선영이는 호프집에 와 있었다. 조 단합 차원이었다. 안됐지만 정우는 뺐다. 우리 사이에서는 은연중에 정우는 위험한 존재로 인식되었고 서서히 왕따가 되어가고 있었다. 우리뿐 아니라 학과 전체에서도 정우를 바라보는 아이들의 시각은 그리 좋지 않았다. 나름대로는 열심히 하려는 것 같았지만 그러면 그럴수록 아이들은 정우를 무서워하거나 싫어했다. 사실 우리도 그것은 마찬가지였다. 난 정우에 대해 조금이라도 아는 바가 있어서 다른 아이들과는 조금 다른 연민을 가지고 있었지만 그렇다고 내가 나와 친한 아이들을 제쳐놓고 정우와 다닐 수는 없는 일이었다. 그리고 정우도 내심 그러한 분위기를 바라는 눈치였다. 그 애는 어떤 경우에도 자기 자신과 관계되는 인연은 만들려고 하지 않았다. 오히려 자신을 더욱 꼭꼭 숨기고 스스로 아이들에게 외면당하고 있었다. 어찌 되었건 우리 셋은 그렇게 우리만의 단합 대회를 했고 정우 대신 선영이와 막 사귀기 시작한 응식이 우리를 지킨다는 말도 안 되는 이유를 대며 우리와 합류했다.

"야, 김선영, 애인 없는 사람은 서러워 살겠냐? 같은 조도 아닌데."

선영은 장난스럽게 혀를 내밀며 킥킥거렸다. 응식도 거침없이 받아쳤다.

"이거 왜 이래? 정우보단 내가 훨씬 낫지, 안 그래?"

"그래, 네 말이 맞다."

지영이 맞장구를 쳤다. 이런 대화에 끼기 싫어서 나는 그냥 조용히 있었다.

"야, 순형이 형도 부를게. 괜찮지?"

"아, 그래, 불러."

술도 조금 들어가고 우리는 기분이 좋아지고 있었다. 오래지 않아 순형 오빠가 왔다.

"정우도 같이 가자고 했더니 대꾸도 안 하더라. 어, 반갑다, 그래."

순형 오빠는 우리와 악수를 하면서 웃었다. 웅식이 툴툴거렸다.

　"그놈은 안 돼요. 싸움을 잘하고 못하고를 떠나서 인간이 돼야지. 예의도 없고 안하무인에다가. 하여튼 그놈은 안 돼요."

　술이 조금 올라서 그런지 웅식의 목소리가 커지고 있었다.

　"아니, 막말로 그런 놈이 대학 진학한 것 자체가 웃기지. 그게 가당키나 한 일이에요? 형, 아, 예, 제 잔도 받으세요. 하여튼 그런 놈들 때문에 사회가 발전을 못 해. 이놈의 학교도 질이 떨어진 거고. 명문대가 괜히 명문대입니까? 아무나 못 가니까 명문대지요. 어중이떠중이 다 넘보는 이딴 학교? 하! 정말 갑갑하다고요. 공부 열심히 해서 좋은 학교 가는 건데. 진짜, 아, 정말."

　웅식은 뭔가 분한 듯 소주잔을 입에 확 털어 넣었다.

　"야야, 너 벌써 취했냐? 됐다, 됐어. 그래도 나름대로 열심히 하려는 것 같던데 너무 그러지 마. 너도 여기 와서 선영이 만났잖아."

　"열심히 하기는 무슨. 깡패 새끼들 벌써 두 명이나 학교로 불러들인 놈입니다. 지가 열심히 하면 뭐해? 주위에서 가만 안 놔두는데. 선영이 만난 건 뭐, 저한테는 좋은 일이지요, 하하."

　웅식의 목소리가 너무 커지는 것 같았다. 나는 주위를 둘러보았다. 어쩐지 불안했다. 선영이도 그런 웅식이 불안했는지 눈치를 주었다.

　"그래, 좋은 일만 생각하고 그래야지. 정우 때문에 무슨 일 생기면 네가 혼내주면 되잖아."

"야야, 상종 안 한다. 내 손만 더러워져."

그때였다. 무언가 우리 테이블로 와장창 떨어졌다. 우리는 놀라 돌아보았다. 동시에 호프집 안에 있던 사람들이 대부분 우리를 향해 시선을 돌렸다. 테이블에 떨어진 건 500짜리 맥주잔이었다. 바닥에 튕기며 깨진 파편이 선영의 팔꿈치에 튀기며 상처를 냈다. 응식이 벌떡 일어섰다.

"누구야?"

조금 전까지 혀 꼬부라진 소리를 내던 응식이 아니었다.

"전세 냈냐? 조용히 좀 해라, 씨방새야!"

건너 테이블에 있던 남자였다. 록 가수라도 되는지 머리가 여자처럼 길었다. '씨방'이라는 말에 강한 악센트를 넣으며 응식을 자극하고 있었다. 남자의 주위엔 친구로 보이는 남자 세 명이 더 있었고, 빨갛게 염색한 머리에 옷을 벗었는지 입었는지 알 수 없는 모습의 무섭게 생긴 여자가 껌을 딱딱 씹고 있었다.

"야, 가자."

선영이 응식의 팔을 끌었다. 그러나 응식은 막무가내였다.

"아, 놔봐, 놔봐. 이것들이."

"가자."

순형 오빠도 응식을 이끌었다.

"부딪치지 마. 그냥 가."

"아, 잠깐만, 잠깐만요. 형님, 저요, 응식입니다, 박응식. 내가 이런 새끼들한테 겁먹고 도망갈 그런 놈이 아닙니다."

건너 테이블의 머리 긴 남자가 조용히 일어나 응식에게로 다가왔다.

"씨발, 난 이런 대학 교과 과정도 따라가기 벅차서 학교 안 나가고 있는데 넌 너무하더구먼?"

"뭐?"

"그것만으로도 우선 한 대 맞고 시작하자. 내 모교를 욕했으니까, 어때?"

"뭐, 뭐?"

순간이었다. 남자애가 갑자기 응식에게 휘익 주먹을 날렸다. 픽! 선영이가 자신도 모르게 움찔하는 모습이 보였다.

"으, 응식아!"

쾅! 응식은 한 방에 나가떨어졌다. 남자는 손을 털면서 자기 자리로 돌아가려고 몸을 돌렸다.

"응식아!"

선영이가 다급하게 바닥에 쓰러진 응식을 안아 일으켰다.

"엘리트 의식이라도 있는 거냐? 밥맛없는 자식."

남자는 그렇게 말하고는 긴 머리를 찰랑찰랑 흔들며 자기 자리로 걸음을 옮겼다. 그때였다.

"어이, 씨발새끼!"

응식이었다. 응식이 다시 위협하고 있었다. 남자는 그 자리에 우뚝 멈췄다. 그리고 뒤도 돌아보지 않고 응식의 말을 받았다.

"지금 나한테 걸었나?"

남자가 몸을 홱 돌렸다.

"그래, 이 새끼야!"

웅식은 선영의 손길을 뿌리치고 알아먹었다는 듯 천천히 몸을 일으켰다.

13.

"내가 이래서 이 학교가 싫다는 거다. 어중이떠중이 같지도 않은 것들이 대학생이라고."

호프집 안의 사람들은 모두 이곳을 바라보고 있었다.

휘익! 불현듯 웅식이 남자에게 주먹을 날렸다. 한 대 맞은 것에 대한 보상인 것 같았다.

"지랄."

턱! 남자는 피하지 않았다. 오히려 자신의 얼굴을 향해 날아오는 웅식의 주먹을 손으로 붙잡아버린 것이다. 선영이 벌떡 일어났다. 우리도 느낌이 좋지 않았다. 웅식도 뭔가 잘못된 것을 느끼는 것 같았다.

"야야, 태상아, 적당히 해라."

남자의 동료들이 낄낄거리며 말했다. 남자의 이름이 태상인 것 같았다. 태상? 태상? 어디서 많이 들어본 이름 같았다.

"네 이름이 박웅식이라고? 형님, 저요, 웅식입니다, 박웅식. 박웅식? 쿡쿡."

태상은 웅식의 손목을 꽉 누르며 웅식을 흉내 내고 있었다. 그것은 분명히 조소였다.

"내가 학교에서 무서워하는 사람은 딱 한 명밖에 없다. 너 같은 잔챙이하고는 비교가 안 되지. 내가 그놈 얼굴만 봐도 무서워서 학교에 안 나가고 있걸랑."

응식은 그렇게 말하는 태상을 노려보았다. 그리고 그 순간이었다. 응식의 몸이 움찔거리더니 태상의 손아귀에서 주먹을 빼내었다. 그와 동시였다. 퍽! 응식의 발이 그대로 태상의 명치를 걷어 올렸다.

"억!"

"한 명 더 추가해."

태상은 우당탕거리며 바닥에 쓰러졌다. 태상의 동료들이 발끈하며 일어섰다. 이것은 패싸움의 신호였다.

"오, 오빠."

선영이 순형 오빠를 붙잡았다. 하지만 순형 오빠는 얼핏 보기에도 주먹질과는 거리가 멀어 보였다. 상대 테이블은 남자 세 명이었다. 쓰러진 태상이라는 남자도 크게 상처를 입은 것 같지는 않았다. 쓰러지자 곧 몸을 일으켜 세우고는 요란하게 울리는 음악 소리가 듣기 싫었는지 느닷없이 계산대 쪽으로 고개를 돌렸다.

"개새끼들, 음악 안 꺼?"

순식간에 호프집의 분위기는 냉각되었다. 남자 세 명이 응식을 향해 다가가고 있었다. 응식은 물러서지 않았다. 호프집 안의 손님 중 몇몇이 계산서를 챙겨 일어나고 있을 뿐 대부분 말릴 생각을 하지 않고 구경만 하고 있었다.

"오빠."

선영이 애처로운 눈빛으로 순형 오빠의 팔을 끌었다. 순형 오빠는 연장자로서 뭔가 책임을 느끼는 듯 앞으로 나섰다.

"저기 술 마시다 서로 감정이 격해진 것 같은데 우리가 잘못했습니다. 이렇게 만난 것도 인연인데……."

"넌 뭐야, 이 새끼야?"

세 명의 남자 중 한 명이 테이블에 있던 맥주잔을 들어 그대로 순형 오빠의 정수리에 내려찍었다.

"악!"

유리 파편이 사방으로 튀었다. 순형 오빠의 이마엔 어느새 가루처럼 잘게 부서진 유리 조각이 살갗을 파고들어 박혀 있었고 이미 얼굴은 피투성이였다.

"아악!"

순형 오빠는 손으로 머리를 감싸고 바닥에 주저앉았다.

"악!"

"꺄악!"

우리도 깜짝 놀라 발을 동동 구르며 비명을 질렀다.

"이 새끼들이!"

웅식은 화가 난 것 같았다. 앞뒤 가리지 않고 세 사람을 향해 달려들었다.

"웅식아, 하지 마!"

선영이 소리쳤다. 퍽! 퍽! 호프집의 음악이 멈추었다. 순식간에 난장판이 되어버린 술집이었다. 하지만 웅식 혼자서 세 사람을 상대하기엔 벅차 보였다. 원래 그런 것인지 술에 취해서 그런 것인지 웅식은 마음먹은 대로 주먹질을 하지 못하는 것 같았다. 처음엔 그럭저럭 버텨내는 것 같았으나 이내 균형이 깨지고 세 사람에게 집단 폭행을 당하는 양상으로 변해버렸다.

"이 새끼!"

"죽어봐. 죽어봐. 죽으라고!"

웅식은 몸을 꿈틀거렸다. 받아치려고 허공에 팔을 휘둘렀지만, 오히려 더욱 얻어맞고 있었다.

"말려요! 좀 말려요!"

선영과 내가 다른 테이블로 달려가서 아무 남자에게나 사정을 했다. 그러나 그 사람들은 주춤거릴 뿐 자리에서 일어나지 않았다. 테이블 몇 개가 싸움박질하는 서슬에 우당탕거리며 쓰러졌고 바닥엔 부서진 유리 조각들이 위험하게 흩어졌다.

"좀 말려주세요! 좀."

"그만해! 그만하라고!"

선영은 거의 울부짖고 있었다. 이제 완전히 균형이 깨어졌다. 웅식의 얼굴에도 피가 흘러내리는 것이 보였다. 무서웠다. 남자애들이 저렇게 피 터지게 싸우는 건 지금껏 본 적이 없었다. 기껏해야 머리칼을 붙잡고 서로 늘어지는 여자들의 싸움에 익숙할 뿐이었다. 호프집 주인은 어딘가로 전화를 걸었다. 경찰을 부르는 것 같았다. 얼마나 그렇게 짓밟았을까? 웅식은 새우처럼 몸을 웅크린 상태였고 찢어진 이마에선 피가 흘러 바닥을 시냇물처럼 적시고 있었다. 그 옆에는 역시 머리가 찢어진 순형 오빠가 괴로운 듯 바닥에서 꿈틀거리고 있었다.

"퉤, 가자."

태상은 굵은 침을 바닥에 뱉어내고 호프집을 나섰다. 선영이 달려가 웅식을 부둥켜안았다.

"괜찮아? 응? 괜찮아?"

정적이 한동안 계속되었다. 우리는 남자 둘을 부축하면서 호프집을 빠져나와야만 했다. 웅성거리면서 다른 테이블에 있던 사람들이 이야기보따리를 푸는 소리가 들렸다.

"야, 액션 영화다, 완전. 동영상 찍었어?"

"죽인다, 와. 맥주잔으로 머리 내려찍는 거 봤냐?"

"세상 무섭다니까, 어휴."

화가 났다. 그 사람들은 우리가 그렇게 말려달라고 할 땐 꼼짝도 않더니 사람 둘이 피투성이가 되어 쓰러졌는데 오히려 이야기꽃을 피우고 있었다. 차라리 정우가 이럴 때 있었다면. 그랬다면.

웅식과 순형 오빠는 나란히 병원으로 실려 갔다. 순형 오빠는 다음 날 학교에 나왔으나 웅식은 크게 다쳤는지 병원에 있다고 했다. 선영은 안절부절 거의 울고 있었다.

"이거."

어느새 다가온 정우가 내게 무언가를 툭 던졌다.

"이게 뭐야?"

"리포트 자료. 내 할 일은 다 했다. 단합 대회는 잘했어?"

"어? 그게……."

정우는 책상에 엎드려 연신 눈물을 찍어내고 있는 선영을 잠깐 보다가 시선을 돌렸다.

"왜 저래? 쟤."

"아무것도 아냐. 응식이가 싸우다 다쳐서 병원에 입원했거든."

"병원? 훗, 크게 붙은 모양이군. 그러다 보면 몸도 단련되고 좋지."

정우는 대수롭지 않다는 듯 피식 웃으며 자리로 돌아갔다. 하지만 지영은 그런 정우를 내버려두지 않았다.

"야, 이정우!"

"어?"

"넌 사람이 피투성이가 되어 병원에 갔다는데 아무렇지도 않아? 넌 많이 당해봤다 이거니?"

"뭐?"

"넌 친구 없지? 일진이니 이진이니 아래위만 있어서 친구가 다친 기분을 모르지?"

정우는 말이 없었다. 지영은 팔짱을 딱 끼고 정우를 쏘아보았다.

"내가 말이 좀 험해도 경우 없는 사람은 아니니까 내 말 새겨들어라. 세상에 너처럼 자기 혼자 잘난 사람이 있는가 하면 우리처럼 친구를 돌아볼 줄 아는 사람도 있어. 그거 알아?"

"지, 지영아……."

나는 지영이를 말렸다. 하지만 지영은 멈추지 않았다. 언제부터인지 정우에겐 악감정이 생긴 지영이었다.

"너 좋다고 쫓아다니는 여자한테 꺼지라고 하는 너 같은 게 무슨 친구가 있겠어? 친구가 다쳤거나 친구와 헤어졌거나 친구를 잃었거나 그런 적 있어? 소중한 사람이 잘못되었을 때 기분을 너 같은 게 알기나 해?"

정우는 아무 말도 하지 않았다. 지영은 말을 이었다.

"너는 네 주위에 있는 사람이 한번 죽어봐야 돼. 그래야 우리 기분을 알지. 그냥 다치는 건 아무것도 아니지? 학교 찾아온 네 깡패 친구 둘 다 죽어야 네가 우리 기분을 알지. 넌 매일 칼 맞고 다녀서 아무렇지도 않지? 우리가 얼마나 지금 슬픈지 이해도 못 하지? 응? 깡패 자식아."

아이들의 시선이 전부 정우를 향해 쏠렸다. 정우의 눈썹이 꿈틀거렸다. 그러나 이내 쓴웃음이 입가에 머물렀다.

"그래, 미안하다."

"솔직하니 그건 맘에 드네. 넌 친구들이라고는 모두 너와 비슷한 인종들만 있어서 얼마나 가슴 아픈지 모르나 본데, 응? 애인이 피투성이가 되어서 병원에 실려 갔는데 우는 것 가지고 너만의 잣대로 함부로 남을 재단하지 마. 왜 사람들은 자기만의 잣대로 남들을 함부로 평가하는지 몰라. 그 사람에 대해서 얼마나 안다고?"

"그렇군."

정우가 별로 반응이 없자 지영은 얘기를 하면서 스스로 흥분하고 있었다.

158

"적어도 응식은 너처럼 분위기만 잡고 아무짝에도 쓸모없는 애는 아니었어. 우리한텐 소중한 애라고. 제발 어떤 사람에 대해 잘 알지도 못하면서 멋대로 떠들지 좀 말아줘. 듣는 사람 기분 나쁘니까."

"알겠다. 그만해라."

정우는 쓰디쓴 웃음을 지으며 돌아섰다. 하지만 지영은 그것도 흠을 잡았다.

"근데 표정이 왜 그래? 마지못해 하는 대답 같은데? 지금 비웃는 거야?"

"야, 지영아, 그만해."

나는 지영의 소맷자락을 잡아당겼다.

"놔봐. 내가 지금 틀린 말 하고 있어? 입은 비뚤어져도 말은 바로 하랬잖아."

"너 왜 자꾸 정우만 가지고 그래? 왜 그렇게 정우하고 부딪쳐? 그만해."

"난 한 번 사람이 싫으면 평생 가. 좋을 땐 좋아도 한 번 이 사람은 아니다 싶으면 평생 싫거든. 하는 짓마다 내 기분을 거슬리는 걸 어떡하라고?"

"야아, 지영아……."

정우의 뒤통수를 보면서 지영은 나에게 말했다. 하지만 사실 그것은 정우 들으라고 하는 소리였다.

"고등학교 때 짱 먹었다고? 그러면 우리가 지레 겁먹고 설설 기어야 하는 줄 알아? 목에 힘만 빳빳이 주고 아무것도 아닌 게."

"지영아, 제발."

"글쎄, 내 말이 틀렸냐니까? 우린 지 입원했을 때 걱정돼서 병문안도 갔잖아. 근데 걘 아무것도 아니래. 내가 틀린 거야? 응? 내가 맞잖아. 저 앤 친구라는 개념이 없어. 아니, 응식이한테 매일 당하더니 열등감이라도 있나 보지? 무슨 사람이 저 모양이냐고?"

"그만해. 좀."

"꼴같잖아 죽겠어, 진짜. 아무것도 아닌 게 개폼만 잡고 남무시하고. 막말로 지가 뭐가 대단해? 뭐가 그렇게 대단하냐고? 야, 이정우, 할 말 있으면 해봐, 해보라고. 그래, 네가 무슨 할 말이 있어? 네 친구 두 명 칵 죽어버려야 그때나 할 말 있겠지."

정우는 지영의 말에 반응하지 않고 상기된 얼굴로 자기 자리에 앉았다. 그리고는 교재를 펼쳐 들고 책을 뒤적이는 시늉을 했다. 이런 일을 당하고 글이 눈에 들어올까? 공연히 상대하기 싫으니까 책을 보는 척하는 거겠지.

"하여튼 공부도 못하는 것들이 꼭 쉬는 시간에 책 봐요."

"지영아, 좀."

나는 지영을 말렸다. 정우는 노력하면 노력할수록 외면당하고 있었다. 하지만 지영의 시각은 사실 우리 모두의 시각이기도 했다. 다만 지영처럼 정우의 얼굴에 대놓고 말하지 않을 뿐이었다. 아이들은 어색하게 책을 뒤적이고 있는 정우를 바라보았다. 몇몇은 피식거리고 몇몇은 정우 들으라는 듯 중얼거렸다.

"하여튼 저 새끼 때문에 조용한 날이 없어."

"놔둬. 상종 안 하면 그만이지."

하지만 솔직히 말하면 나는 이제 정우가 불쌍하게 보이기 시작했다. 언제까지 저렇게 살 수 있을까? 모든 사람이 다 싫어하는데. 나 같으면 학교에 나오기도 벅찰 것 같은데. 그럴 텐데.

14

"그래."

갑자기 정우가 고개를 들었다.

"여기에 내 자리는 없는 거로군."

정우는 낮게 중얼거리더니 무슨 생각이 들었는지 자리를 박차고 나가버렸다.

"여자한테 말발로 안 되니까 소심하게 삐쳐서는."

지영이 피식 웃으며 그런 정우를 야유했다. 하지만 나는 정우의 빈자리를 보며 알 수 없는 불안감과 걱정에 휩싸이고 말았다.

학교 수업을 마치고 지영과 나, 선영, 순형 오빠는 응식이 입원해 있는 병원으로 병문안을 갔다. 뜻밖에 응식은 멀쩡한 모습이었다.

"뭐야? 안 아파?"

"이 정도야 그냥 수업 땡땡이치려고 드러누운 거지. 그런데 어제 무슨 일 있었냐?”

“뭐?”

어이없는 말이었다. 정우는 그렇게 칼을 맞고도 며칠 만에 아무렇지도 않은 듯 학교에 나왔는데. 아마 아직도 상처는 아물지 않았을 거야. 그런데 넌……. 나는 지금 배신감 같은 것을 느끼고 있었다. 선영이는 속도 없이 다행이라는 듯 웃고 있었다.

“진짜 괜찮은 거야?”

“괜찮아. 아, 내가 술만 안 먹었어도 그런 자식은 그냥 보내 버리는 건데.”

지영이 응식의 뒤통수를 탁 때렸다.

“야! 멀쩡하면 학교에 나와. 괜히 선영이 질질 우는데 불쌍해서 못 보겠더라.”

“울었어?”

“으응.”

“아우, 닭살들.”

지영은 몸을 비비 꼬며 온몸을 부들부들 떠는 시늉을 했다.

“참, 너 정우하고 붙었다며?”

응식이 껄껄거리며 웃더니 지영을 보고 말했다.

“좀 세게 붙었지.”

“네가 심했어.”

난 지영을 타박하고 나섰다. 지영이 그런 나를 흘겼다.

“심하긴, 뭘?”

“혹시 그 두 친구 중에 진짜로 죽기라도 하면 어쩌려고 그래?”

"뭐? 김인범, 전형수? 어쩌긴 뭘 어째? 정우도 다친 사람 함부로 말 안 하겠지."

웅식이 호기심 어린 표정으로 우릴 바라보았다. 지영은 별것 아니라는 듯 어깨를 으쓱하며 말했다.

"그냥. 지가 깡패처럼 굴러다니다 보니 남들 다치는 건 아무렇지도 않은가 보더라고. 말하는 게 얄미워서 좀 세게 몰아붙였어. 제대로 대꾸도 못 하더라, 히힛."

"참 나, 대단하다, 너도. 안 무섭냐? 걔 실제로 보니까 별 거 아니긴 했다만, 소문은 진짜 무슨 영웅담처럼 났었는데."

"난 안 무서워, 그런 애들. 보나마나 학교에서 교실 맨 뒤에 앉아가지고선 애들 돈이나 뜯고 살았겠지. 무섭긴 뭐가 무서워? 졸업하고 사회에 나가면 내 밑인데. 내가 회사 다닐 때, 걔는 기술 배우고 있을걸?"

"하하. 너 진짜 대단하다. 강단 죽인다, 너."

"소문난 잔칫집에 먹을 거 없다잖아. 네 말대로 소문이란 건 한 다리만 건너도 과장되는 거고. 나 사실 며칠 전에 소라하고 걔 병문안 갔었거든. 전설이니 뭐니 하는 애가 그렇게 당할 수 있을까 싶을 정도로 몸이 엉망이더라. 일부러 맞아주지 않은 다음에야 그럴 수는 없겠다 싶을 정도던데."

"그렇다니까? 빤하지, 뭐. 뭐 있는 것처럼 말 많은 놈들은 원래 그런 거야. 전설은 무슨 전설? 그런 게 전설이면 이 나라 조폭 천지 다 되었지, 벌써. 소라, 넌 왜 그래?"

한동안 지영과 이야기를 나누던 웅식이 나를 돌아보았다. 화난 내 표정이 마음에 걸렸나 보다.

"아니야, 아무것도."

"왜? 화난 것 같은데?"

"아니라니까?"

나는 몸을 돌려 병실을 나서려고 했다. 마음 한구석에서 툭 튀어나온 심술이었다.

"소라야!"

지영이 급하게 날 불렀다. 나는 눈을 흘겼다.

"박웅식, 너야말로 말만 많은 애 아니야?"

"어, 어?"

"너야말로 큰소리만 치고 아무것도 안 보여주는 애 아니야? 어제 뭔데?"

"야, 너 정우 편드는 거야?"

웅식은 어이가 없다는 듯 나를 바라보고 있었다. 지영이도 선영이도 순형 오빠도 갑작스러운 나의 태도에 약간 어리둥절한 모습이었다. 나는 대답하지 않았다. 웅식이 날 나무라듯 말했다.

"난 말이야. 진짜 그런 애들 학교에서 안 봤으면 좋겠어. 지네들 멋대로 오토바이 폭주 뛰다 사고로 죽든가, 사람 치고 다니다가 경찰서에 들락날락하든가 내가 알 바 아니야. 그냥 난 그런 자식들이 체질적으로 싫다고, 알아?"

냉기가 흘렀다.

"저런 인간들이 어떻게 살아가는지 네가 뭘 알아? 사람 죽여

놓고 어디로 우우 몰려가서 지네들끼리 술판 벌이면서 자축 파티 하는 놈들이 저런 인간들이야!"

"응식아, 그만."

선영이 응식을 막았다.

"그만해."

한동안 침묵이 흘렀다. 그 무거운 공기를 갈라낸 건 역시 응식의 가라앉은 목소리였다.

"소라야, 내 친구 중에 유승호라고 있었어."

느닷없이 가라앉은 응식의 말투는 이상한 힘을 가지고 있었다.

"중학교 때 친구야. 고등학교 땐 갈라졌는데, 녀석도 학교에서 알아주는 주먹이었다고."

"그런데?"

"2년 전에 죽었다. 너무 많이 맞아서."

내 심장에 커다란 돌덩이가 하나가 떨어지는 것 같았다.

"주, 죽었다고?"

"머리가 깨져서."

"으, 응식아……."

"나도 알아, 내가 유난히 별나게 군다는 거. 그래도 그쪽 애들을 보면 구역질이 나."

"그쪽 애들?"

"정우처럼 알량한 힘으로 애들 휘어잡는 놈들 말이야. 그걸 남자의 길이라고 착각하는 거지. 애들 협박해서 돈이나 뜯고 우우 몰려다니면서 싸움판만 벌이고 다니는 주제에."

"하지만 지금 정우는…….."

응식은 피식 웃었다.

"어차피 마찬가지야. 학교로 정우 찾아오는 애들 못 봤어? 그렇게 어중이떠중이 몰려다니다 보면 결국 정우도 그렇게 돼."

"아니야!"

나는 단호하게 말했다.

"그 사람들도 자기 길을 찾아간대. 한 사람은 요리사고 한 사람은 자동차 정비 기술 배워서 이제 그런 짓 안 해!"

"순진하군."

"뭐?"

응식은 침대에서 내려왔다. 그리고는 창가로 가서 바깥 풍경을 한동안 바라보았다.

"너 세상이 아름답게 보이니?"

"뭐?"

"세상을 만만하게 보지 마. 녀석들은 결국 중간에서 무너질 거야. 아무리 결심이 굳다고 해도 세상이 녀석들을 불러내고 말 거야."

"쳇, 다 아는 척은. 몇 살이나 먹었다고."

나는 투덜댔지만 응식은 진지했다.

"쳇, 지도 술 먹고 얻어맞는 주제에."

"너 자꾸 뒤에서 구시렁댈 거야?"

응식은 웃는 것 같기도 화난 것 같기도 한 얼굴로 나를 돌아보았다. 장난인지 성질이 난 건지 분간이 가지 않았다. 하지만 난 성질이 나 있었다.

"그래도 정우는 너처럼 수업 빠지기 싫어서 일부러 병원에 입원하지는 않아! 걘 지금 몸이 엉망이라고. 그런데도 학교는 나온단 말이야!"

"그래 봤자라니까?"

"그만둬! 난 네가 더 이상해. 이정우가 어떤 앤 줄 알아? 너 같은 건 한주먹거리도 안 될 거야."

"나 참. 그래, 그래. 내일 학교 가면 될 거 아냐."

"야, 기소라, 너 왜 정우 편들고 그래?"

지영이 도저히 알 수 없다는 표정으로 날 돌아보았다. 너희는 모른단 말이야. 걔가 얼마나 참고 있는지. 너희만 가만 있으면 돼. 너희가 정우를 쫓아내고 있다고. 나는 마음속으로 투덜거리다가 기분이 상해서 병원을 나서고 말았다. 지영이 붙잡았지만 뿌리쳤다. 아무것도 모르면서. 아무것도 모르면서 자기들끼리 뭘 안다고 떠들어대는 거야? 아는 척하지 말란 말이야. 너희끼리 엉터리로 쑥덕대지 말란 말이야. 이상하게도 내 마음이 상하고 있었다.

다음 날.

"야, 기소라, 너 어제 왜 그랬어?"

"내가 뭘?"

"뭐긴 뭐야? 괜히 혼자 삐쳐서 나가설랑 우리만 어색해졌잖아. 웅식이 오늘 학교 나온대."

"나오든지 말든지."

"어째 말투가 이정우를 닮아가는 것 같다?"

"닮든지 말든지."

"야아!"

아침부터 지영과 나는 티격태격했다. 정우는 수업 시간이 얼마 남지 않았는데 아직 나타나지 않았다. 수업 시작을 5분쯤 남겨두었을까. 강의실 문이 열리며 들어선 사람은 엉뚱하게도 술집에서 응식이와 싸웠던 태상이었다.

"어?"

깜짝 놀란 건 나뿐만이 아니었다. 지영이, 선영이는 물론 모두가 이상한 눈으로 태상을 바라보았다. 태상은 꽤 거들먹거리며 강의실을 휘휘 눈으로 훑었다. 그러다 강의실 중간쯤에 앉아 있는 순형 오빠와 눈이 딱 마주쳤다.

"어? 반갑수다. 우리 과였네?"

"우리 과?"

태상은 나와 지영이와도 눈을 마주쳤다.

"어? 뭐야? 여기서 다 만나네?"

태상은 반가운 척 다가오고 있었지만 우리는 경계하고 있었다. 내 몸이 절로 움찔거리며 웃으며 다가오는 태상을 피하고 있었다. 그리고 그때 강의실이 열리면서 응식이 들어섰다.

"어?"

"어, 이게 누구야? '저요, 응식입니다, 박응식.'이잖아? 푸하하. 너도 우리 과였어?"

응식은 주춤하며 태상을 경계하고 있었다.

"우리 과?"

"뭐 그렇게 놀라?"

"이 양아치 새끼가……."

"야야, 좀 있으면 수업이다. 할 말 있으면 나중에 하자고."

태상이 너스레를 떨었다. 응식은 인상을 구겼지만, 그 말에는 동의하는 듯했다. 태상은 빈자리에 털썩 주저앉으며 응식을 보고 말했다.

"그런데 혹시 여기 이정우라고 학교 잘 나오냐?"

"요즘은 잘 나오는 편이야."

"뭐? 이런, 안 나오는 줄 알았는데."

태상의 안색이 점점 어두워지고 있었다. 응식이 피식 웃었다.

"그 자식은 나한테 설설 기는 놈이야. 왜 그렇게 놀라? 무슨 일이라도 있어?"

"네가 이정우한테 설설 긴다고?"

"아니, 그 녀석이 나한테 설설 긴다고."

"설마?"

태상은 어이가 없는지 입만 벌린 채 잠깐 응식을 쳐다보았다. 그러더니 그 긴 머리카락을 손으로 쓸어 넘기며 말했다.

"수업부터 마치고 보자. 내가 확인 좀 해봐야겠다."

태상은 우리와 같은 과였고, 거기에다 같은 조였다. 정우처럼 학교에 잘 안 나와서 누군지 궁금했던 태상이가 바로 저 애였다. 하필이면. 그냥 계속 나오지 말지.

수업이 끝나고 태상은 웅식에게 다가가 어깨에 조용히 손을 얹었다.

"너 진짜 이정우한테 이기냐?"

웅식은 후우, 하고 숨을 내쉬더니 천천히 자리에서 몸을 일으켰다.

"너도 같은 과면 이정우처럼 피떡으로 만들어버릴 수도 있어. 그땐 술에 취해 있었을 뿐이야."

"아, 이거 미치겠네. 그럴 리가 없는데."

태상은 혼자서 중얼거렸다.

"그런데 넌 뭐야?"

"정태 친구."

"정태는 또 누구야?"

"이정우 친구."

"뭐야?"

"정태가 그랬거든. 만나면 복종할 수밖에 없는 사람이 있으니 애초에 만나지 말라고."

"미친 새끼들."

웅식은 피식 웃음을 터뜨리더니 고개를 설레설레 저었다.

"하여튼 양아치 새끼들, 저희끼리 서열 만들고 별짓을 다 해요."

"아, 이 새끼가."

태상이 주먹을 번쩍 치켜들었다.

"너 말하는 거 진짜 마음에 안 든다?"

"왜 한 대 치게? 쳐봐, 이 양아치 새끼야."

"와! 어이없네."

태상이 고개를 꺾으며 천장을 쳐다보았다. 선영이 조심스럽게 웅식의 곁에 다가와서 웅식을 붙들었다.

"점심 먹으러 가자."

"어, 잠깐만."

태상이 웅식의 얼굴을 똑바로 바라보며 말했다.

"너 아무것도 모르면서 말 함부로 하지 마. 네가 아는 게 전부가 아니다, 아가야."

"내가 너한테 할 소리 같은데?"

"나한테 거냐? 한판 뜰까?"

"이정우가 나한테 꼼짝 못한다는 것만 알아둬."

태상은 그렇게 말하는 웅식을 빤히 바라보며 고개를 까딱까딱했다.

"재수 없는 새끼네. 이제 네 꼴 보기 싫어서 학교 나오기 싫겠군, 쳇."

태상은 화난 표정으로 성큼성큼 강의실을 나섰다. 곧 부아앙, 하는 소리가 나더니 태상이 문과대 앞에 세워둔 오토바이를 타고 어딘가로 훌쩍 떠나는 모습이 보였다.

"무슨 오토바이가 저렇게 생겼어?"

나는 태상의 꽁무니를 보며 중얼거렸다. 웅식이 피식피식 계속 웃음을 터뜨리며 말했다.

"웬만한 자동차보다 비싸. 부잣집 자식이군. 우리도 밥 먹으러 나가자고."

우리가 막 문과대 밖으로 나왔을 때였다. 시커먼 검은 승합차가 스르르 밀려오더니 우리 앞에 섰다. 그리고 조수석에서 누군가 내렸다. 김인범이었다. 김인범은 검은 정장을 말쑥하게 차려입고 있었고 조용히 우리에게 다가와 고개를 깊이 숙였다.

"죄송합니다. 한 가지 부탁할 게 있어서 찾아왔습니다."

김인범은 먼저 내게 부담스러울 정도로 허리를 깊이 숙인 후 그렇게 말했다. 웅식의 인상이 확 일그러졌다.

"뭡니까? 이거."

"죄송합니다. 정우의 일로 부탁할 것이 있습니다. 결코 강요는 아니며 부탁을 하는 것입니다."

"무슨 조폭처럼 해가지고 어디 신성한 학교에 얼굴을 들이밀어? 당장 나가!"

웅식은 김인범을 마주하며 소리쳤다. 하지만 김인범은 미동도 하지 않았다.

"죄송합니다. 정우의 목숨과 관련되는 일이라 염치불구하고 찾아왔습니다."

"우, 우리가 무슨 힘이 돼요?"

나는 놀란 가슴을 진정시키며 말했다. 내 목소리가 저절로 부들부들 떨리고 있었다.

"제가 시키는 대로 하시기만 하면 됩니다. 사람 목숨이 왔다 갔다 하는 일입니다. 부탁합니다."

김인범은 정말로 간절하게 우리를 향해 고개를 숙이고 있었다.

"안 가요!"

지영이 소리쳤다.

"죽든지 말든지 우리가 무슨 상관이야. 별 웃기는 사람 아냐?"

"우린 관심 없으니까 그냥 가세요."

"정말 안 되겠습니까?"

"안 간다니까!"

그때 뒷좌석에서 누군가 차 문을 열고 내렸다. 이세진이었다. 이세진은 아무 말도 하지 않고 우리를 가만히 바라보았다. 나는 이세진의 눈빛을 차마 외면할 수가 없었다.

"저기, 우리한테는 아무 해도 없는 거죠?"

"예, 물론입니다."

"야, 기소라!"

지영이 황급히 말렸다.

"난 갈 거야!"

괜한 오기가 생겨 소리까지 쳤다. 지영이 펄쩍 뛰었다.

"진짜 미쳤어? 어딜 함부로 따라가려고 그래?"

"됐다. 내가 같이 가지, 뭐."

웅식이 지영을 막아서며 내 앞에 버티고 섰다.

"내가 소라 데리고 갔다 올게. 너희는 그냥 있어."

제법 의젓하게 구는 웅식이었다. 이럴 때는 그래도 남자라고 날 챙겨주는 품새가 의젓했다. 선영의 눈에 걱정이 가득 차올랐다.

"걱정 마. 우리가 오늘 자정 이내로 아무 소식 없으면 경찰에 신고해, 알았지?"

선영은 불안한 표정으로 고개를 끄덕였다. 순형 오빠가 나에게 다가왔다.

"넌 그냥 있어. 나하고 웅식이가 갔다 오는 게 좋겠다."

"괜찮아요. 무슨 일 생겼다 싶으면 늦기 전에 신고나 하세요. 저기에도 여자가 한 명 있는데 말동무할 사람이 있는 게 좋잖아요."

"잠깐만. 그럼 나도 갈 거야."

지영이 뭔가를 결심한 듯 따라나섰다. 결국, 나와 웅식, 지영, 순형 오빠까지 차에 올라탔다. 웅식은 만약 우리가 돌아오지 못하면 경찰에 신고할 사람이 있어야 한다며 선영이를 남게 했다.

운전석에 앉은 남자는 검은 선글라스를 끼고 있었다.

"김인범, 다 됐나?"

"예."

"눈 가려."

김인범은 우리에게 안대를 내밀었다.

"죄송합니다만 눈을 좀 가려주시겠습니까?"

웅식은 불쾌한 듯 인상을 구겼지만 특별히 반항하지는 않았다. 우리는 김인범이 내민 안대를 받아들고 눈을 가렸다. 그러자 곧 차 안에서 쿵쾅거리는 음악 소리가 귀청이 떨어질 정도로 크게 울리기 시작했다. 그런 상태로 얼마나 갔을까. 차가 멈춘 후에도 우리는 계속 눈을 가리고 있어야 했다. 우리 주위로 몇 명의 사람들이 더 나타난 듯 부산스러움이 느껴졌다. 우리는 누군가의 손에 이끌려 어딘가로 들어섰고 실내에 들어섰다는 확신이 들 무렵 안대를 풀라는 지시를 받을 수 있었다. 나와 응식, 그리고 이세진은 나란히 자리에 앉았다. TV에서 보던 단란주점의 방처럼 우리가 들어선 곳에는 가운데에 테이블이 놓여 있었고 구석에는 노래방 기기가 설치되어 있었다. 우리의 맞은편에는 김인범이 마주 앉았다.

"죄송합니다. 그리 오래 걸리지는 않을 겁니다."

"대체 이게 무슨 일인지."

"실은 어제 정우한테 연락을 받고 제가 조금 일을 꾸몄습니다. 어제 학교에서 누구와 다툰 것 같던데, 그래서인지 뭔가 결심이 섰나 보더라고요."

쉬익. 지영이 정우에게 타박을 놓던 그 장면이 스쳐 지나갔다.

"무슨 소리를 들었는지 저를 찾아와서 자리를 좀 마련해달라고 하더군요. 정우는 2년 전에 성인 조직에 몸담은 적이 있었는데 조금 문제가 생겼습니다. 이번에 탈퇴식 비슷한 걸 치를 것 같습니다."

"아니, 그것하고 우리하고 대체 무슨 상관입니까?"

응식이 불만 가득한 목소리로 말했다.

"여러분들을 참관인으로 참석시킬 계획입니다. 여러 가지 생각을 해봤는데 그러지 않으면 정우가 정말 죽을지도 모르거든요."

당최 무슨 말인지 우리는 모두 이해할 수가 없었다. 뭔가 큰일이 있기는 있는 모양이었지만 수긍하기는 솔직히 어려웠다. 김인범은 말을 이었다.

"여러분들이 하실 일은 잠시 후부터 발생할 사건에 대해 조용히 참관만 하시면 됩니다. 일종의 증인입니다. 앞으로 어떤 일이 생겨도 그저 꼼짝 않고 지켜보시기만 하면 됩니다."

"그것만 하면 되는 겁니까?"

웅식이 짜증나는 표정으로 빈정댔다. 김인범은 고개를 끄덕였다.

"그렇습니다. 오래 걸리지 않을 겁니다."

김인범은 연신 우리를 향해 고개를 숙였다. 그 커다란 덩치가 우리한테 굽실거리는 걸 보니 이상한 기분이 들었다. 대체 무슨 일이 일어나려는 걸까?

15.

약간의 시간이 지나자 누군가 종이 몇 장을 들고 방 안으로 들어섰다. 그다지 나이는 많아 보이지 않았지만, 이곳에선 꽤 높은 사람인 듯했다. 그 사람은 우리에게 각각 A4 종이 두 장씩을 나눠주었다.

"안녕하십니까? 이곳의 책임자 김민규입니다."

책임자? 김민규는 김인범을 보면서 알 수 없는 미소를 지었다. 그리고 우리를 향해 고개를 돌렸다.

"각서입니다. 여기서 본 것, 들은 것, 느낀 것, 그 어느 것에 대해서도 밖에 나가서 한마디도 하지 않겠다는 내용입니다."

김민규는 정중했다. 흔히들 깡패들이라면 그저 사람들 어르는 협박범이라고만 생각해왔는데 이상한 일이었다. 그 어떤 신사보다 더한 품위가 그에게서 흐르고 있었다.

　"본인 이름과 주소, 휴대폰, 집 전화번호를 쓰고 사인을 하시면 됩니다. 두 장 모두. 앞으로 오늘 있었던 일이 빌미가 되어 문제가 발생할 경우, 이 각서를 근거로 하여 여러분께 책임을 물을 수도 있습니다. 그리고 허위로 기재한 사실이 나중에 밝혀질 경우 역시 이 각서에 근거하여 책임을 묻겠습니다."

　그러고 보니 각서에는 "허위 사실을 기재할 시 그로 인해 발생하는 모든 문제에 대한 책임을 지겠습니다."라는 항목이 포함되어 있었다. 우리는 서로의 눈치를 살폈다. 김민규의 행동은 신사다웠지만, 그가 내뿜는 분위기는 공포스러웠다. 그는 무언가를 깜빡했다는 듯 손가락을 딱, 하고 튕겼다.

　"참, 지금이라도 돌아가고 싶으시면 말씀하십시오. 하지만 일단 각서를 작성하시고 나면 불가합니다."

　그 말이 떨어지기 무섭게 이세진이 쓱쓱 각서를 쓰기 시작했다. 이세진이야 정우를 좋아하니까 그렇다 쳐도 나는 어쩐지 손해 보는 기분이었다. 이세진이 먼저 볼펜을 들어 올리자 나와 응식은 스스로의 의지와는 무관하게 각서를 작성하기 시작했다. 그러자 지영과 순형 오빠도 각서를 작성하기 시작했다. 사인까지 하고 나자 김민규 역시 도장을 꺼내 양쪽 모두 찍고 다시 두 장을 엇갈리게 해서 모서리를 걸쳐 찍었다. 우리 역시 그렇게 해야 했다. 그러면서 그는 한 장씩 우리에게 주었다.

"잊지 않도록 하십시오. 어차피 각서란 계약서가 아니니까 이렇게 할 필요는 없지만, 항상 곁에 두고 오늘을 잊지 않도록 하십시오. 그리고 각서를 작성한 이상, 이제 와서 돌아가겠다고 하시면 안 됩니다. 지금이 오후 3시. 두 시간 이내로 보내드리겠습니다."

오후 3시? 점심을 먹으러 나왔다가 여기까지 온 나였다. 차안에서 두 시간을 훨씬 넘게 있었구나.

"아, 식사는 하셨습니까?"

긴장이 돼서 배가 고프지도 않았다. 응식이 냉랭하게 대답했다.

"먹고 싶은 생각 없습니다."

"알겠습니다."

김민규는 고개를 끄덕이며 각서를 한 장 한 장 훑어보았다. 일 처리가 무언가 예사롭지 않았다. 우리는 그저 서로서로 얼굴을 돌아볼 뿐이었다. 설마, 우리가 잘못되는 건 아니겠지?

"김인범이라고 했나?"

김민규가 고개를 돌려 김인범을 바라보았다. 김인범은 당당하게 말했다.

"그렇다."

"네 입장에서는 머리를 잘 썼어. 보복을 하나의 의식으로 만들었으니까."

김인범의 미간이 움찔거렸다. 도대체 뭐가 뭔지 알 수가 없었다. 우리는 다시 눈을 가리고 어딘가로 안내되었다. 도착해서 안대를 풀어보니 그곳은 광이 나는 대리석 바닥으로, 넓은 실내 광장 같은 곳이었다. 물론 무대를 꾸미고 조명을 달고 세트를 설치하면 나이트클럽 비슷하게도 보일 테지만 지금으로서는 아무래도 나이트클럽과는 거리가 있어 보였다. 광장에는 20명 남짓의 사람들이 철제 의자를 끌어다 앉아 있었다. 정우는 보이지 않았다. 우리는 간이 무대 위로 안내되어 마련된 소파에 일렬로 쭈르르 앉았다. 김인범은 광장 한가운데에 서 있었다. 잠시 후 누군가가 무대 위에 나타났다. 김민규는 그를 향해 깍듯이 인사를 했다.

"선배님, 준비 다 됐습니다."

선배라는 사람은 인상을 찌푸리며 그런 김인범을 바라보았다.

"민간인들이 감당할 자리가 아닐 텐데? 결국 데려왔군."

"여기서 살인 사건만 일어나지 않으면 어떤 일이 있어도 침묵할 겁니다, 사장님."

"끌고 와."

사장? 언젠가 레스토랑에서 봤던 남자였다. 이 사람, 무게가 있었다. 아직 상처라고는 전혀 입지 않은 정우와 전형수가 끌려 나왔다. 아니, 끌려 나왔다기보다는 그 애들이 앞장서서 나아가는 것 같았다. 정우는 우리를 보더니 흠칫했다. 김민규가 나섰다.

"안심해라. 이 사람들은 털끝 하나 다치지 않을 테니까. 단지 참관인이다."

그러자 정우는 김인범을 돌아보았다. 김인범은 중얼거리듯 낮은 목소리로 말했다.

"미안하다."

정우는 아무 말도 하지 않았다. 우리는 그저 이상한 공포심에 가슴을 떨고 있을 뿐이었다.

"민규야,"

사장이 낮은 목소리로 말했다.

"이후부터 이곳 처리는 너한테 맡기도록 하지."

"알겠습니다."

김민규는 고개를 숙였다. 사장은 간이 무대 앞쪽으로 걸음을 옮겨 자리에 앉았다.

"넌 누구냐?"

사장이 가리키는 사람은 전형수였다. 전형수는 사장을 노려보았다.

"정우와 함께 그날 나이트를 깨러 왔었다."

그때였다. 누군가 전형수의 뒤에 나타나더니 알루미늄 방망이로 전형수의 등을 후려쳤다.

"컥!"

전형수는 휘청거리며 바닥에 쓰러졌다. 그러나 곧 다시 몸을 추스르며 사장을 노려보았다. 사장은 피식 웃었다.

"눈빛은 좋군. 그런데 착각은 하지 말아줬으면 해. 너희는 나한테 빌러 온 거야. 그런 영웅 같은 눈매는 어울리지 않다고 생각하는데. 그렇지 않나, 김인범?"

김인범의 턱관절이 씰룩거렸다.

"그렇습니다."

"그럼 존칭부터 써야지. 이정우, 넌 어떻게 생각하지?"

정우는 조금도 망설이지 않았다.

"그렇습니다, 장성태 사장님."

"훗, 하하하하하!"

장성태는 유쾌하게 폭소를 터뜨리더니 전형수를 돌아보았다.

"전형수라고 했나?"

"예, 예."

전형수는 대답이 제대로 나오지 않는 듯 눈을 감았다.

"넌 왜 왔는지 모르겠지만, 너한테는 별 볼 일 없는데? 알량한 의리 때문에 자진해서 온 것이라 해도 난 널 건드릴 생각이 없어. 설사 그날 치고 들어왔던 고등학생 중에 네가 있었다고 해도 결국 이정우의 지휘를 받았겠지?"

전형수는 대답이 없었다. 누군가 다시 전형수의 무릎 관절을 뒤에서 걷어차 강제로 무릎을 꿇게 했다.

"대답해!"

"그, 그렇습니다."

"알았다. 너의 수위는 정해졌다. 김인범?"

"예."

"어떻게 보면 이정우보다 네가 더 괘씸한 녀석이다. 요리사가 꿈인가?"

"예."

"좋아, 한때의 정이 있으니 너는 조금만 어루만져 주지. 이정우?"

"예."

"넌 도저히 용서할 수가 없다. 하극상도 정도가 있어야지. 살인까지 이어지면 어떡하지?"

살인? 나는 심장이 뛰었다. 멀쩡하게 생긴 정우가 살인자란 소리야? 사람을 죽였다는 소리인가? 정말……?

"사회에서 재판을 받아도 살인은 형량이 무겁지."

"정우가 아닙니다. 정태라는 친구가……."

전형수가 또 무언가를 말하려다 알루미늄 방망이에 머리를 맞았다. 사장은 다시 말을 이었다.

"우리가 생각한 너의 형량은 사형이었다. 하지만 길에서 찔러 죽이기에는 좀 아깝잖아? 너 같은 하극상의 처리는 회사 내에서 하나의 본보기가 되니까."

회사? 사장은 담배를 빼내 입에 물었다. 아니, 담배가 아니라 시가였다. 어디서 구했는지는 몰라도 저 사장이란 사람에겐 그다지 어울리지 않았다.

"어떻게 죽여야 잘 죽였다고 소문이 날까? 고민이 많았었는데 말이야. 이렇게 제 발로 걸어 들어오다니. 성질은 아직 죽지 않았군. 피하고 기다리기보다는 부딪치는 성격 말이야. 비록 인범이 저 녀석이 잔머리를 굴리는 바람에 쓸데없는 애들이 딸려 왔지만."

잠시 침묵이 흘렀다.

"이정우, 넌 사형 대신 폐기될 것이다. 평생 불구로 살아야 한다. 각오는 돼 있나?"

"되어 있습니다."

"홋, 재미없어. 어쩌다 네가 이렇게 바보같이 된 건지 모르겠군. 네 몸뚱이가 불구가 되어서도 지켜야 할 인생관이라도 생긴 건가?"

정우는 조용히 있었다. 누군가가 알루미늄 방망이를 들어 올리려는 찰나, 사장이 손을 들어 그를 제지했다.

"아, 정우에겐 아껴라. 저놈은 그 정도 예를 차려줄 만한 놈이다. 자, 이정우, 그럼 묻겠다. 1급 장애인으로 만들어줄까? 2급 장애인으로 만들어줄까?"

"제가 선택할 수 없다는 걸 알고 있습니다."

"팔다리 모두 작살낼 수도 있다. 여느 화가처럼 입에다 붓을 물고 그림 정도는 그릴 수 있을지도 모르지. 거기까지 마음의 준비가 되어 있나?"

"되어 있습니다."

사장은 어깨를 으쓱했다.

"이거야, 원, 정말 재미없군. 민규야,"

"예, 사장님."

"어느 정도인지 감이 오니?"

"예."

"내가 관심 있는 것은 이정우다. 녀석은 마지막에 특별하게 처리해줘라."

"알겠습니다."

사장은 그렇게 얘기하고 느긋한 자세로 의자에 몸을 묻었다.

이제 이 자리는 김민규의 지휘 아래 놓이게 되었다.

"지금부터 2년 전에 처리하지 못했던 이정우에 대한 단죄를 시작하겠다. 아무리 깊은 곳에 숨어 있어도 우리는 반드시 찾아내 형을 가한다. 여기 있는 너희 모두 오늘의 일을 두 눈 똑바로 뜨고 지켜봐서 회사를 배신하지 말기를 바란다."

20여 명의 남자는 고개를 끄덕끄덕하는가 하면 목 관절을 이리저리 꺾으며 김민규의 이야기를 듣고 있었다.

"눈빛이 살아 있는 놈부터 찜질해야겠구나. 다른 녀석은 모두 받아들일 것 같은데 저 녀석은 마음에 들지 않아."

김민규가 가리킨 건 전형수였다. 철제 의자에 앉아 있던 사람 중 두 명이 자리에서 일어나서 전형수의 곁으로 다가왔다. 전형수는 여전히 인상을 쓰고 있었지만 무언가 결심한 듯 눈을 감았다. 전형수에게 다가온 두 남자는 각각 각목과 알루미늄 방망이를 들고 있었다. 각목을 든 남자가 툭툭 전형수의 머리를 쳤다. 김민규가 한마디했다.

"시작해."

그 순간이었다. 휘익 하는 소리가 나더니 각목이 허공을 가르고 전형수의 머리 위로 떨어졌다. 퍽!

"헉!"

나는 나도 모르게 입바람을 내며 손으로 입을 가렸다. 전형수의 머리에서 너무나 끔찍한 소리가 새어 나왔다.

"끄윽."

전형수는 그대로 엎어지면서 도살장에 끌려가는 소처럼 이상한 소리를 냈다. 알루미늄 방망이를 든 남자가 품에서 면도 칼을 끄집어내더니 말없이 전형수의 이마를 세로로 죽 갈라냈다. 그러자 각목을 든 남자가 기다렸다는 듯 전형수의 이마를 그대로 각목으로 후려갈겼다. 쩍! 이상한 소리가 들렸다.

"키엑."

전형수는 그대로 고개를 뒤로 젖히며 넘어갔다. 마치 이마가 피를 뿌리는 것처럼 핏물이 솟아나왔다. 각목을 든 남자는 손으로 이마를 가리고 고통으로 낑낑거리는 전형수의 머리를 구둣발로 짓누르며 말했다.

"역시, 피를 봐야 패는 맛이 난다니까."

나는 숨이 막히는 것 같았다. 너무 놀라면 비명조차 나오지 않는다더니 내가 꼭 그 짝이었다. 눈을 감고 싶었지만, 눈조차 감기지 않았다.

"끼잉, 끙. 으윽."

전형수의 목에서 병든 강아지 같은 신음이 새어 나왔다. 차라리 그럴 바엔 기절하는 게 낫지 않을까? 아니, 기절하는 척이라도. 하지만 그런 연기를 할 수 있는 상황이 아니었다. 참으려고 해도 목구멍을 비집고 나오는 앓는 소리. 지금 전형수는 고통으로 제대로 움직이지도 못하고 있었다.

"자, 본격적으로 해볼까?"

알루미늄 방망이를 든 남자가 씩 미소를 지었다. 벌써 내 눈에서 눈물이 흘러내렸다. 너무 무서워서 흐르는 눈물이었다. 전형수는 이미 피투성이가 된 얼굴로 바닥에 짓눌려 있는 상태였다.

"커억, 끅."

정우야, 정우야. 난 정우를 보았다. 한쪽 구석으로 밀려나 있는 정우는 전형수의 그 모습을 가만히 바라보고 있었다. 김인범은 차마 보지 못하고 고개를 돌려버렸는데 정우는 그 모습을 모두 지켜보고 있었다. 바보, 저 바보, 저 바보. 그때 김민규가 소리쳤다.

"뽀개버려!"

그 순간이었다. 알루미늄 방망이를 든 남자가 그대로 전형수의 머리를 날렸다. 떵!

"퍽."

전형수는 그대로 피를 토하며 바닥에 쓰러졌다. 전형수가 맞은 곳은 머리가 아니라 턱이었다. 저 정도의 힘으로 머리에 맞았다면 뇌진탕으로 죽었을 것이고 턱에 맞았다면 턱뼈가 완전히 으스러졌을 것이다. 전형수는 그대로 쓰러져 의식을 차리지 못했다. 김민규가 말했다

"저 정도면 형수에겐 멋진 선물이지. 구경 잘했나, 이정우, 김인범?"

김인범은 주먹을 쥐고 부르르 떨고 있었다.

"너무 걱정할 것 없다. 죽지는 않을 테니까."

"알루미늄으로 치면 뼈가 으스러집니다. 차라리 부러지게 치는 게 낫지 않습니까?"

김인범이 소리쳤다. 김민규는 고개를 저었다.

"대신 전형수는 사지가 멀쩡하잖아? 돈 있으면 턱 수술만 받으면 돼. 넌 걱정하지 마라. 뼈를 부러뜨릴 테니."

이상한 분위기였다. 김민규는 손가락을 까딱거렸다.

"자, 이제 김인범 네놈 차례다. 나와."

16.

김인범의 눈동자가 타오르고 있었다. 말아 쥔 주먹도 굳세었다. 그런 김인범을 보는 김민규의 눈빛이 달라졌다.

"김인범, 지금 뭐 하는 거지?"

"씨발, 다 필요 없어."

김인범의 입에서 욕이 흘러나왔다. 김민규가 흠칫했다.

"지금 판을 벌여보자는 건가, 김인범?"

"어차피 이판사판이다. 어디 정정당당하게 붙어보자고!"

김인범이 소리쳤다. 김민규는 고개를 좌우로 흔들며 손가락 관절을 뚝뚝 끊었다.

"뭔가 착각하고 있군, 김인범."

"뭐라고?"

"이정우는 어차피 우리가 죽일 녀석이었다. 그걸 감지한 네놈이 장난을 쳐서 이런 자리를 마련한 것 아닌가? 어떤 수모도 감수하겠으니 이정우를 놓아달라고. 이정우도 각오가 되어 있다고. 아닌가?"

김인범은 할 말을 잃은 듯했다. 말할 수 없는 처참한 표정을 짓고 조용히 고개를 떨구었다.

"이 자리는 우리가 하극상을 일으키고 회사 경영에 막대한 피해를 준 이정우를 우리식으로 단죄하는 자리다. 오늘만 넘어가면 우리는 두 번 다시 이정우를 건드리지 않는다. 대신 너흰 오늘 확실히 깨지면 되는 거야. 그런 것인 줄 알았는데 뭐 잘못된 거라도 있나, 김인범?"

김인범. 굳게 쥐었던 주먹이 어느새 풀려 있었다. 김민규는 말을 이었다.

"여기서 너희가 반격한다면 가능성은 없지만, 이곳을 너희만의 힘으로 뚫고 나갈 수 있을지도 모른다. 하지만 그 후엔 우리와 진짜 전쟁을 치러야 할 것이다. 자신 있나?"

김인범이 무언가 말을 하려다 그만두고 다시 어렵게 대답을 하려고 했다.

"어, 없……."

쿵! 김인범이 숨을 들이키는가 싶더니 그 거대한 몸집이 무너지듯 무릎을 꿇으며 바닥을 주먹으로 내리쳤다. 속으로 무언가를 가득 삼키는 모습이었다.

"없습니다."

"그럼 나와."

김인범이 몸을 일으키려고 했다. 김민규의 화난 음성이 터져 나왔다.

"이 새끼 장난하나? 넌 네 발로 기어 나와."

김인범의 몸 전체가 부르르 떨렸다. 하지만 더는 저항하지 않았다. 양팔을 앞으로 내고 엉금엉금 기어서 광장 한가운데로 나아가고 있었다. 그때였다.

"잠깐만."

그 낮고 차가운 목소리. 분명히 정우의 목소리였다. 정우의 눈동자는 어느새 김민규를 쏘아보고 있었다.

"인범의 몫까지 내가 맞겠습니다. 제 친구들은 놓아두십시오."

일순 침묵이 흘렀다. 그리고,

"킥!"

어딘가에서 웃음이 터져 나왔다.

"푸하하하하!"

"하하하."

정우를 정점에 두고 모두가 웃고 있었다. 김민규가 허리에 양팔을 올리며 채 웃음이 가시지 않은 입술을 열었다.

"그런 건 의리가 아니다. 네 친구가 네 얼굴만 보고 자진해서 병신이 되겠다는데 친구를 지켜봐 주어야 하지 않겠나? 김인범은 널 위해서 희생하려는 것이다."

"그것하고 내가 먼저 맞겠다는 것하고 무슨 상관이 있습니까?"

김민규는 피식 웃음을 터뜨렸다.

"아직 어리군. 내가 왜 널 마지막으로 찜 찌려는 줄 아나? 이게 뭐 영화 같은 데서 나오는 클라이맥스를 위해서인 줄 알아? 전형수나 김인범에 대한 배려야."

무슨 말인지 알 수가 없었다. 김민규는 말을 이었다.

"네가 터지는 모습을 네 동료에겐 보여주지 않으려는 거다. 물론 순서를 바꿔서 너부터 타작할 수도 있어. 하지만 네 친구들이 먼저 쓰러져 기절해버리면 네가 아무리 비참하게 당한다고 하더라도 너의 비참함을 그들은 볼 수도, 기억할 수도 없지 않겠나?"

"……."

"그런데 넌 김인범에게 너의 비참한 모습을 보여주겠다는 거냐? 그건 완전한 착각이다. 의리도 아니고 상황 파악도 전혀 안 되어 있는 소리야. 넌 마지막으로 쓰러져야 한다. 그게 널 위해 희생을 감수하는 네 동료에 대한 남자로서의 예의다."

정말 그런 걸까. 모르겠다. 아무것도 알 수가 없었다. 그저 난 이곳에서 벗어나고 싶다는 생각뿐이었다. 옆을 돌아보았다. 응식이는 손으로 이마를 짚고 무표정한 모습으로 앉아 있었다. 이세진의 양 볼에선 눈물이 비 오듯 흘러내렸다. 김인범이 정우의 어깨 위에 조용히 손을 올려놓았다.

"나도 내 앞에서 네가 깨지는 건 원치 않아."

김인범은 씩 미소까지 지어 보였다. 이정우, 도대체 무슨 생각을 하는 걸까? 정우의 아랫입술이 이빨 사이로 말려 들어가는 모습이 보였다. 무언가 심경의 변화가 생긴 것일까? 어떤 결심을 한 것은 아닐까? 하지만 난 그렇지 않다는 걸 알고 있었다. 어떤 결심을 했다고 해도 이 많은 사람을 상대로는 무의미한 결심일 뿐이었다. 현실적으로 한두 명의 힘으로는 어쩌지 못하는 상황이었다.

잠시 후 정우는 쓰러져 정신을 잃은 전형수를 보며 낮게 중얼거렸다.

"전형수…….."

정우의 입가가 실룩였다. 정우의 눈동자는 김민규를 향해 빠르게 움직이고 있었다.

"반격해도 된다고 했나?"

확 달라진 말투였다. 조금 전까지 극존칭을 쓰던 정우가 반말을 한 것이다. 김민규의 눈썹이 씰룩였다.

"반격한다면 우리와 정면으로 충돌하겠다는 말이다. 설사 너희가 오늘 무사히 도망쳐 나간다 하더라도 영원히 우리의 손아귀에서 벗어나지 못하게 될 것이다."

김민규도 조금 화가 난 것 같았다. 하지만 최대한 침착함을 유지하려는 모습이었다. 정우가 숨을 들이켰다.

"마지막 기회를 주마. 때리려거든 나만 때려라. 더 이상 다른 사람을 건드리면 너희 모두를 내 발아래 짓밟아주겠다."

대체 무슨 말인가. 이상한 소리였다. 모두가 어안이 벙벙해 있었다. 어차피 정우는 때리지 말아달라고 사정을 해도 맞게 되어 있었다. 그런데 정우는 자신만 때리든지 너희 모두 죽든지 선택하라는 이상한 선언을 하고 있었다. 바보가 아닌 다음에야 정우의 이 해괴한 선언이 협박같이 들릴 리가 없었다. 오히려 너무 황당해서 어안이 벙벙한 모양이었다. 김민규 역시 고개를 갸웃거렸다.

"별 웃기는 녀석을 다 보겠군. 호언장담도 정도껏 쳐야지. 그건 당당함이 아니라 무모함이잖아? 궁지에 몰린 쥐는 고양이를 문다더니 네가 그 꼴이군. 막상 상황을 눈으로 보니까 두려워진 건가?"

하지만 정우의 눈빛은 식지 않았다. 김민규가 소리쳤다.

"우린 네놈들 모두 박살을 내야겠다. 어쩔 테냐? 김인범까지 박살내면 네가 어쩔 건데?"

정우는 김민규를 가만히 노려보았다. 김민규는 어깨를 으쓱하며 능글맞게 웃었다.

"이래서 어린놈들을 대하면 재미가 있지. 아직 순수한 면도 보이고 말이야. 대신 맞아주겠다? 하! 눈물 나는 의리군. 어차피 너희는 모두 실려 나갈 테니 하찮은 의리는 집어치워, 애송아."

김인범이 정우를 막아섰다.

"왜 이러냐? 뒤로 물러서 있어."

이상한 일이었다. 상황은 분명히 정우가 불리했다. 그런데 이건 뭔가 거꾸로 된 것 같았다.

정우는 몇 번 심호흡을 하더니 이윽고 말했다.

"내 친구들에게는 적정선을 지켜라. 내가 나서게 하지 말길 바란다."

김민규는 실소를 터뜨렸다. 10대 특유의 알량한 치기라고 생각하기에 모자람이 없었다. 그것은 나도 우리도 생각이 다르지 않았다. 김민규가 말했다. 더 이상 정우의 말을 들어볼 것도 없다는 투였다.

"쳐라."

김민규의 한마디가 떨어지자 곧바로 김인범을 향한 구타가 시작되었다. 무방비로 맞아주던 인범은 오래지 않아 바닥에 무릎을 꿇으며 무너졌다.

"개새끼."

픽! 픽! 핏물이 철퍽철퍽 사방으로 튀었으며 오래지 않아 김인범은 질퍽한 피를 쏟아내며 바닥에 쓰러졌다. 쓰러진 김인범의 다리뼈를 부러뜨리려고 누군가 다리를 들자 다른 사람이 쇠몽둥이를 들고 김인범에게 다가갔다.

"거기까지다."

그들을 막은 것은 정우의 한마디였다. 무표정한 얼굴. 억양 없는 말투.

"그 이상 인범을 건드리면 너희는 여기서 죽는다."

"저런 개자식이!"

정우의 한마디에 드디어 화를 폭발시킨 사람은 김민규였다. 상황이 어떻게 돌아가는지도 모르고 잘난 척 떠들어대는 정우를 더는 지켜볼 수가 없었을 것이다. 그것은 우리도 마찬가지였다. 정우가 너무 튀는 것 같았다. 분명히 지금의 상황은 정우에게 불리했다. 머릿속이 비지 않고서야 저렇게 나올 수가 없었다. 불안했다. 피해도 모자랄 판에 정우는 오히려 상대방을 자극하고 있었다.

"컥, 컥."

바닥에 쓰러져 있던 김인범이 핏물을 토해냈다.

"커헉, 끅. 킬킬킬."

피투성이가 된 얼굴로 김인범이 갑자기 웃고 있었다.

"너희 이제 다 죽었다. 킥킥킥, 큭."

김인범도 같이 미친 것일까. 몸은 고통으로 움츠러들었지만, 입가에 맺힌 건 분명 상상만 해도 즐겁다는 통쾌한 웃음이었다. 바보들, 진짜 바보들이었다. 전부 제정신이 아냐! 상대방은 김민규까지 모두 24명이었다. 거기에 모두 흉한 무기를 들고 있었다. 셋이 힘을 합쳐 싸워도 턱없이 부족할 텐데 사실상 싸울 수 있는 사람은 정우 한 명뿐이었다. 모두가 소영웅주의에 빠진 것 같았다. 이건 정말 아니었다. 김인범이 다시 킬킬거리며 말했다.

"너흰 정우를 몰라, 킬킬. 상식을 벗어난 남자가 바로 이정우다. 백 명이건 천 명이건 이정우에게 쪽수는 의미가 없어, 큭큭큭."

"이 새끼가, 째진 아가리라고."

누군가 김인범의 머리를 구둣발로 그대로 걸어찼다. 퍽!

"키엥."

김인범의 머리가 180도로 돌아가는 것 같았다. 목에서는 고양이가 죽는 것 같은 이상한 소리가 새어 나왔고 터져나간 입에서 또 한 움큼 핏줄기가 천장을 향해 치솟았다.

"어이, 너."

김인범은 그대로 바닥에 뻗었다. 정우가 김인범의 머리를 찬 사람을 눈으로 가리켰다.

"분명히 거기서 더 건드리면 죽는다고 했지?"

정우가 흥분하고 있었다. 불안했다. 이건 아니다. 안 돼. 말려야 해. 이건 자신감이 아니라 만용일 뿐이야. 달걀로 바위 치기야. 너 혼자 이 많은 사람을 어떻게……. 거기다 네 몸은 아직 정상이 아니잖아.

"정우야!"

정우의 주먹이 말리는 걸 보고 난 더 이상 가만히 있을 수 없었다. 더 비참하게 맞기 전에 말려야 했다. 모두의 시선이 나에게 쏠렸다. 나는 힘겹게 입을 열었다.

"야, 약속했잖아."

그래, 약속했잖아. 병원에서 약속했잖아. 네가 다시 주먹질할 것 같으면 내가 막아주기로. 그 약속 기억나니? 나는 간절하게 눈으로 말했다. 나와 눈빛이 마주친 정우의 주먹이 풀리고 있었다. 그래, 정우야, 한 번만 참아. 그래도 살아야지. 너 혼자서 뭘 어떻게 하려고 그래. 살아야지, 살아야 해. 지금 부딪히면 정말 너 죽을 것만 같아. 내 감정도 격해졌다. 사물을 분간할 수 없을 정도로 많은 눈물이 양 볼을 타고 흘러내리고 있었다.

내 마음이 전해졌을까? 성우의 주먹이 완전히 펴졌다.

"이 새끼!"

그때였다. 가만히 서 있던 정우의 등을 향해 각목 하나가 쉬익 소리를 내며 떨어졌다. 그것이 신호였다.

"이 새끼가 죽으려고. 개 같은 새끼!"

흥분한 사람들은 정말 정우를 죽일 것처럼 몰아치고 있었다. 정우는 새우처럼 몸을 구부리고 그들의 몽둥이와 발길질을 감당해내야 했다.

"잠깐 기다려라."

김민규가 흥분한 사람들을 제지했다.

"그렇게 마구잡이로 패면 이 녀석이 반성을 못 하잖아. 봐라, 눈이 살아 있지?"

화난 눈빛으로 김민규를 쏘아보는 정우의 얼굴을 김민규는 발로 지그시 눌렀다.

"이런 녀석은 잘 다스려야 하지. 어차피 넌 폐기 대상이니까 자비는 바라지 마라, 응?"

철컥! 김민규는 품에서 칼을 끄집어내었다. 접이식 칼이었는데 칼날은 손가락 한 마디 정도였으나 날카로웠다.

"이거야, 원. 이게 무슨 시간 낭비인지 모르겠군."

그렇게 말하며 김민규는 칼날을 세워 정우의 이마에 댔다.

"이대로 이맛살을 갈라내서 머리 가죽을 벗길 수도 있다, 이 젖내 나는 애송아."

그럼에도 정우의 눈빛은 여전했다. 김민규와 팽팽한 기싸움을 벌이는 것 같았다.

"이 새끼가 시건방지게."

누군가 쇠몽둥이를 정우의 머리를 향해 내리쳤다. 정우는 본능에 따라 몸을 피했으나 서슬 퍼런 쇠몽둥이 끝에 얼굴이 걸려 볼이 찢어지고 말았다. 쉬익!

"어? 이 새끼 피해?"

정우는 망설이고 있는 것 같았다. 주먹을 몇 번이고 쥐었다 펴고 있었다. 갈등하면 안 돼. 너 혼자 어쩌겠다는 거니. 난 제발 정우가 무모한 짓을 하지 않기만을 바라고 있었다.

"이 개새끼 골통을 쪼개버린다!"

정우의 손아귀에서 힘이 풀릴 찰나였다. 누군가 각목으로 뒤에서 정우의 정수리를 후려쳤다. 빡! 그와 동시였다. 알루미늄 방망이를 든 남자가 정우의 옆구리를 후려갈겼다. 픽!

"흡."

이번엔 정우도 정말 충격을 받은 것 같았다. 목구멍으로 삼키는 숨소리가 매우 급하게 들렸다.

"어디 또 까불어봐."

빡! 살갗이 터지고 있었다. 정우의 얼굴이 부풀고 있었다. 쇠몽둥이 끝에 걸려 찢어졌던 살가죽이 펄렁거리고 있었다. 그리고 털썩! 힘없이 바닥에 쓰러졌다. 바닥에 쓰러진 정우의 머리를 각목으로 누군가가 힘껏 내려찍었다.

"이 새끼 기절했는데요?"

"약하다. 한 대 더 쳐라."

빽! 정우의 머리는 정말 부서질 것만 같았다. 내려친 각목이 부러져 어딘가로 튕겼다. 나는 눈을 감았다. 더 이상은 볼 수 없었다.

"야, 이 양아치 개새끼들아!"

그 순간 웅식의 외침이 터졌다.

"저건 뭐야?"

김민규가 어이없다는 듯 웅식을 바라보았다. 웅식이 소리쳤다.

"살다 살다 별 거지 같은 꼴을 다 보네. 내가 이정우보다 더

세다는 것만 알아둬라. 양아치 새끼들아. 여기서 그만하지 않으면 가만 안 둔다, 알아?"

김민규가 피식 웃었다.

"이정우보다 세다?"

"그렇다. 저 새끼 나한테 주먹 한 번도 제대로 못 날렸어. 그거나 알아둬."

"좀 전에 이정우 봤지? 꼬마야. 동료들이 맞아나가고 자기도 터지기 직전인데 오히려 조용히 협박하는 거."

김민규는 웅식을 조롱하고 있었다.

"그게 그릇이라는 거다. 너 같은 어린애들은 결코 넘볼 수 없는 그릇의 크기."

"뭔 개소리야? 너 이리 와. 너부터 죽여줄 테니까 이리 와봐!"

김민규는 대답 대신 슬쩍 고갯짓을 했다. 그러자 커다란 덩치가 성큼성큼 웅식에게로 다가왔다.

"어, 그래? 너부터냐? 이 돼지 같은 새끼야!"

"야, 왜 그래? 너 다쳐."

내가 웅식을 말렸지만 소용없었다.

"잘 봐. 그날 호프집에선 술 취해서 그랬다는 거 확실하게 보여줄 테니까."

웅식은 자리를 박차고 일어나 앞으로 걸어 나갔다. 덩치가 피식피식 웃었다. 그 순간, 웅식은 몸을 날려 덩치에게 주먹을 내리꽂았다. 하지만 덩치는 손바닥을 펼치는가 싶더니 웅식의 주먹을 잡은 후 몸을 회전해 어느새 웅식의 팔을 꺾어버렸다.

"아악!"

덩치는 응식의 팔을 꺾은 후 자신의 주먹으로 응식의 머리를 꿀밤 주듯 쿵쿵 때렸다. 응식은 벗어나려고 발버둥 쳤지만 그러지 못하고 있었다. 그저 덩치가 장난스럽게 내리꽂는 꿀밤을 얻어맞아야 했다.

"아악, 그만해! 아아!"

조폭들의 웃음이 터졌다.

"킥킥킥."

"하하하."

쿵! 지겨워졌는지 덩치가 응식을 들어서 바닥에 꽂았다.

"컥!"

응식의 표정이 변했다. 도저히 넘을 수 없는 벽 같은 견고함. 그런 견고함을 느끼는 것 같았다. 나도 얼이 빠졌다. 덩치가 멍한 표정을 한 응식의 뺨을 여러 차례 후려쳤다.

"그 정도 해라"

김민규의 말이 끝나자 응식이 입에 거품을 물고 바닥에 털썩 쓰러졌다. 그 순간, 나는 눈을 감았다. 김민규의 음성이 이어졌다.

"자! 이 새끼는 완전히 작살내야 돼. 해머하고 톱 가지고 와."

나는 깜짝 놀라서 감았던 눈을 떴다.

"어쩌실 겁니까?"

누군가가 해머를 들고 와서 김민규에게 건넸다.

"완전히 관절을 끊어버린다. 양발 모두. 그리고 오른쪽 팔은 전리품으로 회수한다."

"사지 중에 왼팔 한쪽만 남겨놓는 겁니까?"

"그렇지. 앵벌이 쪽에 넘겨버려. 시장 바닥에서 수레나 밀면서 구걸하고 다니게."

무슨 소리야. 진짜로 생사람의 팔을 잘라내겠다고? 안 돼, 이건. 이건 안 돼. 나는 마음속으로 외치고 있었다. 이건 안 돼. 정말 안 돼. 그때였다. 이세진이 자리를 박차고 일어났다.

"이정우!"

울음이 가득 배인 목소리였다.

"왜 그렇게 맞는 건데?"

24명의 남자가 모두 이세진을 향해 고개를 돌렸다. 이세진은 울부짖었다.

"왜 그렇게 맞는데? 네가 마음만 먹으면 백 명이든 천 명이든 문제없잖아! 왜 그렇게 맞는 건데? 왜 그렇게 맞는 건데?"

이세진은 그렇게 소리치더니 무너지듯 주저앉아 흐느끼고 있었다. 나도 눈물이 흘러내렸다. 김민규가 남자들에게 고갯짓을 했다.

"너, 너, 너희 둘이 민간인들 빼내."

"예."

두 사람이 우릴 이곳에서 끌어내려고 다가왔다.

"자, 쇼는 끝났습니다. 집에 가야지요?"

이세진의 귀엔 그들의 목소리가 들어오지 않는 듯했다. 여전히 미친 듯이 울부짖고 있었다.

그것은 절규였고 분노였다.

"다 쓸어버려! 모두 밟아버리라고! 모두 다! 모두 다!"

"이런 쌍년이, 빨리 안 나가?"

"이정우! 다 죽여버려! 다! 전부 다!"

"이 개 같은 년이!"

두 사람은 우릴 거칠게 내몰기 시작했다. 이세진은 그들에게 뺨을 맞았고 나 역시 발길질을 당하며 입구 쪽으로 내밀리기 시작했다. 그때였다. 분명히 나는 보았다. 정우의 손가락이 조금씩 움직이는 모습을. 갑자기 감정이 북받쳤다. 나도 알 수 없는 감정의 급격한 변화였다.

정우야, 너 어떡하니?

정말 할 수 있다면……

정말 할 수만 있다면……

세진이 말 대로야.

밟아버려!

박살 내라고!

전부!

전부 다!

제2부_ 어둠의 길
이정우의 시점

1.

'인범이 형 몫이니 건들지 않는 거다, 부산 촌놈.'

정현아…….

'이쪽이야! 빨리! 죽을힘을 내!'

힘이 없어…….

'해보자고! 젠장!'

해보자고?

'정현이 몫은 제가 대신 맞겠습니다.'

'이런 알량한 짓거리가 의리라고 생각하냐?'

'그만하시죠, 선생님. 우리 학교는 전면 벌점제 아닙니까?'

예전부터 나는 그랬다.

'으아, 난 죽었다. 난 네 말이라면 뭐든지 들어. 이정우가 누
군데?'

나는 통이다.

'이정우! 레벨이 다르다는 걸 보여줘라!'

나는 진리이며,

'뭐야? 어떻게 공중에서!'

나는 절대 법이었다.

'세상 너 혼자 사니? 응? 그래? 너 혼자 살아? 그렇게 살면
멋있니? 폼 나니?'

윤정임.

'너 자습 신청 안 했다며? 전학 온 지 3주밖에 안 됐다면서?
근데도 담임선생님은 벌써 널 포기하는 눈치야.'

훗.

'평범하게 산다는 게 얼마나 힘든 일인지 알아? 한 여자의 남
편으로, 한 집안의 가장으로 산다는 게 얼마나 어려운지 알아?'

그래, 힘들어. 너무 힘든걸.

'이놈들아, 세상을 왜 이렇게 비뚤게 살아?'

선생님.

'이건 시기란다. 이 시기만 지혜롭게 넘어가면 너희는 건강
한 삶을 살 수 있어.'

끝나지가 않습니다. 끝나지가…….

'다시 시작하자. 처음부터 다시 시작하자.'

처음부터 다시. 처음부터 다시.

'너에 대한 소문이 파다해. 무슨 전설이나 신화 같아.'

처음부터, 다시?

'이정우, 싸우는 모습을 보고 반한 건 네가 처음이다.'

'천하의 이정우가 빚을 져?'

구름을 탄 기분이 이런 것일까. 나는 어둠 속에서 너무나 편안했다.

'이정우!'

정현의 다급한 목소리가 귓가를 맴돌았다. 녀석은 그렇게 외치며 날 밀어내고 세상을 떠났다. 김인범, 전형수, 미안하다. 나는 너희를 밀어내지 못했다. 한 박자 늦었어.

"큭."

눈을 떴다. 입구 쪽에서 실랑이가 벌어지고 있었다. 뭐라고 울면서 외치는 세진의 모습이 보였다. 진공 상태에 빠진 것처럼 귀가 멍했다.

"치잇."

몸을 일으켰다. 다리가 후들거린다.

"정우야! 다 엎어버려! 다!"

세진은 그렇게 외치고 있었다.

"형님, 이 새끼 일어나는데요?"

누군가 묵직하게 그렇게 말하는 순간, 입구 쪽으로 향했던 눈동자들이 일제히 나를 향했다.

"독한 새끼군. 맷집인가, 정신력인가?"

김민규는 비틀거리며 몸을 일으키는 나에게 그렇게 말했다.

입구 쪽의 소란도 가라앉았다.

다시 일어선 나를 보고 세진은 절규를 그쳤다.

"잘 들어라. 처음이자 마지막 경고다."

나는 입을 열었다. 나를 둘러싼 녀석들이 이죽거리며 그런 나를 지켜보았다.

"지금부터 모두 내 앞에 무릎을 꿇고 용서를 빌어라. 그렇지 않으면,"

"쿡."

"핫핫."

그들은 폭소를 터뜨렸다. 나는 다리에 힘이 빠져 몸을 지탱하지 못하고 있었다. 그런 나의 경고가 우습게 들릴 것은 당연했다. 호흡을 골랐다. 숨이 가쁘다. 어떻게서든 말을 길게 늘어놓아 호흡을 골라야 했다. 호흡만 고르면 치는 순간에 근육에 힘을 실을 수 있다. 지친 내 몸을 추슬러야 했다. 다리가 부들거린다.

"그렇지 않으면, 여기서, 쿨럭."

"푸하하하."

"킬킬."

입에서 피가 터져 나왔다.

"쿨럭, 모두 죽는다."

"이거 완전 미친놈 아냐? 너 사이코냐?"

김민규가 그런 나를 흥미 있게 지켜보더니 입을 열었다.

"왜 생각이 바뀐 거지? 그 정도는 각오하고 왔어야 하는 것 아니었나?"

"내가 원하는 게 구걸하는 삶은 아니거든."

"패자의 변명에 불과하군. 결국 넌 자신의 약속을 지키지 못한 것이다. 널 위해 목숨까지 각오한 네 친구들의 행동만 우스운 꼴이 되어버렸어. 그러고도 네가 남자라고 할 수 있는가?"

김민규의 손가락이 나를 향했다. 제법 그럴듯한 말이었다.

"하지만 그래도 그렇게 살 수는 없어, 쿨럭. 난 잘 살아야 하거든. 어쨌든 네 말은 마음에 드니까 너는 용서해주겠다, 쿨럭, 컥."

"카하하하하."

"완전 미친 새끼 아냐?"

그들이 나를 조롱했다. 김민규가 말했다.

"정신 차려라, 이정우. 네 두 다리는 네 몸 하나 지탱하지 못할 만큼 후들거리고 있다. 너 역시 결국 맞다가 아파서 대드는 거잖아?"

나는 녀석에게 설명할 이유를 느끼지 못하고 있었다. 어느덧 숨소리도 잦아들었고 이 정도면 호흡을 정지한 상태에서 몸에 힘을 실을 수 있을 것 같았다. 내가 분노한 진짜 이유는 친구들 탓이 아니었다. 나에 대한 환멸 탓이었다.

어째서 난 가는 곳마다 다른 이들을 희생시키는 것일까. 왜 그래야 하냔 말이다. 도대체 나 따위가 무엇인데 모두 날 위해서 저러냔 말이다. 두 사람의 목숨을 빚으로 지고 난 새롭게 살려고 했다. 내 딴에는 정의감에 휩싸여 있었다. 다시 처음부터 모두에게 필요한 존재가 되고 싶었다. 하지만 아니었다. 난 이 땅에서 해로운 존재일 뿐이었다.

'평범하게 산다는 게 얼마나 힘든 일인 줄 모르지?'

몰랐다, 정임아. 정말 힘들군.

난 씁쓸한 미소를 지었다. 몸이 뜨거워졌다. 등 뒤에 누군가 나와 등을 맞대고 있는 것 같았다.

'정현아, 준비됐어? 하나, 둘, 셋에 치고 나가는 거다.'

'좋아.'

'하나,'

'둘, 셋.'

"둘, 셋!"

그의 외침과 함께 나의 외침이 마침내 터졌다. 몸을 띄웠다. 기습이었다.

"미친, 저 몸으로 뛰어봤자지."

김민규의 목소리였다. 뛰었다고? 아니, 틀렸다.

난……

날아오른 것이다. 쾅! 콰콰쾅! 빠각! 딱!

"뭐야?"

응식이 놀라 한걸음 튀어나오는 모습이 보였다. 나는 공중에서 한 번 더 솟구쳐 올랐다.

내 몸이 제멋대로 돌아갔다. 오랜 실전으로 단련되었던 몸이다. 피 냄새를 맡으니 근육이 스스로 살아 꿈틀대는 것 같았다.

"어?"

"어?"

"이거?"

"뭐야!"

꽝! 꽈꽝!

"커억."

"이런, 씨."

순식간에 다섯 명이 바닥에 뻗었다. 멈췄던 호흡이 풀리면서 나는 가쁜 숨을 몰아쉬었다. 힘을 실었던 다리가 다시 풀리며 후들거리기 시작했다. 침묵이 흘렀다. 조금 전까지 날 비웃던 그들의 얼굴에서 웃음기가 사라졌다. 웅식, 소라, 세진 역시 얼어붙은 것 같았다.

짝, 짝, 짝.

느리고 작은 박수 소리가 터져 나왔다. 김민규였다.

"큰소리칠 만하군. 이정우, 내 생애 이런 광경은 처음 본다."

"하아, 하아."

말을 이을 수가 없었다. 내 체력에 나조차 확신이 없었다. 하지만 김민규는 확신이 생긴 것 같았다.

"타고난 파이터군. 아무리 지치고 상황이 안 좋아도 넌 네 목숨은 보전할 놈이다. 백 년에 한 번 날까 말까 한 진짜 쌈꾼이야."

김민규가 말을 길게 해줘 나는 다시 숨을 고를 수 있었다.

"하지만 지금은 아무리 네가 대단하다고 하더라도 힘든 상황 같은데? 마지막으로 말한다. 네가 저항한다는 것은 우리가 널 죽여도 좋다는 뜻이다. 지금 상황은 너한테 불리해. 부질없는 싸움은 관두고 다른 두 친구의 목숨을 구해라. 여기서 네가 무너지면 네 친구들의 목숨도 보장하지 못해. 우리 모두를 상대로 정말 이길 수 있다고 생각하는가?"

"물론이다."

김민규는 어깨를 으쓱했다. 사실 나 자신도 스스로에 대해 이상한 희열을 느끼고 있었다. 타고난 승부사의 기질일까? 상황이 불리하다고 생각하자 오히려 피가 끓어올랐다.

"이 새끼."

쉬익! 어딘가에서 바람을 가르는 소리가 들렸다. 나는 살짝 몸을 피하며 그대로 녀석의 턱을 후려갈겼다. 따각! 오랜만에 듣는 소리였다.

턱뼈가 부서지는 소리. 나는 거기서 멈추지 않았다. 빠르게 치고 들어가며 이미 부서진 턱을 주먹으로 한 번 더 걷어 올렸다.

"키잉."

그와 동시였다. 비틀거리는 녀석을 향해 내 꺾인 무릎이 들어가고 있었다. 퍼억!

"끄윽."

녀석은 비명조차 지르지 못했다. 세 번의 연속된 공격이 모두 턱을 향했다. 녀석의 턱은 부서졌다. 녀석은 처참한 모습으로 그대로 혼절했고 나는 다른 녀석들을 돌아보았다.

"이건 전형수의 빚이다."

어떻게 이 상황에서 이렇게 싸울 수 있냐고? 말도 안 된다고? 그들은 그렇게 말하는 것 같았다. 하지만 난 그들과 다르

212

다. 나는 레벨이 다르다. 나에 비하면 평범하기까지 한 너희의 머리로는 결코 이해할 수 없는 사람이 바로 나다. 난 통이란 말이다. 세상에 오직 나만이 존재한단 말이다.

잊어버렸던 오만함이 가슴속에서 꿈틀거리며 일어서고 있었다. 불현듯 화가 치솟았다.

"도대체,"

힘이 솟았다. 이미 통증은 내 몸에서 사라진 후였다.

"왜 날 건드리는 거냐!"

나는 다시 비상할 것이다.

"왜 건드리냔 말이야!"

다시 하늘 높이 날아오를 것이다.

쐐액! 내 발끝에서 바람을 가르는 소리가 났다.

"뭘 얼어 있어? 같이 부딪쳐버려!"

그 순간, 김민규의 다급한 소리가 터져 나왔다. 나의 화려함에 넋 놓고 있던 그들이 그제야 나와 상대하기 위해 무기를 고쳐 잡고 있었다.

멍청이들. 늦었다!

쉭, 쉭!

"공중에 떠오르면 허점이 많다. 죽여라!"

김민규의 목소리를 들으며 나는 몸을 비틀었다.

'이정우! 레벨이 다르다는 걸 보여줘라!'

그 목소리가 환청같이 들렸다.

"어, 어?"

"어?"

그들이 휘두르는 무기는 허공을 가르고 있었다. 내가 다시 허공으로 박차 올랐기 때문이었다.

"이건!"

퍼퍼픽!

"아욱."

"큭."

놈들의 코가 내려앉고 입이 터지고 있었다. 비로소 놈들은 나를 제대로 인식하는 것 같았다

"이게 어떻게 된 거지?"

김민규 역시 약간은 멍해져 있었다. 다시 네 명이 더 뻗었다.

"커헉!"

그러나 나 역시 피를 토하며 바닥에 한쪽 무릎을 꿇고 말았다. 온몸이 흔들리고 있었다. 치는 순간은 상관이 없었다. 하지만 그 후가 문제였다. 상처 난 근육, 터진 핏줄에 힘을 실었던 나였다. 잘은 모르겠지만 내 몸에 손상이 생긴 것 같았다. 그들은 확실한 기회라고 생각할 것이다. 그래, 다가와라. 약점을 잡았다고 생각해라.

"이제 끝난 건가? 터진 살에서 피가 너무 많이 흐르는군. 상처가 아물기 전에 자꾸 힘을 쓰니 그래서 되겠나?"

김민규의 구두가 내 눈앞으로 다가왔다.

"형님! 죽여버립시다!"

"이 개새끼."

"잠깐."

흥분한 놈들이 기회를 잡고 날 향해 달려들었다. 하지만 김민규는 그들을 막았다. 김민규는 몸을 굽혀 나와 눈을 마주했다.

"인정한다. 넌 최고다. 충분히 사장님 말씀대로 대우를 받을 자격이 있다."

"하아, 하아."

"그 눈빛 꽤 멋지군."

김민규는 날 물끄러미 바라보았다.

"널 놓아주겠다."

"형님!"

"부장님! 지금 이 녀석 완전히 지쳤습니다!"

나는 의아한 눈길로 김민규를 바라보았다. 하지만 나보다 더 놀란 건 김민규 뒤에 늘어선 놈들이었다. 하지만 김민규는 그들을 무시했다.

"놓아줄 테니 살아봐라. 정말 강한 모습으로 내 앞에 다시 나타나라. 너에 대해 경의를 표하는 것이다."

'무슨 소리지, 김민규?'

"형님!"

"부장님! 지금 치면 죽일 수 있습니다."

"닥쳐! 정말로 그렇다고 생각하는 거야? 난 너희를 구해주는 것이다."

오직 김민규만이 보았다. 내가 파놓은 함정을.

"이정우, 넌 나를 모르겠지만 난 너를 안다. 하지만 소문으로

만 들었을 뿐이지. 소문을 눈으로 확인하니 즐겁군."

"다음에 만났을 땐 즐겁지 않을 것이다."

"그 오만한 목소리조차도 내 귀엔 감미롭게 들린다. 네 운명이 궁금하군. 지금 넌 결국 네 운명대로 돌아온 것인가?"

"지금 날 놓아주면 반드시 후회할 텐데."

"후후후. 어떤 모습으로 나타나느냐가 문제겠지. 네 몸의 상처는 20년쯤 지나면 젊은 시절 무용담을 자랑하는 훈장이 될 테니까 너무 걱정하지 마라. 칼 한 번 맞아보지 않고 이 세계에서 크는 사람은 없다."

"무슨 뜻이지?"

"훗, 네 운명이 궁금하다고 했잖아."

김민규는 굽혔던 몸을 펴고 주위를 둘러보았다.

"병원으로 데리고 가라."

"형님!"

"어서! 너희를 살리는 거라고 했잖아!"

거의 저항하듯 소리치는 놈들을 향해 김민규는 고성을 터뜨렸다. 김민규가 어째서 내게 이런 친절을 베푸는지 모를 일이었다. 어쨌든 김민규의 말은 분명 거짓이 아닌 것 같았다. 난 알 수 있다. 적어도 이 남자는 입 밖에 뱉은 말은 지킬 것이다. 그런 확신이 들자 드디어 나를 잔뜩 싸고 있던 긴장감이 풀렸다. 그와 동시에 나는 그대로 앞으로 고꾸라지며 칠흑 같은 어둠 속으로 빨려 들어갔다.

2.

희미하게 눈꺼풀이 열렸다. 내 눈동자에 들어온 흔들리는 잔상은 분명 병원 천장이었다. 요즘 들어 나는 부쩍 병원과 친해진 것 같다.

"일어났냐?"

나를 맞은 건 인범의 우락부락한 얼굴이었다. 피식. 나는 웃음을 터뜨렸다. 이 녀석이 날 간호하고 있었던 것인가?

"너 닷새나 누워 있었다. 그거 아냐?"

"닷새?"

몸을 일으키고 싶었는데 그럴 수가 없었다. 온몸에 힘이 잔뜩 빠져나가 있었다. 이런 적은 진정 처음이다.

"의사가 놀라더라. 너보고 지독하다던데."

"훗, 좀 일으켜라."

인범은 말없이 손을 내밀어 내 상체를 안아 일으켰다. 병실 안쪽에 커다란 화환이 보였다.

"저건 뭐야?"

"김민규가 보낸 거다. 완쾌를 기원한다나?"

김민규? 무슨 까닭에 호의를 베푸는 걸까. 인범에게 물었다.

"너 김민규에 대해서 알아?"

"글쎄, 새롭게 떠오르는 신성이라는 것밖에. 나이는 스물다섯밖에 안 돼. 참, 네 무용담은 잘 들었다."

"형수는?"

"턱이 으깨져서 보호구 착용하고 통원 치료해. 음식도 못 씹고 말도 못 하는 상태야. 아마 평생 그럴 것 같아."

나는 침묵했다. 결국 난 형수에게 지울 수 없는 상처를 준 셈이다. 다행히 인범은 크게 다친 것 같지 않았다. 인범이 내게 물었다.

"그런데 넌 이제 어떡할 거냐?"

"뭘?"

"정면으로 걸었잖아? 빠져나가기 힘들 거다."

인범은 혀끝으로 마른 입술을 축였다. 나는 또렷하게 말했다.

"빠져나가기 힘들면 빠져나가지 않으면 된다."

"무슨 소리야?"

"말 그대로다."

인범은 어깨를 으쓱하더니 뚜벅뚜벅 걸음을 옮겼다. 그리고는 병실 창가로 다가섰다.

"정우야, 잘 봐둬라. 두 번 다시 돌아갈 수 없는 세상의 모습일 수도 있다."

인범은 감회가 새로운 듯 창가에서 떨어질 줄 몰랐다.

"넌 이제 저곳으로 돌아갈 수 없을 거야. 대학도, 대학 친구들도 굿바이 해야겠지."

인범은 몸을 돌려 다시 내게 다가왔다.

"네 생각을 내가 맞춰볼까? 넌 쫓겨 다니기보다는 부딪칠 생각을 하는 중이야, 그렇지?"

"그렇다면?"

"네 성격 알지. 도망치기보다는 부딪친다. 결국, 넌 장성태와 진검 승부를 생각하고 있는 거 아닌가?"

나는 말하지 않았다. 인범은 말을 이었다.

"차라리 장성태를 내 발아래 꿇리겠다, 그런 생각이지?"

대답할 수 없었다. 그런 생각이 전혀 없는 건 아니었지만 난 사실 혼란스러웠다.

"하지만 정우야, 장성태는 회사로 치면 대리점이나 지점 하나를 맡고 있을 뿐이다. 네가 만약 운 좋게 장성태를 무너뜨린다고 해도 그 뒤의 배경까지 어떻게 할 순 없을 거야."

"배경이라."

"이정우 대 장성태라는 개인의 문제가 아니라 이정우 대 조직이라는 단체의 문제가 된다. 이미 넌 항명을 통해 네 몸을 빼냈고 진짜 전쟁마저도 불사하겠다는 각오를 보인 거나 다름없는 상태야."

"그런데?"

"나나 형수가 도와준다고 해도 우린 고작 세 명이다. 정면으로 부딪쳐서는 승산이 없어."

"음."

"그렇다고 이제 와서 다시 장성태에게 고개를 숙이고 들어갈 수도 없다. 싫든 좋든 넌 그들과 싸워야 한다. 평생 말이야."

"후."

갑자기 가슴이 답답해졌다. 몸부림을 칠수록 바보가 되어가는 기분이었다.

"그러나 걱정 마라. 내가 방법을 제시해줄게."

"생각이 있는 거야?"

"우리 스스로 다른 세력을 등에 업는 수밖에 없다."

"다른 세력?"

"구인철에게 가자. 그곳에서 크는 거다."

구인철? 재미있는 세상이다. 내 딴에는 발버둥을 쳤지만 결국 난 이런 쪽으로 운이 풀리고 있었다. 기분이 착잡했다. 인범은 그런 내 기분을 아는지 모르는지 심각한 표정을 지었다.

"이미 넌 승부를 걸었어. 지금에 와서 대학으로 돌아간다거나 정임이나 정현이 몫까지 산다는 등의 헛소리는 하지 마."

"요리는?"

"때려치운다. 어차피 나한텐 사치였어. 형수도 얼굴이 워낙 뒤틀려서 취업 못 할 거야. 혐오감을 줄 정도니까."

머릿속이 정리되지 않았다. 인범이 말을 이었다.

"우리 셋이 함께 구인철에게 가자. 가서 거둬달라고 하자. 넌 이 바닥에선 생각보단 유명하니까 구인철 역시 거절하지 않을 거다. 처음엔 널 돌격조로 집어넣겠지만, 너라면 곧 눈에 띌 거야. 금방 클 거다. 지금으로는 장성태를 막을 방법은 다른 세력을 등에 업는 것밖에 없어."

"그런 후엔?"

"점차 커서 우리가 하나의 세력이 되는 거지. 그때 장성태를 힘으로 눌러버린다."

"남의 밑에서 커서 조직을 이어받아라?"

"지금은 그게 최선이다. 물론 말처럼 쉽진 않을 거야. 내부 세력 관계에 따라 처신도 잘해야 하고 경찰이나 검찰하고도 적절한 관계를 유지할 수 있어야 한다."

"김인범,"

"왜?"

나는 피식 웃으며 말했다.

"만약에 말이다. 내가 세력을 하나 만들어서 장성태와 정면충돌을 하고 그 이후에 야금야금 모조리 다 내 밑으로 들어오게 하는 건 어떨까?"

"말이 쉽지. 그건 꿈이야. 세력을 만든다면 거점이 있어야해. 나이트나 성인용 주점 같은 돈줄이 있어야 한다는 거지. 꿈만 가지고 말할 수 있는 문제가 아니다. 우리끼리 예전 애들 모아서 우우 몰려다니며 다른 조직들 다 무너뜨리고 우리가 최고가 된다? 생각하긴 쉽지만 보통 일이 아니야."

"해보기 전엔 모를 일 아닌가?"

그때였다. 병실 문이 빼꼼 열렸다. 고개를 돌려 보니 눈 아래쪽을 검은 헝겊으로 감싼 형수였다. 마치 복면을 한 자객처럼 눈빛만이 무서웠다.

"형수야, 괜찮냐?"

형수는 고개만 끄덕였다. 이제 말을 못 한다고 했던가, 젠장.

"인범이하고 얘기 좀 했다. 안 좋은 일인데 너도 낄래?"

형수는 말없이 고개를 끄덕였다.

"후회할지도 몰라. 그래도 좋아?"

형수는 다시 고개를 끄덕이더니 다가와서 내 손을 붙잡고 손가락으로 뭐라고 글을 쓰기 시작했다. 한 글자씩 쓰고 지우면서 말이다.

난, 네, 가, 가, 는, 곳, 이, 면, 어, 디, 든, 간, 다.

형수는 그렇게 내 손바닥에 글을 쓰고 눈빛으로 미소를 보냈다. 가슴이 아려 왔다. 하지만 내색하진 않았다.

"많이 돌아왔군. 정리하자."

나는 그렇게 말하고 몸에 기운을 넣었다. 병상에서 내려서기조차 힘들었다.

"어떻게 할 건데?"

"학교 가서 자퇴부터 해야지. 마무리는 확실하게."

"자퇴? 그거 학교 안 가면 알아서 제적시켜줄걸?"

"시간 걸리잖아. 깔끔하게 마무리하자고."

나는 비틀거리며 걸음을 옮겨 사물함을 뒤졌다. 깨끗하게 다려놓은 내 옷이 차곡차곡 쌓여 있었다.

"세진이가 해놓은 거다. 피 한 방울 안 묻어 있지?"

옷에서 향긋한 냄새가 났다. 어떻게 빨면 옷에서 이런 냄새가 나는 것일까?

"옷만 빨아놓고 어디 간 거야?"

"학교에서 수업 듣겠지. 아니면 축제 준비를 한다거나."

"축제?"

"중간고사 끝나고 곧바로 축제라더라. 그럼 시험 중인가?"

인범은 그답지 않게 머리를 긁적였다. 나는 픽 웃고 말았다.

나는 옷을 챙겨 입었다. 인범이 내 앞을 가로막으며 말했다.

"정말 결심했니?"

"걱정 마라. 뭐 별로 좋은 학교도 아니야. 입학하고 맘에 안
든다고 재수하는 놈들도 많고. 알고 보면 정임이도 공부는 그
냥 그랬나 봐."

나는 한쪽 눈을 찡긋거렸다. 인범이 더없이 진지한 목소리로
그런 내게 말했다.

"이정우,"

"뭐야? 왜?"

"윙크하지 마라. 너무 사랑스럽다."

한동안 그 누구도 입을 열지 않았다. 다만 형수가 인범에게
다가와서 멱살을 잡고 흔들 뿐이었다.

학교는 축제 준비로 한창이었다. 그런 시끌벅적한 와중에 중
간고사 시험도 치르는 모양이었다.

"야, 전형수, 너 만화 주인공 같다. 얼굴을 복면으로 가린 정
체불명의 사나이."

인범이 여전히 형겊으로 얼굴 아래쪽을 가린 형수를 보며
낄낄거렸다. 나는 걸음을 천천히 옮기며 캠퍼스를 유심히 둘러
보았다. 아무리 봐도 내겐 낯선 풍경들이었다. 나는 고개를 저
었다.

'그래, 축제는 나하고 맞지 않아.'

그들이 웃고 떠들며 축제를 준비할 때 난 학교를 떠날 준비

를 하고 있었다. 어차피 이런 것이 내 운명이라면 부딪쳐야겠지. 마음이 씁쓸하면서 한편으론 홀가분했다. 까짓 거 상관없어. 이제 운명대로 살련다.

3.

"학교를 관두겠다고?"

나는 지도 교수란 사람의 얼굴을 처음 보았다. 그냥 자퇴한다고 하면 그만인 줄 알았더니 절차가 꽤 복잡했다. 무엇보다 지도 교수의 소견서를 받아 오는 절차는 무척 번거로운 것이었다. 지도 교수는 1학년 수업엔 거의 들어오지 않는 사람이었다. 금테 안경을 고쳐 잡고 들이민 소견서를 유심히 살펴보고 있었다.

"휴학이 아니라 자퇴란 말이냐?"

"예."

"왜? 재수하려고?"

"아닙니다. 그냥 대학이 저한테 사치인 거 같아서요."

지도 교수는 날 물끄러미 바라보았다. 뭐 이런 놈이 있나 싶은 듯 황당한 얼굴이었다.

"휴학해라."

지도 교수는 자퇴 난에 표시한 것을 쓱쓱 지우더니 본인이 휴학으로 고치고 내게 소견서를 돌려주었다.

"1년 휴학이다."

"전 자퇴를 하고 싶습니다."

교수는 눈을 부릅떴다.

"무슨 일인지 모르겠지만 1년 휴학하는 동안에 바뀌는 인생이 많아. 내 말 들어서 손해 볼 일 없을 거다."

교수는 내 말을 들으려 하지 않았다. 나는 별수 없이 소견서를 받아 들었다. 까짓 거, 이대로 사라지면 되겠지. 휴학계는 버리고 다음 학기부터 등록금을 내지 않으면 알아서 제적시켜주겠지. 나는 군말하지 않고 교수실을 나서려고 했다.

"이정우."

교수가 날 불렀다.

"예."

"그거 버리지 마."

'이규한, 이 사람도 강덕중 같은 꼴통인가?'

그러고 보니 문득 강덕중 선생님이 떠올랐다. 젠장, 어쩌다 그런 잘난 선생을 만나서. 쓸쓸한 미소가 떠올랐다. 난 부끄러운 제자다.

"다 됐어?"

복도에서 기다리고 있던 인범과 형수가 다가왔다.

"휴학이야."

"휴학?"

나는 고개를 끄덕였다. 인범이 의외라는 표정을 지었다.

"어? 이정우."

맞은편에 소라와 지영이 다가오고 있었다. 날 반갑게 맞은 건 소라였다. 지영은 무슨 이야기를 들었는지 나를 바라보는 것이 불편한 듯 시선을 피했다.

"이제 괜찮아, 정우야?"

리포트를 내러 교수실로 찾아가는 중인 듯했다. 나는 힐끔 소라를 깔아보고서는 그대로 지나쳤다.

"어? 야!"

문득, 나는 멈춰 섰다. 그리곤 뒤돌아서서 다시 소라에게 향했다.

"뭐, 뭐야? 왜 그런 표정으로 봐?"

소라는 당황하고 있었다. 나는 주머니에서 꾸깃꾸깃해진 종잇조각을 꺼냈다.

"패밀리 레스토랑 식사권이다."

"에?"

형수가 내게 줬던 것이었다. 소라와 지영은 황당한 표정으로 구겨지고 해진 식사권을 빤히 바라보았다.

"그때 다 안 썼어? 아직도 남아 있어?"

"받아."

"이거 유효 기간 지났어, 치."

나는 그 말에는 대답하지 않았다.

"바보야, 이거 유효 기간 지났다니까?"

내게 장난을 치는 소라의 행동에 피식 웃음이 나왔다.

"가만. 너 손에 들고 있는 거 뭐야? 휴학하는 거야? 왜?"

지금의 소라는 겁이 없었다. 세진의 얼굴과 소라의 성격을 합쳐놓으면 정임이 튀어나올 것 같았다.

"지금 휴학하면 내년에 복학할 때 등록금 다 내야 해. 중간고사 기간에 휴학하는 사람이 세상에 어디 있어?"

조잘거리는 소라의 목소리가 시끄러웠다.

"그리고 너 없어서 내가 발표했어. 원래 공동 리포트 네가 발표하기로 했잖아. 뭐야? 만날 병원에 드러누워서는."

그냥 웃었다. 나한테 딱딱 몰아치는 이 모습은 정임을 생각나게 했다. 쓸쓸하다.

"갈게."

이제 가야 했다. 걸음을 옮겼다. 소라가 정임이라면 난 어쩌면 안아버렸을지도 모른다. 응식이나 태영 선배 등은 만나지 못했다. 녀석들이 날 보면 어떤 반응을 보일까 궁금했는데 할 수 없는 일이었다. 감회는 없었다. 고등학교에서 쫓겨날 때는 감회가 새로웠는데 대학 건물은 삭막하기만 했다. 이제 굿바이다. 굿바이.

며칠이 지났다. 인범이 다리를 놓아 나는 구인철과 일대일 면담을 할 수 있었다. 나는 나 스스로 일파를 만들어 서울을 통일할 생각도 했었지만 역시 자금줄이 문제였다.

"내 밑으로 들어오겠다고?"

구인철의 옆에 하현미가 있었다. 얼굴을 본 적은 없었지만, 대번에 눈치챌 수 있었다. 하현미는 연신 갈비를 구워가며 구인철의 입에다 넣어주었다. 그걸 즐기고 있는 건가, 구인철. 구인철의 그릇이 보이는 것 같았다.

"예."

구인철은 눈을 내리깔며 나를 지긋이 바라보았다.

"정확히 말하면 계약입니다. 1년간 사장님의 사업장을 세 배로 확장해드리겠습니다. 그 후 전 독립합니다."

구인철은 내 말에 크게 웃었다.

"허허허. 이거 완전히 미친 녀석 아닌가? 내 사업장을 1년 만에 세 배로 확장하겠다?"

나는 그런 그를 바라보고 있었다. 나이는 50대 중반. 홀로 커서 하나의 세력을 가지긴 했지만, 그의 세력은 미미하다. 그는 사장이자 회장이었지만 거대 조직의 중간 보스보다 못한 구역만을 가지고 있을 뿐이었다. 애초에 윤재식과 동급에서 놀던 구인철이 아닌가.

"내 사업장이 몇 개인 줄은 아는가?"

"모르겠습니다."

"서울 유흥가 쪽에 다섯 군데. 우리가 직접 운영하는 곳이 다섯 군데야. 나와바리 내에 관할 업소가 수십 개다. 1년에 사업장을 열다섯 군데로 만들 수 있다고?"

"그렇습니다."

"변두리가 아니고 중심가에서 나와바리 하나 넓히기가 쉬운 줄 아느냐? 거기다 함부로 움직이면 전쟁이야! 요즘은 서로 남의 구역을 침범하지 않는 것이 서로 간의 불문율이지. 그런데 자네가 다 뒤집어버리겠다는 건가? 그 뒤치다꺼리까지 할 능력이 있다고 생각하나?"

불현듯 그의 목소리가 터져 나왔다. 화가 난 듯 날 몰아붙이고 있었다. 난 눈도 깜짝하지 않았다.

"시건방진 소리 집어치우고 내 앞에서 꺼져. 난 뭐 대단한 녀석인 줄 알았더니."

쾅! 구인철이 탁자를 내려쳤다. 옆에 있던 하현미가 움찔했다. 나는 똑똑히 입을 열었다.

"뒤치다꺼리까지 제가 해낸다면 어떡하시겠습니까?"

"뭐라?"

나는 무섭게 구인철을 노려보았다. 분명히 구인철은 그릇이 작다. 이런 놈이라면 조직 내에서도 노리는 놈이 많을 것이다.

"너 방금 뭐라고 했냐?"

"제가 그 뒤치다꺼리까지 해낸다면 어떡하시겠냐고 했습니다."

구인철은 너털웃음을 지었다.

"허허. 살다 보니 별 웃기는 녀석이 다 있군. 허풍은 그만둬, 애송아. 자네가 장성태에게 쫓기는 몸이란 건 나도 알고 있어. 그 녀석 눈을 피해 내 밑으로 피신하려는 게 진짜 속셈 아닌가?"

"틀렸습니다. 장성태와 동등하게 맞서 싸우기 위해 이곳에 들어온 것입니다. 생각보다 이곳은 규모가 작아서, 동등하게 맞서려면 규모를 키워야 한다고 생각했을 뿐입니다. 제가 키워 드리겠습니다."

나는 한 마디도 지지 않았다. 하지만 구인철의 반응은 심드렁했다.

"순진한 녀석이군. 자네가 사장인가? 장성태 정도는 내 선에서 처리할 수도 있네."

"하지만 그 뒤는 처리할 수 없겠죠."

"뭐?"

"장성태의 배경까지 걸고넘어질 자신은 있으십니까?"

구인철의 눈꺼풀이 얇게 떨렸다.

"어린놈이 째진 아가리라고 말은 잘하는구나. 자신이 없다면 내가 윤재식과 사업장을 놓고 다투었을 것 같은가?"

구인철은 한껏 거드름을 피웠다. 하지만 그땐 사실 윤재식의 압승이었다. 결국 구인철은 일본과 동맹을 맺고서야 자기 목소리를 낼 수 있었다. 그리고 당시만 해도 구인철의 세력은 어느 정도 신생 세력으로써 주목받았지만 지금은 그렇지도 않은 것 같았다.

"제가 보기엔 자신이 없으십니다."

구인철이 눈을 부릅떴다.

"방금 뭐라고 했나?"

"그렇지 않다면 한낱 애송이인 저를 직접 만날 이유가 없잖습니까? 어린애들 시켜서 적당한 은신처만 내주면 될 것이고, 그렇지 않으면 내쫓아버리든가."

기싸움이었다. 구인철이 흥분할수록 난 더욱 여유를 부려야 했다. 하지만 적당한 긴장감을 주는 것도 잊지 않았다. 이 싸움은 나의 승리다. 나이와 경력에 상관없이 타고난 그릇의 차이일 뿐이다.

"듣던 대로 배짱 하나는 타고난 놈이군, 훗훗."

구인철은 무슨 생각이 들었는지 성질을 죽였다.

"어디 증명해봐라."

"증명?"

"네 말에 대해 증명해보란 말이다."

증명이라. 구인철 역시 잔뼈가 굵은 몸이었다. 말싸움으로 대세를 결정할 만큼 호락호락한 인물은 아니었다.

"너에게 나와바리 내의 단란주점 다섯 군데의 수금을 맡기겠다. 그중 여왕벌이란 곳에 문제가 있는데 네가 그것을 한 달 내에 풀어낸다면 너에 대해 다시 생각해보겠다."

구인철은 키득거리며 알 수 없는 말을 늘어놓았다. 여왕벌? 단란주점?

"알겠습니다. 그렇게 하죠."

알 것 같았다. 구인철이 왜 날 만났는지를. 애초에 골치 아픈 일에 밀어 넣을 생각이었던 것이다. 무슨 일인지는 모르겠지만 직접 나서기는 추하고, 그렇다고 가만히 내버려둘 수도 없는 일인 것 같았다.

"밖에 나가면 신성식이란 애꾸가 있을 거다. 같이 순찰부터 하고 와."

나는 묵례하고 일어섰다. 밖으로 나오자 멀리 테이블에 앉아 음료수를 마시고 있는 인범과 형수가 보였다. 그때 누군가 뒤에서 내 목을 눌렀다.

"밖에서 다 들었다, 이 새끼. 건방이 하늘을 찌르더구나."

뭐야? 신성식의 인사법인가.

"죽기 싫으면 손 떼라."

나는 목소리를 깔았다. 기왕 여기까지 굴러온 참이었다. 강해야 한다.

"우리가 올려 보낸 김진우는 잘도 쳐 죽였겠다?"

"뭐라고?"

이건 또 무슨 소리? 이 녀석도 그렇다면 부산에서 올라온 연수생인가? 가능성은 있었다. 부산 쪽에서 윤재식과의 조인트를 끊고 구인철과 계약을 맺지 않았던가. 그렇다고 해도 어리석게 여기서 그런 복수를 할 리는 없었다. 하지만 나는 만약의 상황에 대비해 주먹을 말아 쥐었다. 그때였다.

"이정우! 눈물 나게 오랜만이다, 이 자식아!"

내 목을 누르고 있던 손이 풀렸다. 나는 휙 고개를 돌렸다.

"너, 넌?"

녀석이었다. 분명 그 녀석이었다. 그 녀석이 날 보고 웃고 서 있었다.

"너, 두현이?"

4.

"앉아서 음료수만 빨고 있냐?"

나는 두현이와 함께 인범, 형수가 있는 테이블로 다가갔다. 인범은 픽 웃었다.

"못 씹는 사람이 있지 않냐?"

"여기 고기는 씹는 게 아니라 녹여서 먹는 거야."

두현이가 껄껄거리며 웃었다. 하지만 인범은 두현이를 잘 알아보지 못하는 것 같았다. 두현은 넉살 좋게 인범과 손을 맞잡고 아래위로 흔들었다.

"나 모르겠냐? 부산에서 너 깨러 올라왔었던 정우 친구다."

인범은 그렇게 말하는 두현이를 한참 동안 바라보았다.

"야, 너?"

생각이 나는가 싶었다. 인범도 반갑다는 표정이었다.

"알 것 같다. 그때의 적이 지금은 동지인가? 나 김인범이다."

"권두현이다."

"여긴 전형수. 처음 보지? 말을 못 한다."

두현은 고개를 끄덕이며 형수에게도 손을 내밀었다. 형수도 반갑게 그 손을 맞잡았다.

"그럼 어떻게 먹고 살아?"

"주로 죽을 빨아먹고 살지. 답답할 거야."

두현은 어깨를 으쓱했다.

"내가 한턱 낼 테니 먹어보라고. 이 집 고기는 진짜 입안에서 녹는다니까."

두현이는 신수가 훤했다. 양복이 제법 어울렸다.

"너 요즘 잘나가나 보다? 학교는?"

"나 같은 놈을 냅두는 학교가 어디 있냐? 벌써 잘렸지."

두현은 킬킬거렸다.

"인간쓰레기가 된 거지."

"너무 자학하는 것 아니냐?"

두현이는 고개를 저었다.

"넌 이 세계가 멋있어 보이냐? 남자만의 세계라는 허튼소리
에 속은 거 아니야?"

두현이는 피식 웃으며 내게 말했다. 어쩐지 비아냥대는 것
같기도 했다. 나는 대답하지 않았다.

"이 동네 의리도 없고 비전도 없다. 철모르고 뛰어들었던 내
가 어리석었어."

"술이라도 마셨냐? 왜 이래?"

두현이는 대답 대신 멀거니 날 바라보았다.

"왜, 자식아?"

"정우야,"

"왜?"

"늦기 전에 떠나라. 나 같은 양아치야 어떻게 굴러먹어도 상
관없는데 너까지 이런 데서 비비는 꼴은 못 보겠다."

"뭐?"

"진심이야. 넌 이쪽 세상을 몰라."

"쓸데없는 소리 거두고 여왕벌에 대해서 아는 것 있으면 그거나 말해봐."

"여왕벌 단란주점? 그걸 너한테 맡기디?"

"신성식이란 애꾸와 얘기하라는데 누군지 모르겠다."

"그럼 그 녀석과 얘기해."

두현의 표정은 관심 없다는 듯 심드렁했다. 하지만 녀석의 입은 쉴 새 없이 움직이고 있었다.

"여왕벌, 여왕벌……."

두현의 눈썹이 꿈틀거렸다. 심각하다.

"이정우, 난 네 친구다, 맞지?"

"당연하지."

그때 애꾸 신성식이 나타났다. 신성식은 날카롭게 생겼고 스포츠 선글라스를 끼고 있었으며 나름대로 익살을 부렸는데 재미없는 농담을 하다가 자기가 제풀에 크게 웃는 그런 사람이었다. 나는 두현과 헤어지며 신성식을 따라나섰다. 두현은 그런 우리를 말없이 지켜볼 뿐이었다.

"여왕벌 단란주점에 대해서 알고 싶습니다만."

"여왕벌?"

신성식은 담배를 빼내 입에 물며 씩 웃었다. 그러고는 불도 붙이지 않은 담배를 피우듯이 뻑뻑 빨아대더니 한껏 멋을 부렸다.

"요즘 살기 참 힘들지."

동문서답을 하는 신성식을 나는 가만히 바라보았다. 웃기는 녀석이다.

"그런데 여왕벌이 조금 돈이 되거든?"

"예?"

"촌스런 이름 들어보면 알겠지만, 여왕벌은 단란주점으로는 꽝이야. 아가씨도 별로 없고 새끼마담들 몇 명이 보도로 장사하고 있다고."

"그런데요?"

"그런데 그 안에 하우스가 있지, 킬킬."

"하우스? 집?"

무슨 말인지 모르겠다. '하우스'라면 내 짧은 영어 실력으로는 집이라는 뜻의 영어였다. "아뉘, 이 핏덩이 해석하고 있네. 도박장 말이다, 도박장. 여왕벌 뒤에서 화투판이 벌어지는데 이게 보통 장사가 아니야."

화투판? 신성식은 아직 감을 잡지 못하는 날 비웃으며 이야기를 계속했다.

"고스톱 칠 줄 아나?"

"모릅니다."

"점에 10만 원 하는 고스톱이 얼마나 큰 건지 모르겠군?"

점에 10만 원? 한 판에 10만 원을 걸고 치는 건가? 내 안이한 생각은 이어지는 신성식의 한마디에 박살이 났다.

"꾼들에게 걸리면 하룻밤 새 수천에서 수억이 나간다."

신성식은 그렇게 말하고 흠칫 놀라는 날 보며 낄낄거렸다.

"알고 봤더니 촌놈이군. 놀라는 걸 보니."

"그게 뭐 어쨌단 말입니까?"

"여왕벌에서는 하우스 값을 치르지 않아. 그 정도의 돈이 오가는 곳이라면 당연히 값을 치러야 하는데 놈들은 그저 구역 관리비만 낸다고."

"그럼 하우스 값을 받아내면 될 거 아닙니까?"

"그게 좀 복잡하다고."

신성식은 손가락을 까딱까딱했다. 여전히 불이 붙지 않은 담배가 손가락 사이에서 춤을 췄다.

"하우스 장은 장춘석인데 이 친구 자체가 작은 조직을 이루고 있어. 그중 기술자는 상관할 게 없는데 수금원들이 문제라고."

"수금원?"

"돈 떼먹고 도망치는 녀석들 잡으러 다니는 놈들 말이야."

기술자니 수금원이니 나로서는 알아듣기가 어려웠다. 신성식은 말을 이었다.

"장춘석이 부리는 수금원들은 나태식의 꼬봉들이다. 나태식은 명동 재건파의 중간 보스고."

"그러니까 여왕벌 뒤에 뭔가 큰 게 있어서 함부로 못 다룬다는 겁니까?"

"그렇지. 표면적으론 우리 구역 내에 있지만, 실제는 그렇지가 않아. 힘이 약한 우리로서는 딜레마지. 치고 들어가자니 나태식이 전쟁을 벌일 빌미를 주는 거고 내버려두자니 눈 뜬 장님 신세고."

나는 고개를 끄덕였다. 하우스니 뭐니 복잡한 말은 알아들을 것 없었다. 하여튼 여왕벌을 구인철에게 확실히 갖다 바치면 그만이었다.

"그걸 처리하라고 한 달의 시간을 주다니."

"너무 적지? 훗훗."

"아닙니다. 너무 많습니다. 사흘 내로 해결 보겠습니다."

"뭐라고?"

신성식은 선글라스를 고쳐 잡았다.

"말이 너무 쉽군. 장춘석 뒤에 나태식이 있다는 걸 기억해라."

"알겠습니다."

"핫!"

신성식은 너무나 천연덕스런 날 보며 기가 막힌다는 듯 웃었다.

"성미 급한 녀석이네. 일단 여왕벌로 가볼까?"

신성식은 입술을 실룩거리며 앞장서 걸어갔다.

"그게 그렇게 쉽게 될까?"

"예?"

뜬금없이 신성식이 이죽거렸다.

"사흘 내로 뭐 어떻게 한다고? 그게 말처럼 쉬울까? 후후후. 널 보니 막냇동생이 생각나서 하는 말인데 이쪽 물은 더럽다. 한번 물들면 그걸로 끝이고. 여기서도 주먹보단 머리야. 세상을 너무 쉽게 보는 것 같아서 일러주는 거다."

나는 입을 다물었다. 뭐라고 떠들든 내 귀엔 한 마디도 들어오지 않았다. 일단 부딪치고 보자. 지금 내 기분으로는 뭐라도 해야 할 것 같다. 깨지든 부수든. 난 세상에 몸을 던졌으니까.

5.

　여왕벌 단란주점은 촌스러운 이름에도 불구하고 제법 큰 곳이었다. 우리가 도착했을 땐 오후 2시. 아직 영업 준비는 하고 있지 않은 듯했다. 굳게 닫힌 문을 보며 신성식이 어딘가로 전화를 걸었다. 잠시 후 누군가 나타났다.

　"어, 애꾸 형님 오셨습니까?"

　나이는 서른 안팎으로 보였다. 껌을 질겅질겅 씹으며 거들먹거리는 폼을 보니 경계해야 할 상대는 아닌 것 같았다.

　"어, 윤태, 안에 꽃놀이하는 거 아닌가?"

　윤태란 사내는 카악 하는 소리를 내며 가래침을 끌어 모으더니 껌과 함께 바닥에 내뱉었다.

　"꽃놀이요? 요즘은 동양화보다 서양화가 장사가 잘돼요. 호구 하나 물었는데 건설 잘하고 있나 봐요. 마담 보러 오셨죠?"

　"그렇지."

　신성식이 고개를 끄덕거렸다.

　"들어가시죠. 근데 저 애기들 뭡니까?"

　"신경 쓰지 마."

　윤태가 건들거리며 앞장섰다.

　"하여튼 꼬랑지들이 어깨에 힘은 제일 들어 있다니까?"

우리는 곧 사무실에서 최 마담을 만날 수 있었다. 생각보다 젊은 모습이었다.

"뭐예요? 애꾸 삼촌. 우리 관리비 다 드렸잖아."

여자는 뒤에 남자 한 명을 대동하고 나타났다. 하지만 한눈에 보기에 내게 위험한 인물은 아니었다.

"하우스 비를 줘야지."

신성식은 낄낄거렸다.

"참 나. 그건 못 준다는 거 삼촌도 알잖아?"

"글쎄, 못 주는 건가?"

"자리 내주고 판돈 20프로 받는 거야. 거기서 뭘 또 떼어주니?"

"나태식한테는 주잖아?"

"그건 수금원들 대여료지."

"우리가 앞으로 대여할게."

"뭐?"

최 마담은 눈을 깜빡거렸다. 그러더니 이내 웃음을 터트렸다.

"깔깔깔."

신성식의 얼굴이 굳었다. 최 마담은 담배를 입에 물고 재미있다는 듯 말했다.

"장춘석이 앞에서 그 말 해보지그래? 나태식 앞에서도 좋고."

"이봐, 여긴 우리 관할 구역이라니까."

"그래서 관리비 주잖아."

최 마담은 눈을 내리깔며 담배 연기를 뿜어냈다.

"이봐, 최 마담."

"나태식 앞에서 똑같이 지껄여봐."

최 마담은 어깨를 으쓱하며 몸을 일으켰다. 그때였다. 나는 차가운 목소리를 한없이 낮게 깔았다.

"야."

흠칫한 사람은 최 마담뿐만이 아니었다. 신성식도, 인범이와 형수도 모두 그렇게 말한 나를 돌아보았다. 최 마담은 또각또각 구둣발 소리를 내며 내 앞에 섰다. 최 마담의 옆에 있던 녀석이 위압적으로 내 앞을 가로막으며 눈을 부라렸다.

"이 애송이가 누굴 멋대로 불러?"

나는 조용히 자리에서 일어났다.

"하! 얘 왜 이래? 야, 꼬마야. 세상 무서운 줄 모르고 어디다 대고 눈을 쳐 뜨니? 너 그러다 저승사자한테 잡혀간다?"

최 마담은 피식거리며 날 조롱하고 있었다. 날 가로막고 있는 녀석이 내 정수리에 자신의 굵은 손을 턱 하고 올리더니 힘을 주었다. 강제로 날 앉히려는 모양이었다. 난 그렇게 힘을 주는 녀석의 팔을 툭 걷어냈다. 녀석의 눈동자가 휘익 돌아갔다.

"이 새끼가."

순간 녀석이 내게 달려들었지만 퍽, 하고 형수의 우악스러운 발길질이 먼저 놈의 복부에 꽂혔다. 녀석은 그대로 숨을 헐떡이며 무너지고 있었다. 형수도 한때 한 학교를 휘어잡았던 남자였다. 상대방을 쓰러뜨린 후 무서운 눈빛으로 노려보고 있었다.

"이거 왜 이래?"

최 마담이 눈을 흘겨 뜨며 나를 노려보았다.

나는 위협적으로 말했다.

"나태식에게 돈 주지 마라."

"이게 주제도 모르고!"

최 마담은 내 뺨을 때릴 듯이 손을 치켜들었다. 나는 그런 최 마담의 손목을 잡았다.

"안 놔?"

나는 손아귀에 힘을 주었다.

"아파, 아파!"

나는 최 마담의 손아귀를 뿌리치듯 놓았다. 그 순간 사무실 뒤편의 문이 보였다.

"형수야, 깨라."

내 말이 떨어지기 무섭게 형수는 발로 문을 올려 찼다.

쾅! 웬만한 여자 허리보다 굵은 형수의 허벅지에서 차올리는 힘을 당해낼 순 없었다. 문은 힘없이 열렸다. 나는 거침없이 안으로 들어섰다. 신성식이 소리쳤다.

"야! 뭐 하냐, 지금? 거기 기술자들 있는 방이야."

"그게 왜요?"

"뭐? 기술자 다치면 하우스 안 돌아가. 그럼 우리도 돈 못 받아."

"그렇게 생각이 많으니 진전이 없는 겁니다."

나는 거침없이 안으로 들어섰다. 누군가 그랬다. 모여 앉아 백날 떠들어대는 것보다 하루 행동하는 자가 역사를 만든다고.

나는 행동한다.

거침없이.

6.

안에는 기술자들이 모여 포커를 치고 있었다.

한참 포커판을 벌이던 그곳이 순식간에 난장판이 된 것은 당연했다. 기술자들이 놀라 일어나 나와 형수를 번갈아가며 보았다.

"장춘석을 불러라."

나는 낮은 목소리로 그들을 둘러보았다. 어디서 났는지 형수는 각목을 들고 그들을 위협하고 있었다.

"뭐, 뭐? 장춘석? 이 새끼가 미쳤나. 장춘석이 누구 집 개 이름인 줄 아나?"

누군가가 발끈하며 그렇게 소리쳤다. 그 순간 형수의 두 팔이 높게 올라갔다. 떡! 각목이 부러져나갔다. 그와 함께 비명도 지르지 못하고 소리를 친 녀석이 무너져 내렸다.

"끄윽, 아."

형수가 부러진 각목을 화난 듯 바닥에 팽개쳤다. 사람들이 흠칫하며 구석에 몰려 주춤거렸다.

"장춘석 불러."

나는 목소리를 내리깔았다. 내게도 어느새 뒷골목의 건들거리는 양아치 습성이 나오고 있었다. 아무도 대답이 없었다. 판을 벌이던 놈들은 다섯 명. 바닥에는 만 원짜리 지폐가 어지럽게 흩어져 있었다. 우리가 치고 들어갔을 때 몇몇 놈들이 달려들었지만 내게는 하찮을 뿐이었다.

"우, 우리가 부를 수 있는 사람이 아닙니다."

나이가 지긋해 보이는 남자가 분위기에 감을 잡았는지 더듬거리며 입을 열었다.

"그럼?"

"그 사람은 자리만 내줄 뿐입니다. 우리도 본 적은 없어요."

"인범아, 형수야."

"명령만 내려."

"이것들 전부 손목 꺾어."

"뭐, 뭐라고?"

놈들은 흠칫하더니 서로 눈짓을 교환했다. 이럴 때 틈을 주면 안 된다. 한번 분위기를 잡았으면 딴생각할 틈을 주어서는 안 된다.

인범과 형수도 그 정도는 알고 있었다. 인범은 그대로 한 녀석의 손목을 잡더니 뚝, 하고 부러뜨렸다.

"아아악!"

"제, 제발 손만은. 아, 안 돼."

하지만 우리는 인정이 없었다. 닥치는 대로 우둑, 우두둑, 손목을 꺾어버렸다. 그때였다. 우당탕거리며 신성식이 쓰러지듯 달려들었다.

"이거 진짜 왜 이래? 이 새끼들이 뒷감당을 어떻게 하려고 이래?"

신성식은 호들갑을 떨고 있었다. 그에게도 우리의 행동은 두려움이었다. 신성식을 알아본 누군가가 자기도 모르게 소리를 질렀다.

"신성식! 이게 뭐하는 짓……."

꽝!

녀석은 말을 잇지 못했다. 형수의 발길질이 그의 턱을 날려버렸기 때문이었다. 신성식은 그런 우리 모습을 보고 아예 안달을 하고 있었다.

"죽었다, 죽었어. 우린 이제 다 죽은 거야."

"뭐가 죽었다는 겁니까?"

아무렇지도 않게 말하는 날 보며 신성식은 답답하다는 듯 가슴을 쳤다.

"너 인생 포기했냐? 일을 이 지경으로 만들어놓고 이 바닥에서 살아남길 바라?"

"센 놈도 없었습니다."

"그걸 말이라고 하냐? 이 멍청아, 여기 있는 놈들은 죄다 기술자야. 저희끼리 연습하고 있었으니 당연히 없지."

"내 알 바 아닙니다."

"이 멍청아! 우린 다 죽었단 말이다! 나는 뭐 이런 방법 몰라서 안 한 줄 알아?"

신성식이 소리쳤다. 긴장이 극에 달해 있는 모습이었다.

"죽긴 왜 죽습니까?"

"본사에 연락했더니 우리 보고 알아서 하라는 거야. 우릴 도와줄 사람이 없어! 우리 넷이서 이 일을 해결해야 한단 말이다."

"그런데요?"

"여길 이렇게 깽판으로 만들어놓고 어떡하자는 거냐?"

사실 답이 떠오르지 않았다. 하지만 나는 자신만만하게 대답했다.

"오는 족족 다 부숴버립니다."

"히야, 이놈 진짜 일 만드는 놈이네."

신성식은 이제 아예 한숨을 쉬고 있었다.

"본래 계획이 뭐였소?"

인범이 머리를 벅벅 긁고 있는 신성식에게 쏘아붙이듯 물었다.

"뭐?"

"본래 계획이 뭐였냐고? 우리 끌어들인 건 이유가 있을 것 아니오?"

"어라? 머리가 있는 놈이네."

신성식은 의외라는 듯 인범의 우악스러운 모습을 선글라스 너머로 바라보았다.

"나도 경영에 대해선 좀 배웠소."

"경영이고 뭐고 지금은 다 필요 없어. 이미 엉망진창으로 꼬였잖아. 설마 이렇게 앞뒤 안 가리고 다 깨고 들어갈 줄은 생각도 못 했다. 이 어린놈들아! 세상물정은 모르고 피만 펄펄 끓으니 이 꼴이지!"

피식 웃음이 새어 나왔다.

"애꾸,"

"이 자식이 누굴 함부로 불러?"

"묻는 말에 대답이나 해라. 이제부터 스케줄은 어떻게 되지?"

"이 새끼가 반말이네?"

신성식의 입이 반은 열린 것 같았다. 형수가 그런 신성식에게 다가갔다. 나를 욕보이면 가만두지 않겠다는 듯 섬뜩한 모습이었다.

"뭐, 뭐야? 이 새끼들 하극상이냐?"

"전형수는 나를 위해서라면 뭐든지 한다. 살인까지도."

그 말에 신성식이 흠칫하며 입술을 살짝 떨었다.

"이, 이것들이 미쳤나?"

나는 신성식을 조소하며 말을 이었다.

"지금부터는 내가 지휘하겠다. 앞으로 어떻게 되지?"

신성식은 분노하고 있었다. 거의 10년 이상 터울이 나는 나의 행동에 모욕을 느끼는 듯했다. 그러나 신성식의 타오르는 눈빛은 형수의 위협적인 모습 때문인지 곧 사그라졌다.

"밤에 이곳에서 진짜 판을 벌인다."

신성식이 입을 열기 시작했다.

"갑부 집 아들인데 이제 수금하는 날이야."

"한 놈 잡으려고 다섯이 짜고 친다? 그럼 그렇게 하면 되잖아?"

"네가 기술자들을 저 꼴로 만들어놨잖아! 손을 망쳐놓으면 어떡해? 어떻게 기술을 부리라는 거야? 오늘 판은 나태식도 관심을 가지고 있단 말이야!"

애기를 듣다 보니 이상했다. 신성식은 어떻게 이 일을 소상히 알고 있을까? 나는 모른 척하고 썹어뱉듯 말했다.

"그럼 그 갑부 아들이 돈을 따고 돌아가면 나태식은 더 열받겠군."

"뭐, 뭐라고?"

신성식이 기가 차다는 듯 웃었다.

"나태식은 무서운 사람이다. 애송이 세 명이 부수고 들어갈 정도로 호락호락하지 않아."

"날 죽일 수 있나?"

"미친 새끼, 뼈도 못 찾을 거다."

"흥미롭군."

내가 미소를 짓는 순간 인범의 눈빛이 번쩍 하고 변했다. 나는 그런 인범을 슬쩍 보고는 입을 열었다.

"예정대로 오늘 밤에 판을 벌인다. 다친 놈들은 다 빠지고 나머지 놈들이 알아서 돈을 모두 잃어준다."

모두의 얼굴이 해쓱해졌다.

"오늘이 벗겨먹는 날이다. 오늘 못 벗기면 황이야!"

신성식이 흥분하며 소리쳤다. 나는 한껏 목소리를 낮추었다.

"애구,"

"뭐?"

"나태식과 어떤 관계냐? 너, 구인철 사람 맞나?"

"이, 이게……."

신성식은 대답하지 않고 씩씩거렸다.

"대답은 나중에 듣지. 지금부터 이곳을 치워라. 손님 맞을 준비 해야지."

나는 입가에 비딱한 웃음을 그렸다. 인범이 그런 내게 강렬한 눈빛을 보냈다. 나와 같이 고함치고 차고 부수고 했지만 나의 변화가 불안한 듯했다.

"이정우, 얘기 좀 할 수 있나?"

아니나 다를까, 인범이 내게 다가왔다. 나는 단호하게 말했다.

"없다."

인범이 걱정하는 바, 내가 모를 리 없었다. 이렇게 막 나가면 안 된다는 것도 알고 있었다. 하지만 그건 삶에 희망이 있을 때의 일이다. 지금 내게 뭐가 있단 말인가? 스스로 약속을 지키지 못하며 김민규에게 대들었을 때부터 난 세상에서 버려졌다는 것 또한 잘 알고 있었다. 솔직히 쓰레기통에 빠진 내가 아닌가? 쓰레기답게 살다가 소각될 것이다. 인범은 내게 다른 삶의 방향을 요구하지만, 나의 생각은 그것뿐이다.

7.

우리는 진짜 판이 열리기를 기다렸다. 문제는 최 마담이었다. 어디로 사라졌는지 보이지 않았다. 아마도 최 마담은 나태식 쪽에 무언가 연락을 취할 것이다. 그렇다면 나태식 쪽에서 조만간 움직일 것이다. 그때가 진짜 승부수다. 나는 골방 안에 신성식과 기술자들을 밀어 넣고 밖으로 나왔다. 형수가 놈들을 지켰다.

"너무 많이 변한 거 아니냐?"

"뭐가?"

날 따라 나온 인범이 한숨을 쉬며 옆에 앉았다.

"뒤 생각 안 하고 막 나가는 것 같아서."

"이런 세상에 어울리게 행동하는 거다. 여긴 전부 쓰레기잖아."

"후."

인범은 긴 한숨을 쉬었다.

"왜 이렇게 되는 건지 모르겠다. 잘못 가고 있는 것 같아."

"그런 건 없어."

나는 인범의 걱정을 외면했다. 그때 끼이이잉, 뒤편의 철문이 열렸다. 나와 인범은 자리에서 일어나며 고개를 돌렸다. 누군가 거침없이 들어서다 낯선 우리를 보고 턱 멈춰서는 모습이 눈에 들어왔다. 여자였다.

"뭐야? 넌?"

나는 들어서는 여자를 보고 거칠게 입을 열었다.

"저, 저기, 그게……."

청바지에 흰 남방을 걸친 여자는 수수한 모습이었다.

"여, 여기서 일하는데요."

"마스터야?"

인범이 나 대신 앞으로 나섰다. 여자는 고개를 끄덕였다.

"네."

이런 곳에서 일하면 죄다 양아치 같은 줄 알았는데 이 여자는 조금 다른 데가 있었다. 인범이 그렇지 않아도 겁에 질려 있는 여자를 더욱 윽박질렀다.

"너 같은 애들 몇 명이야?"

"출근하는 사람은 두, 두 명인데요."

"출근 안 하는 사람은?"

"모, 몰라요. 여기랑 라인 대고 있는 새끼마담들이 사람 필요하다고 하면 불러와요."

여자는 가득 조심하고 있었다. 나는 여자에게 다가갔다.

"오늘 영업 안 할 테니 돌아가 쉬어."

"예?"

여자는 두 눈을 동그랗게 뜨고 나를 올려다보았다. 직업이 술 먹는 직업이라 그런지 약간 뱃살이 나와 있었지만, 전반적으로는 날씬했다.

"영업 안 한다고."

"그, 그런 말 없었는데."

여자는 눈치를 살폈다.

"뭐야? 무슨 일 있어?"

"저, 사실은……."

"얘기해."

"비, 빚이 있어서."

"빚?"

여자는 쉽게 입을 열지 못했다. 하지만 더듬거리며 결국 자신의 처지를 모두 털어내고 있었다.

"하루 빠지면 이자가 붙어요. 그, 그게 장난이 아니거든요."

"이자?"

나는 인범을 돌아보았다. 인범은 콧방귀를 뀌고 있었다.

"저렇게 정신 나간 년들이 있지. 카드 맡기고 사채 썼지?"

뻔히 알고 있다는 듯 인범이 투덜거렸다. 여자는 고개를 끄덕였다.

"100만 원 빌리면 선이자 20 떼고 80만 준다. 그런데 그 이자가 또 장난이 아냐. 기본이 한 달에 40프로. 그러니까 실제로는 80만 원 빌리고 한 달 후엔 140만 원을 갚아야 해. 선이자 삼사십 프로짜리도 있고."

인범이 내게 설명해주었다. 얼핏 이해가 가지 않았다.

"뭐 그런 게 다 있어?"

"원래 이 바닥이 그래. 그러다 못 갚으면 몇 번 어르고 달래다 신체 포기 각서 받고 장기 팔아먹거나 여자 같은 경우에 팔아넘기지. 요즘엔 정신 나간 년들이 제 발로 찾아오는 경우가 많지만. 아르바이트라나?"

"팔았는데 왜 빚이 있어?"

"빚을 대신 갚아준 거지, 빚이 없어지는 건 아니잖아. 사채업자한테 갚을 돈을 이젠 고용주한테 갚아야 한다고. 그런데 이 빚이란 게 구조적으로 백날 갚아봐야 평생 못 갚게 되어 있어. 그러다 보면 돈을 빨리 많이 벌어서 빚을 갚으려고 2차도 나가고, 그렇게 몸을 굴리다 보면 화류계에 안착하는 거야. 그땐 청춘 다 뺏기고 난 후라고."

"2차?"

"이거 말이다, 이거."

인범은 주먹을 말아 쥐고 손가락 틈으로 엄지를 내밀었다. 나는 여자를 다시 보았다. 멀쩡하게 생겼다.

"그런 건가?"

여자는 말없이 고개를 끄덕였다. 인범이 툭 한마디 내뱉었다.

"멀쩡하게 생긴 년이 뭐 한다고 사채를 써?"

"보, 보증 선 거예요."

여자는 그 말에 억울한 듯 고개를 발딱 쳐들었다. 그러나 이내 풀이 죽어 고개를 떨구었다.

"보증?"

"남자 친구가 빚을 져서⋯⋯."

"그래서 자기 여자를 이렇게 만들어?"

"야야, 모르는 소리 마라."

인범이 다시 끼어들었다.

"그 녀석이 저렇게 만들고 싶어서 저렇게 했겠냐? 여자 끼고 있는 놈에게서 여자를 토해내게 하는 방법이 다 있어. 아마 견디다 못해 그랬을 거야. 한 3개월만 족치면 그렇게 돼."

그렇다고 해도 나는 이해할 수 없었다. 자신의 여자를 저렇게 굴리다니.

"나이는?"

"스, 스물한 살이요."

"이름은?"

"여, 영주."

"본명이야?"

"예, 본명이에요. 심영주."

조금 전까지 난 인범에게 이런 곳에 있으면 모두 쓰레기일 뿐 사람이 아니라고 했었다. 그런데 심영주에겐 사람 냄새가 났다. 흥미가 생겼다.

"너 같은 여자가 많은가?"

"그, 글쎄요. 요즘은 자기 발로 찾아오는 아가씨들도 많아서."

심영주는 한 마디, 한 마디가 괴로운 듯했다.

"네 빚은 누구한테 갚아야 해?"

"마, 마담 언니요."

"최 마담?"

"네."

"알았다. 돌아가라."

"예?"

심영주의 눈이 둥그레졌다.

"네 빚은 내가 탕감한다. 돌아가."

"그, 그게 한두 푼이 아닌데."

"금액은 상관없어."

"사, 상관있어요. 1억 8천만 원이란 말예요."

심영주가 다급하게 소리쳤다. 하지만 나는 담담했다.

"그래, 알았다. 괜찮으니까 돌아가라."

"하, 하지만……."

보고 있던 인범이 심영주를 밀쳐냈다.

"가! 가라고."

"하, 하지만. 하지만……."

심영주는 오히려 발버둥 치고 있었다. 대신 돈을 갚아주겠다는데 흔쾌한 기분으로 돌아갈 수 있지 않을까? 인범은 마침내 심영주를 밀쳐내고 문을 걸어 잠가버렸다.

"너 미쳤냐?"

"뭐가?"

"빚을 탕감해줘? 너 진짜 왜 이러냐? 갈수록 미쳐가잖아? 너 돈 있어?"

"오늘 판돈이 얼마나 풀리냐?"

"오늘이 공사 끝나는 날이니까 억으로 깨질 거다."

"거기서 뽑아내면 되겠네."

"미친놈의 자식. 네가 지금 하는 말이 앞뒤가 맞는다고 생각하냐? 오늘 판이나 제대로 열릴 것 같아? 네가 깽판 쳤잖아!"

인범은 그렇게 소리치면서 씩씩거렸다.

"계집애 한 명 빚 탕감해주는 게 지금은 아무 일 아닌 것 같아도 나중에 무슨 부메랑이 되어 돌아올지 아무도 모른단 말이다. 그런 건 생각하고 말하는 거냐?"

나는 말없이 인범의 이야기를 들었다.

"도대체 왜 그러냐? 너 지금 막 나가고 있어, 그거 알아? 아무 생각 없이 순간순간에만 반응하는 것 같다고. 내가 왜 널 좋아하고 따라왔는지 알아? 넌 실력에 배짱에 머리까지 갖춘 놈이야. 너 같은 녀석은 두 번 다시 보기 힘들어."

모두 부질없는 소리다, 김인범. 난 사실 녀석을 내 곁에서 가장 빨리 떼어내고 싶었다. 내 옆에 있는 녀석들은 모두 떼어내야 한다는 생각뿐이었다. 완전히 혼자가 될 때 난 진짜로 움직일 것이다. 녀석들은 녀석들의 길을 가야 한다. 내 옆에 있으면 삶이 더러워질 뿐이다.

인범은 내 생각을 아는지 모르는지 안타까운 목소리로 소리쳤다.

"그런 너의 모습에 반했었다. 네가 뭘 한다면 아무리 터무니없는 일도 실현될 것 같았어. 그런데 지금은 뭐야? 그냥 입 밖에 뱉어내고 그냥 몸으로 움직이면 되는 거야? 도대체 무슨 생각을 하는 거야? 이런 식으로는 김민규에게 이길 수 없어."

"김민규?"

"그래."

인범은 김민규를 걱정하고 있었다. 하지만 사실 난 관심이 없었다. 장성태건 김민규건 그런 녀석들 내 알 바 아니었다. 복수? 앙갚음? 쓸데없는 짓이다. 하지만 난 인범을 안심시킬 필요가 있었다.

"그래, 김민규를 이겨야지."

인범은 고개를 설레설레 저었다.

"모르겠다, 정말. 정말 모르겠어. 네 머릿속에 뭐가 있는지 정말 모르겠어."

나는 픽 웃었다. 그래도 내 앞에서 마음 놓고 쏘아대는 건 이 녀석뿐이었다.

그때였다. 사람들을 가둬놓은 골방 안에서 전화벨이 울렸다. 나는 인범과의 대화를 끊고 골방 문을 열었다. 신성식의 휴대폰이었다. 신성식은 받아야 할지 말아야 할지 잔뜩 눈치를 보며 웅크리고 있었다. 나는 가만히 고개를 끄덕였다. 신성식은 조심스럽게 휴대폰을 받았다.

8.

"여보세요? 아, 예."

신성식은 전화 받는 손을 떨고 있었다. 목소리도 떨렸고 눈동자엔 두려움을 담고 있었다.

"그, 그게, 그게……."

나는 빌빌거리는 신성식의 눈앞에 손을 내밀었다. 휴대폰을 내게 달라는 몸짓이었다. 신성식은 휴대폰을 손으로 막고 나에게 원망스러운 듯 말했다.

"이 자식아, 다 죽게 생겼다. 너 때문에 다 죽게 생겼어!"

나는 말없이 손을 내밀고 있었다. 신성식은 손을 떨며 내게 휴대폰을 건네주었다. 나는 휴대폰을 귀에 갖다 대고 낮게 말했다.

"넌 누구냐?"

가차 없는 욕설이 튀어 올랐다.

"뭐 이 새끼야? 아가리를 찢어버릴까 보다. 이 개 같은 놈의 새끼!"

"난 이정우다. 넌 누구냐?"

"이정우?"

상대는 의아한지 입을 닫고 있었다.

"다시 묻는다. 넌 누구냐?"

"이정우? 구인철 밑에 그런 녀석이 있었나?"

나는 그대로 전화를 끊었다. 신성식이 기겁하며 소리쳤다.

"뭐야? 왜 끊어?"

나는 그런 신성식을 무시하고 가만히 휴대폰을 바라보았다. 곧 다시 전화벨이 울렸다. 하지만 나는 전화를 받지 않았다. 신성식이 안달하며 소리쳤다.

"죽기 싫으면 받아! 받으란 말이야!"

형수가 그런 신성식의 멱살을 잡아 올렸다. 나는 그런 형수를 손을 들어 만류하며 천천히 전화를 받았다.

"여보세요."

"야, 이 개새끼야, 사시미를 배때기에 담가야 정신이 들지? 어? 이 후레자식이 누구 전화를 끊어!"

"넌 누구냐?"

"이 개새끼, 너 오늘이 초상날인 줄 알아라. 혓바닥을 끊어버 릴 테니까!"

이번에도 다시 일방적으로 끊어버렸다. 전화벨이 또 울렸다. 받지 않았다. 이번엔 신성식도 아무런 소리를 하지 않고 넋이 나간 듯 그런 나의 행동을 바라보고 있었다. 신성식뿐만이 아니었다. 이 방에 있는 모든 사람이 나의 행동을 가만히 바라보고 있었다. 한참을 울리던 전화벨이 끊겼다. 나는 신성식을 돌아보았다.

"이 자가 누구냐?"

"나태식이다. 곧 애들이 이쪽으로 몰려올걸?"

"전화번호는?"

"뭐? 통화 목록에 있잖아."

나는 통화 목록을 살폈다.

그리고는 그대로 통화 버튼을 눌렀다. 곧 나태식의 목소리가 들렸다.

"누구냐?"

"이정우다, 나태식."

"하, 이 새끼 봐라? 목소리 들어보면 아직 애송이인 것 같은데? 나하고 기싸움을 벌여?"

"욕만 하고 날 피하는 건가?"

"뭐, 뭐라고?"

나태식은 황당하다는 반응이었다.

"네가 날 두려워한다는 것쯤은 능히 짐작할 수 있다. 하지만 피하지 마라, 나태식."

"하하하하."

전화기 너머로 폭소가 터졌다.

"이정우라고 했나? 나 성질나게 하려고 그러는 모양인데 네 수는 다 보여, 애송아."

"곧 찾아가겠다. 자신 있거든 부딪쳐봐라."

"하하하. 이거 장난이 아닌데? 갑자기 즐거워지잖아?"

강자에 대한 생리는 모두 똑같다. 약자를 짓밟으며 희열을 느끼는 자들은 자신에게 강하게 부딪쳐오는 자에겐 오히려 호감을 느낀다. 사실 그것 때문에 김민규도 나를 살려주었다고 이해하면 정확할 것이다. 나태식 역시 자신 앞에서 벌벌 기던 녀석들만 상대하던 버릇 탓에 나의 행동에 신선한 쾌감마저 느끼고 있을 터였다.

"놀랍군. 너 같은 녀석은 처음이야. 세상 물정을 모르는 건가, 정말 자신이 있는 건가?"

"네가 있는 곳은 어디냐?"

"하하하."

어이가 없는지 나태식은 그저 웃음만 터뜨렸다.

"넌 내 눈으로 한번 보고 싶구나. 도대체 어떻게 생겨먹은 녀석인지. 내 맘에 들면 목숨은 살려주겠다."

나태식은 선심 쓰듯 말했으나 나도 지지 않았다.

"넌 내 맘에 들지 않는구나. 하지만 목숨은 살려주마."

이 한마디는 적중했다. 나태식의 붉은 얼굴이 전화기 너머로 보이는 듯했다.

"귀엽다, 귀엽다 했더니 할아비 수염 뽑자는 격이군. 안됐지만 넌 살려줄 수가 없다. 신성식으로 길잡이를 하게 해라. 나를 만날 수 있을 것이다."

그리고 나태식은 전화를 끊었다. 나는 신성식에게 휴대폰을 던졌다. 의아한 눈빛으로 신성식이 그것을 낚아챘다.

"나태식을 만나러 간다. 길 안내를 해라."

"뭐, 뭐라고?"

발끈하는 신성식을 나는 눈빛으로 제압했다. 하지만 신성식은 물러서지 않았다.

"너 같은 바보는 처음이군. 몰라도 이렇게 모를 수가. 네가 지금 내 길 안내 받아서 무사히 나태식 만나러 갈 거라고 생각한 거야? 넌 지금 노출된 거야!"

신성식은 고래고래 소리를 쳤지만 나는 평안했다. 인범이 내게 다가왔다.

"어떻게 할래? 신성식의 말은 거짓말이 아냐. 최 마담이 벌써 모두 알렸을 거다."

나는 대답하지 않았다.

"형수야!"

형수의 눈빛이 번득였다.

"신성식을 일으켜라."

"이정우!"

인범이 날 가로막았다.

"도대체 네 생각이나 알자. 어쩌자는 거냐? 너 지금 막 나가고 있다는 거 알고 있지?"

형수는 신성식을 강제로 일으켰다. 신성식은 불끈하며 형수의 손을 신경질적으로 쳐냈다.

"앞장서라, 신성식."

"이거 미치겠네. 너 진짜 뭐 대단한 배경이라도 있는 거냐?"

"내가 배경이다."

"너 몇 살이라고? 열아홉 살이라고 했나? 그 나이면 아직 똥인지 된장인지 구별 못 하지. 그러다가 소리 소문 없이 수술당한다, 아가야."

픽! 신성식의 말이 떨어지기 무섭게 형수의 주먹이 작렬했다.

"어쿠쿠."

신성식은 코를 움켜잡고 바닥을 굴렀다. 하지만 형수는 그런 신성식을 용서하지 않았다. 다시 멱살을 잡아 일으키더니 주먹을 불끈 쥐었다.

"그만해."

나는 형수를 제지했다.

"앞장서라, 신성식."

신성식은 무언가 분한 듯했지만, 그의 힘으로는 무엇도 제대로 할 수가 없었다.

"좋아, 간다. 하지만 네놈들 정말로 후회할 거다. 나태식이 구인철처럼 구멍가게인 줄 알아? 검찰에서 파악하고 있는 조직 구성도에도 중요하게 올라 있는 거물이란 말이다."

신성식은 뭐라고 한없이 떠들었다. 나와 인범, 형수는 신성식을 앞세우고 골방을 나섰다. 신성식은 둔탁한 소리를 내며 뒷문을 열었다.

"어?"

문 앞에는 심영주가 쪼그리고 앉아 있었다. 언제 왔는지 심영주의 옆엔 또 다른 여자가 같이 쭈그리고 앉아 있다가 우릴 보고 벌떡 일어섰다.

"아직 안 갔나?"

심영주는 멀뚱거리며 우릴 바라보고 있었다. 뒷문 밖으로는 일직선으로 쭉 골목길이 뻗어 있었다.

"나가지 말아요."

심영주가 말했다.

"나가지 말라고?"

"사람들이 있어요."

그 말을 듣더니 신성식이 호들갑을 떨었다.

"왔구나, 왔어. 우릴 죽이러 온 거야."

심영주는 정말 간절한 눈빛으로 나를 바라보고 있었다.

"이 골목을 돌아나가면 거미줄처럼 좁은 골목길이 얽혀 있는데 곳곳에 사람들이 있어요."

"내가 알아서 한다."

"이정우!"

차갑게 말하는 나를 인범이 막았다.

"골목 싸움은 변수가 많고 위험해."

나는 그런 인범을 제치며 한 걸음 내딛었다.

"내가 앞장선다."

그때 누군가 내 어깨를 턱 하고 짚었다. 형수였다. 형수는 사뭇 진지한 눈빛으로 고개를 젓고 있었다.

"뭐야? 네가 앞장서겠다고?"

형수는 조용히 고개를 끄덕였다. 인범이 나섰다.

"실내로 들어가자, 이정우. 여긴 우리가 불리하다. 골목에 매복해 있다면 지형지물을 이용할 거다. 지리를 모르는 우리가 불리해."

"그럴 순 없지."

"이정우! 고집 버려!"

나는 심영주를 향해 고개를 돌렸다.

"몇 명이나 있지?"

"모, 몰라요."

"모른다. 그럼 다 깨야겠군."

"그게 가능할까?"

신성식이 이죽거리며 말했다. 인범이 그런 신성식을 향해 휙 고개를 돌렸다.

"정우가 한다면 뭐든지 가능하다."

"뭐, 뭐야? 너도 다시 들어가자는 쪽 아니었나?"

"내가 걱정하는 건 정우의 손에 피를 묻히는 거야. 이정우는 이런 꼬봉들과 주먹질이나 하고 있을 레벨이 아니란 말이다."

어이가 없다는 듯 신성식의 얼굴이 일그러졌다.

"그 말은 지금 이정우가 저쪽에 숨어 있는 놈들을 모두 이긴단 뜻인가?"

"물론이다. 내가 진짜 걱정하는 건 이정우가 스스로 자신을 낮추고 있다는 것이다. 저런 잔챙이들과 싸우는 건 스스로 몸값을 떨어뜨리는 거야."

"잔챙이?"

신성식은 인범을 미친놈 바라보듯 보고 있었다. 나는 숨을 깊게 들이마셨다.

"조용히 해라. 나태식을 만날 관문일 뿐이다."

"관문?"

신성식은 기가 막혀 허허 웃었다.

"이것들이 날 웃기려고 이러는 건가? 이런 걸 만용이라 한다지? 하, 하, 하. 잘난 체하는 게 눈꼴시어서 못 봐주겠네. 제발이런 객기를 자신감이라고 표현하지는 말아달라고."

나는 걸음을 앞으로 옮겼다. 등 뒤에서 인범이 신성식에게 중얼거리는 들뜬 목소리가 들려왔다.

"잘난 체하는 게 아니라 정말 잘났거든. 정우가 앞장선 거 보이나? 이제 녀석들은 모두 끝이야."

9.

이상하다. 내가 골목을 돌아 나왔는데도 아무것도 느낄 수가 없었다. 이런 경우는 놈들이 아직 나를 파악하지 못하고 있다는 것을 뜻했다. 직접 쳐들어오지 않고 바깥에서 기습을 노리고 있는 것도 막상 내 모습을 숨어서 지켜보고서도 섣불리 달려들지 않는 것도 이번 사건을 일으킨 이정우라는 존재에 대해 모르기 때문일 것이었다. 설마 열아홉 살의 풋내기가 했다고는 도저히 생각할 수 없을 정도로 나는 큰일을 벌인 셈이다. 어느새 쫓아온 형수가 나를 가로질러 앞으로 나갔다. 역시 아무런 반응이 없었다. 아마도 놈들은 나와 형수를 이정우의 하수 정도로 여기는 모양이었다. 틀림없이 상황을 살피며 몸을 굽히고 있으리라. 그렇다면 내겐 귀찮은 일이었다. 숨어 있는 녀석들을 밖으로 불러내야 했다. 일종의 쇼가 필요했다.

"인범아."

"응?"

"신성식을 데리고 와라."

말이 떨어지기 무섭게 인범은 신성식의 멱살을 잡아채 끌고 나왔다. 이제 신성식은 오히려 킬킬거리고 있었다.

"자신만만하더니 왜? 킬킬."

인범은 신성식을 바닥에 내팽개쳤다. 나는 신성식을 내려다보았다.

"불러내야겠다."

"뭘?"

"숨어 있는 녀석들을 불러내야겠다고."

"풋."

신성식이 비웃을 때였다. 나는 사정없이 신성식의 턱을 걷어올렸다.

266

"켁, 이 자식이."

신성식은 몸을 젖혀 피하더니 발끈하며 소리쳤다. 인범이 피하는 신성식을 보고 알겠다는 듯 의미심장한 눈빛으로 나를 바라보았다. 그랬다. 그것은 허수였다.

"너 이 새끼, 넌 진짜 죽었다. 넌 사망이야, 알아? 이 새끼야!"

신성식이 고래고래 고함을 질렀다. 그때.

"혹시 이정우가 당신입니까?"

어디서 나타났는지 남자 네 명이 나타났다. 두 녀석은 점퍼 차림의 밑바닥이었으나 두 녀석은 제법 말쑥한 양복을 차려입고 머리에 젤을 바른 모습이었다. 나는 입을 열었다.

"내가 이정우다."

네 명 중 한 명이 성큼 나오더니 내게 정중히 인사를 했다. 이건 또 뭐야?

"하종화라고 합니다. 사장님께서 정중히 예를 다해 모셔 오라고 하셨습니다."

그 소리에 신성식이 불끈하며 소리쳤다.

"뭐야! 예를 다하라니! 그럼 정우 저 자식이 떠들어댄 게 진짜 통했단 말이야?"

인범이 신성식의 입을 틀어쥐었다. 나는 그들에게 말했다.

"하종화? 네가 여기서 리더냐?"

"예."

하종화는 나보다 10년은 연배가 높아 보였다. 그러나 깍듯한 예의를 버리지 않았다.

"사장은 나태식?"

"그렇습니다."

"장춘석은?"

"함께 기다리십니다."

내 안하무인에 점퍼를 입은 두 녀석이 꿈틀거렸으나 하종화의 모습에 참는 듯했다. 나는 그들을 보며 피식거렸다.

"조금 전까지는 간다고 했지만, 지금은 생각이 바뀌었다. 너희가 부른다고 내가 가야 하는 건 아니잖아?"

하종화는 멈칫했다. 나는 더욱 기세를 높였다.

"나태식과 장춘석을 이리로 불러와."

그 말에 놀란 것은 인범이었다. 차마 말은 못 하고 있었지만 당황한 표정이 역력했다. 하종화는 잠시 생각을 하더니 휴대폰을 꺼내 들었다.

"예, 접니다. 이리로 오시지 않으면 만나주지 않겠답니다. 예, 예."

휴대폰의 전원을 끄더니 하종화는 공손하게 입을 열었다.

"죄송합니다만 바쁘셔서 오실 수는 없다고 합니다. 예의에는 어긋나지만, 강제로라도 데려오라고 하시는데요?"

말은 공손했지만, 표정은 그렇지 않았다. 이미 다른 세 녀석은 자세를 잡고 있었다.

"그거 건방진 말이군. 어디 잡아가려면 그렇게 해봐라."

"죄송합니다. 제 본의는 아닙니다."

하종화는 잠깐 고개를 숙이더니 손짓을 했다. 그러자 구석구석에서 10여 명이 모습을 나타내었다.

"뭐야? 이렇게 많아?"

나는 짐짓 놀랐다는 듯 인상을 지었다. 심영주는 이 사람들을 결코 다 보지 못했을 것이다. 전형수가 주먹을 쥐며 앞으로 나섰다.

"비켜라, 형수."

나는 나지막한 목소리로 말했다. 형수가 의아한 눈으로 나를 보았다.

"오랜만에 몸 좀 풀자."

뚜두둑. 나는 손가락 관절을 끊었다. 신성식이 뭐라고 날 조롱했지만, 확실히 들리지는 않았다. 하종화가 한 발짝 뒤로 빠지는 것이 보였다. 그것이 신호였다.

"야아!"

기합 소리가 터지고 느닷없이 내게 달려들었다. 좁은 골목길이라 나는 몸을 함부로 움직일 수 없었다. 우선 달려드는 녀석의 관절을 접은 후 벽면을 타고 놈을 넘어섰다. 동시에 주먹과 발을 사방으로 날렸다. 픽! 퍼퍼픽!

"잡아라!"

지켜보고 있던 하종화가 그렇게 소리쳤다. 내 동작을 보고 옷자락을 잡으면 유리하겠다고 생각한 모양이었다. 누군가 손을 펼치며 내게 다가왔다. 나는 녀석의 손가락을 그대로 부러뜨렸다. 뚝!

"컥."

한 녀석이 손가락을 잡으며 나뒹구는 순간 누군가 등 뒤에서 내 옷자락을 잡아당겼다.

워낙 좁은 지형이라 내가 몸을 뺄 수 없었기 때문에 잡힌 것이었다. 그리고 그때 악다구니처럼 우르르 놈들이 달려들었다.

'이건, 아니다.'

좁았다. 몸을 마음대로 움직일 수가 없었다. 신성식의 비웃음이 하늘 높이 터졌다.

"내 그럴 줄 알았다. 이 병신 같은 놈아! 하하하."

놈들도 내 옷자락을 붙잡고 늘어졌지만 좁은 골목길이라 제대로 타격을 가하지는 못하고 있었다. 아침 출근길의 전철 안에서처럼 뒤엉킨 우리는 그저 서로서로 밀고 당기고 할 뿐이었다. 동네 꼬마들처럼 서로 붙잡고 아옹대고 있었으니 그 모양이 얼마나 우스웠을지 상상이 갔다.

"이정우, 네가 이런 모습을 보일 때도 있구나. 개싸움이 따로 없네."

인범이 고개를 설레설레 흔들면서 혀를 끌끌 찼다.

"야, 이 자식아, 한 놈만 좀 떼어줘."

나는 소리쳤지만 인범은 킥킥거렸다. 형수 역시 눈가에 웃음을 짓고 있었다.

"보기 추하다. 그만 끝내라."

인범이 이 순간에 장난을 걸었다.

"네가 3분 안에 이 녀석들을 전부 눕히지 못하면 내가 네 형님이다."

"형수야, 시간 재! 정확히 3분 후에 움직일 테니까!"

하종화의 눈썹이 꿈틀거렸다. 자신들은 안중에도 없는 듯한 나와 인범의 대화를 들으며 자존심이 상하는 것 같았다. 하지만 하종화보다 나를 붙잡고 있는 놈들에게서 변화는 더 빨리 왔다. 하종화는 자신을 절제할 줄 알았으나 이 녀석들은 아직 그렇지는 못한 것 같았다.

"뭐야? 이 자식들이."

"무시하는 거냐?"

그 순간 작은 틈이 벌어졌다. 나는 힘껏 몸을 뒤틀었다.

"어?"

"뭐야?"

"어, 어?"

앞에 있는 녀석의 무릎, 옆에 있는 녀석의 배, 다시 앞에 있는 녀석의 어깨를 타다닥 밟으며 나는 녀석들을 훌쩍 넘어서버렸다.

"어쭈?"

신성식의 당황한 목소리가 등 뒤에 꽂혔다. 나는 거지 떼처럼 모여서 바보같이 날 바라보는 놈들을 향해 여유 만만한 미소를 지었다. 그 조롱을 눈치채지 못할 리가 없었다. 놈들은 서로 부대끼며 내게 달려들고 있었다.

"야, 3분 지났냐?"

형수는 고개를 저었다.

"몇 분 남았어?"

형수는 손가락 두 개를 쫙 펼쳤다.

"알았다!"

나는 몸을 띄웠다. 이제 막 엉켜 있던 녀석들은 한두 명씩 내게 달려들고 있었다.

"앞으로 1분 내로 모두 눕히지 못하면,"

쐐액! 발끝이 바람을 가르는 소리가 울렸다. 하늘을 나는 전투기 같은 매서운 소리였다.

"내가 네 아들이다! 김인범!"

꽝! 오른발이 한 녀석의 이빨을 모두 쏟아내었다. 동시에 그 반동을 이용해 치고 들어가며 왼쪽 주먹이 다른 녀석의 뺨을 찢었다. 두 명이 무너졌다. 나는 다시 움직여 마주선 녀석의 아랫배를 걷어 올리며 허공으로 뛰어올랐다.

픽! 픽! 픽! 픽!

"말도 안 돼!"

신성식의 울부짖음 같은 외침이 터져 나왔다. 네 명이 다시 무너졌다. 놈들이 주춤했다. 주춤할 때가 바로 공격의 포인트다. 휘익. 몸을 돌렸다.

쩍! 회전 반경에 걸린 한 녀석의 턱이 부서지면서 고개가 180도로 꺾였다. 촥. 놈의 입에서 터져 나가는 피가 허공에 흩뿌려졌다.

그래, 나에게 이걸 바라는 거지? 이 뭣 같은 세상. 꽝! 이게 내 운명이라는 거지? 콰직! 그렇게 살아주마.

꽝! 꽝! 꽝꽝꽝!

투두둑. 흩어진 이빨. 찢어진 살갗. 피로 물든 내 옷자락. 내 주위엔 어느새 고통으로 꿈틀대는 놈들의 몸뚱이가 길에 널어져 있었다.

"전형수! 몇 분 남았냐?"

형수는 손가락 하나를 높이 펴들었다. 신성식의 넋이 나간 얼굴이 내 눈에 들어왔다.

"얌마, 아직 한 명 남았잖아! 3초밖에 안 남았다. 넌 이제 내 아들이야! 이제 김정우다, 김정우!"

인범이 유쾌한 듯 소리쳤다. 돌아보니 한 발짝 빠져 있던 하종화였다. 하지만 그 순간이었다. 하종화는 내 앞에서 무릎을 꿇으며 무너졌다.

"함께 가주십시오."

하종화. 그는 진중한 사람이었다. 하종화는 더욱 공손하고도 당당한 말투로 무릎을 꿇은 채 내게 말했다.

"부탁입니다."

그런 하종화를 상대로 몸을 날릴 수는 없었다. 나는 씁쓸한 미소를 지었다.

"이거, 진짜 김 씨 되게 생겼는걸."

10.

그나저나 이런 느낌, 오랜만이었다. 내 앞에서 무릎을 꿇고도 표정만은 당당했던 녀석은 2년 만에 처음이었다. 하종화를 보면서 나는 윤정현을 생각하고 있었다.

"앞장서라."

나는 그렇게 말했다. 하종화는 자리에서 일어나 나를 안내했다. 인범과 형수가 신성식을 붙잡아 끌며 따라왔다.

하종화가 차를 몰아 도착한 곳은 기와로 된 요정이었다. 하종화가 우리를 잠깐 대기시킨 후 안으로 사라진 사이 나는 하늘을 보며 중얼거렸다.

"감상이냐, 정우야?"

"공부는 괜히 했나 보다. 머릿속에 글이 들어차니까 고민이 많아지는군."

"훗, 그나저나 앞으론 내기 시간을 단축해야겠는걸?"

나는 녀석을 돌아보았다.

"뭐?"

"다음엔 내 아들로 만들어야지. 이번 건 봐준다."

인범은 그렇게 말하면서 굳은 결심이라도 한 마냥 주먹을 불끈 쥐었다.

"그럼 내가 네 형이 될 텐데?"

"그럼 이렇게 하지. 제한 시간 10분에 네가 내 형이 되고 1분에 내가 네 아버지가 되고."

인범은 낄낄거렸다. 나는 인범을 물끄러미 바라보았다. 인범은 계면쩍은 듯 머뭇거렸다.

"뭐야? 왜 그렇게 보냐?"

"아빠."

"헉."

"으아악."

인범과 형수가 견딜 수 없다는 듯 서로 멱살을 붙들고 흔들어대기 시작했다. 그즈음에 하종화가 나왔다.

"혼자만 들어오시랍니다."

나는 고개를 끄덕이며 아직도 머리털을 쥐어뜯는 인범과 형수를 남겨두고 안으로 들어섰다.

"네가 이정우냐?"

방 안으로 들어서자 가운데 앉아 있던 중년 남자가 대뜸 내게 말했다. 방에는 여섯 명이 있었다. 모두 말끔한 정장 차림에 머리엔 젤을 발라 한껏 멋을 내고 있었다. 그중에는 안경을 낀 샌님 같은 사람도 보였다. 그들은 길쭉한 상에 죽 늘어앉아 있었다. 나는 내게 말을 건넸던 중년 남자를 내려다보며 말했다.

"그렇다."

그러자 주위에 있던 녀석들이 인상을 그리며 움찔거렸다.

"이 새끼가?"

"배때기에 사시미 좀 맞고 싶어? 앙?"

중년 남자가 손을 들어 그들의 움직임을 막았다.

"내가 나태식이다."

중년 남자는 사뭇 재미있다는 미소를 지으며 나를 쳐다보았다.

"그렇게 서 있지 말고 앉지."

"네가 나태식인지 뭔지 어떻게 알아? 민증 까봐."

나태식은 웃고 있었지만, 주위는 그렇지 않았다.

"아, 이 썩을 놈이 어디서."

"가만있어."

나태식은 다시 손을 들었다.

"믿건 말건 그건 네 자유지. 좀 전에 통화를 했으니 목소리는 기억할 것 아닌가?"

나는 한번 나태식을 쏘아보고 맞은편에 양반다리로 주저앉았다. 그리고는 고개를 살짝 치켰다. 나태식은 너털웃음을 터뜨렸다.

"하하하. 아직 어리긴 어리군. 그런 호기는 부리지 않아도 된다. 난 너를 충분히 파악하고 있으니까. 네가 무릎을 꿇고 벌벌 떨어도 난 너를 높이 평가할 거니까."

"날 부른 용건이 뭡니까?"

역시 한 무리의 남자들을 이끄는 사내는 분위기가 달랐다. 허세를 부려서야 오히려 내가 우스울 것 같았다. 나는 정색했다.

"감탄스럽군. 요즘엔 정말 보기 힘든 재목이야."

나태식은 묻는 말에는 대답하지 않고 날 찬찬히 뜯어보고 있었다.

"매력적인 놈이군. 실력과 머리를 겸비한 데다 두둑한 배짱까지 타고났군. 정말 타고났어."

"부른 용건이 뭐냐고 했습니다."

"급할 거 뭐 있나? 아직 날도 밝아. 자네 계집질할 줄 아나?"

나는 아무런 말도 하지 않았다. 나태식이 빙긋 웃었다.

"표정을 보니 아직이군. 하긴 제대로 학교 다녔으면 이제 고 3일 나이인가?"

전화로 욕설을 퍼부을 때는 몰랐는데 막상 만나고 보니 나태 식 또한 기품이 새로웠다. 역시 어깨에 힘주고 욕을 입에 달고 다니는 하류들과는 판이하게 달라 보였다.

"이정우. 한진대학교 국문과 1학년이고 어울려 다닌 친구로 는 기소라, 이세진, 박지영, 박응식 등이 있고 이 친구들은 너와 김민규의 거래를 목격한 증인들이기도 하고."

"뭡니까?"

나는 눈을 번득였다.

그새 뒷조사라도 한 것일까? 나태식은 다시 나의 행적을 줄 줄이 읊기 시작했다.

"넌 생각 외로 부자 자식이군. 어머니는 14년 전 세상을 떠 났고 아버지는 외국에 나가 있고 거의 너 혼자 제멋대로 컸더 군. 네 이름 앞으로 되어 있는 주식 및 채권만 30억가량."

"나하고 상관없는 돈이오."

"어쨌든 얘기를 계속해볼까? 대학교에서의 너의 행적은 사 실 흥미를 끌지 못했다. 하지만 2년 전으로 돌아가 봤더니 역 시 거물이었어."

"지난 이야기입니다."

"이미 지난 이야기가 아니지. 2년 전에 이쪽 계통에 이상한 소문이 떠돌았다. 저쪽 구역에 중간 보스 중 윤재식이라는 괜 찮은 관리인이 있었지. 그 윤재식이 세력 확장을 놓고 구인철과 다투는데 웬 고등학생들이 우르르 몰려와서는 그 둘을 모두 깨버리고 사라졌다는 거였어. 윤재식은 고등학생에게 애걸하다 죽어버리고 말이야."

내 눈썹이 꿈틀거리는 것이 느껴졌다. 나태식은 말을 이었다.

"그 일이 있은 후 구인철 역시 급속도로 세력을 잃었고 윤재식을 데리고 있던 동해 역시 막대한 피해를 보았지. 그 후 2년간 이쪽 세계는 엉망이 되었다고. 거대 파 하나가 삐걱거리고 신흥 세력이 나가떨어지면서 틈새가 많이 생겼거든? 전국 시대라고나 할까?"

윤재식이 속해 있던 조직이 동해?

"어쨌든 그 믿을 수 없는 소문의 주인공이 바로 너였더군, 이정우."

나태식은 어깨를 으쓱했다.

"정말 놀랐어. 넌 이미 거물이야. 강한 남자들에겐 공통점이 있지. 보통의 녀석들이 잘난 척을 하면 우스워 보이지만 강한 자가 잘난 척을 하면 그건 위상이 된다. 너에겐 이미 위상이 있었어. 동네 뒷골목에서 힘자랑이나 하는 얼뜨기들과는 차원이 다른 거대함이더군. 짜증스러운 잘난 척이 아니라 실제로 너무나 잘났더란 말이야."

"용건이 뭡니까? 세 번째 물음입니다."

나태식이 왜 이따위 소리를 늘어놓는지 모를 일이었다.

"한 가지 물어보지. 왜 구인철에게 갔나?"

"김민규와의 약속을 지키기 위해서입니다."

"김민규? 훗날 재회를 약속했나?"

"그렇습니다."

"김민규답군. 구인철은 이미 한물갔다. 2년 전만 하더라도 떠오르는 신흥 세력으로 꽤 그럴듯했지만 구인철이 직접 참관한 나이트 전쟁에서 고등학생들에게 깨진 후 급속도로 무너졌어. 지금은 그저 일신만 편하면 된다는 보신주의로 돌아선 영감이야."

"저보고 밑으로 들어오라는 겁니까?"

"그렇다. 내 바로 밑이다. 너 같은 녀석은 아군으로 만들지 못할 바에는 죽여야 마땅하다. 적으로 돌려서는 안 될 녀석이니까."

"바로 밑?"

"너에게 나와바리를 주겠다. 사실상 간섭은 없다. 네가 하고 싶은 대로 하면 돼. 그것이 너에게도 유리할 것이다. 김민규가 속해 있는 동해는 서울의 양대 파 중 하나고 구인철의 후광으로는 결코 꺾을 수가 없다."

"장성태와 김민규에게만 볼일이 있을 뿐입니다. 확전되길 바라지 않습니다."

"그건 순진한 생각이군. 일대일의 남자다운 싸움은 없다. 여기선 구역과 세력 다툼이 있을 뿐이다. 김민규가 널 예우해준다고 해도 주위에서 널 내버려두지 않을 것이다."

"주위?"

"더구나 네가 구인철의 뒤에 있다면 더욱 공동의 적이 된다.

기득권을 형성하고 있는 두 조직은 서로 견제하면서도 필요하면 서로 돕는다. 구인철이 더 이상 크지 못하고 무너진 것은 두 조직의 협공을 받았기 때문이야. 둘이 나누고 있는 기득권을 깨 부시고 들어오려면 혼자서 모두 통일해야 하는데 이게 뜻대로 될 리가 없지."

양대 조직은 서로서로 견제하면서 전쟁도 한다. 그러나 이들의 기득권을 노리는 또 다른 신생 조직의 움직임에는 공조한다는 얘기?

"구인철 밑에 있으면 크기가 어렵지. 너도 대학에 들어갈 때는 나름대로 각오를 단단히 하고 갔겠지? 그러나 지금은 나와 마주하고 있지 않느냐? 이미 넌 이쪽으로 발이 빠진 거다. 한번 발이 빠지면 벗어나기 어려운 곳이야. 그렇다면 처음부터 길을 잘 선택해야 하지."

나태식은 자신만만했다. 나보고 자신의 밑으로 들어오라고? 재미있었다. 내 이름값이 그렇게 대단한지는 몰랐다.

"나보고 명령을 들으라는 겁니까?"

"너에게 따로 나와바리를 배정하겠다. 너에겐 독립적인 경영권을 준다. 대신 나와 우리 기업에 칼을 들이대진 말라는 것이지. 한 번씩 나에게 인사만 하면 된다."

나는 픽 미소를 지었다.

"당신도 어차피 대부는 아닐 거 아닙니까?"

"뭐라고?"

"난 당신과 같은 위치에 있고 싶습니다."

"하하하."

나태식이 소리 높이 웃었다. 나태식 뿐 아니라 주위 모두가 웃었다.

"그건 지나친 파격이다. 어차피 구인철과 나는 동일 선상에 있어. 너의 위치로만 따진다면 그게 그거야. 거기다 내 밑에 있으면 조건이 훨씬 좋다."

"그럴 바엔 차라리 제가 일파를 만들어버리겠습니다."

"이거야, 원. 순진한 생각이군. 너는 자금도 없고 거점도 없다. 사람도 없지. 경영은 혼자 하는 게 아니다."

"그래서 구인철 밑으로 들어갔지만 지금 생각해보니 꼭 그럴 필요는 없을 듯합니다."

나태식은 일순 표정이 굳은 듯 정색하고 나를 똑바로 응시하고 있었다.

"나에겐 여왕벌이란 거점이 있고 자본은 거기서 나오는 수익금을 챙기면 될 듯합니다만."

"이거, 원."

나태식은 고개를 설레설레 저었다.

"널 높이 평가한 건 취소다. 확실히 어리긴 어리군. 세상을 너처럼 쉽게 보는 인간들은 항상 좌절하더군. 네가 이렇게 할 거라고 하면 세상이 정말로 그렇게 되던가?"

나는 그 말에는 대답하지 않고 새로운 질문을 던졌다.

"신성식은 이중 첩자입니까?"

"핫핫. 그 친구는 처세에 능할 뿐이지. 너도 배워두는 게 좋을 거다."

나는 자리에서 일어났다. 나태식이 무섭게 나를 불렀다.

"이정우,"

"할 말 있습니까?"

"말했지? 너 같은 녀석은 아군으로 만들지 못한다면 차라리 죽여버린다고. 지금 이대로 돌아선다면 오늘 내로 너의 목은 떨어진다."

"기대하지요."

"훗, 훗훗."

나태식은 키득거리며 어깨를 들썩거렸다. 조금 전까지의 기품은 사라진 채 야비함이 온몸에서 배어 나오고 있었다.

"곧 목을 따러 가지. 유언장이나 써놓아라. 나는 신속하고 야비하다."

나는 더 들을 것도 없다는 듯 몸을 돌렸다. 내가 뱉은 말이었지만 내가 생각하기에도 무모했다. 여왕벌이 거점이라. 밖으로 나오니 인범과 형수가 나를 맞았다.

"어떻게 됐어? 무슨 말을 하디?"

"인범아,"

"응?"

"내가 파를 만들기로 했다."

"뭐?"

인범은 무슨 소린지 알아듣지 못하는 것 같았다.

"내가 일파를 건설하고 나태식을 깬다."

"뭐, 뭐?"

인범의 입이 절로 벌어졌다. 형수도 주춤하는 모습이었다.

"거점은 여왕벌이다."

"너 미쳤어? 내가 한 말 기억 안 나? 돈과 인력이 필요해. 조직을 만든다는 게 얼마나 위험한 일인 줄 아나? 이럴 바엔 구인철한테는 왜 간 거야? 돈은? 돈은 어떻게 마련하고?"

"자본은 여왕벌에서 벌어들이는 수익금."

"이런 미친놈, 그 쥐꼬리로 조직을 건사한다고? 그것도 나태식에게 맞상대할 조직을? 김민규, 장성태와도 끝나지 않았어! 사방에 적만 만들 셈이야?"

그때 형수가 인범의 어깨를 붙잡았다. 인범이 돌아보자 형수는 그만하라는 듯 지그시 눈을 감았다가 떴다.

"너무 걱정하지 마라, 김인범. 내가 일파를 건설하고 서울을 통일할 테니까."

"미친놈, 그러려면 평생 전쟁을 해야 해. 검찰한테 노출된단 말이야."

"검찰?"

"그래, 이 자식아. 조직 폭력배 연계도는 검찰도 모두 가지고 있어. 조직 간 세력 다툼에 이상 변동이 보이면 검경 합동 작전에 들어간단 말이야. 그냥 쳐들어가서 우리가 이제 접수하겠다, 한마디 던지면 그게 그대로 세력 확장이 되는 줄 알아? 정치권하고도 연계할 줄 알아야지, 기업, 금융 쪽에도 발을 붙여야지."

"그게 그렇게 복잡한가?"

"당연하지, 멍청아. 그리고 우리 셋이서 뭘 어쩌자는 거야? 우린 겨우 셋이라고. 죽으려고 작정한 거야?"

나는 걸음을 옮겼다.

"그 말 맘에 드는군."

"뭐?"

"김인범, 싫으면 떠나라. 말리지 않겠다."

"너 이 자식."

"세상에 맞춰 살지 못할 바엔 내가 세상을 지배하려는 거야."

"너 진짜 막 나가는 거야. 그거 알아?"

"싫으면 떠나라고 했다, 김인범."

나는 차가운 한마디를 던졌다. 인범은 괴로워하고 있었다.

안다. 나도 안다. 네가 왜 이러는지. 누구보다 이곳 생리를 잘 알고 있는 네가 왜 이러는지 나도 안다. 하지만 기왕 운명대로 살 거면 굵게 살아보자, 인범아. 정임도 없고 강덕중 선생님도 없다. 아무도 날 막을 사람이 없다. 이대로 나가자. 이대로.

그때 내 휴대폰이 울렸다.

"여보세요?"

"거기 이정우 씨 휴대폰입니까?"

남자였다. 목소리가 비딱하다.

"그런데요?"

"이세진이란 학생 알아요?"

"모릅니다."

전화를 끊으려 했다. 그러자 다급한 목소리가 넘어왔다.

"잠깐, 잠깐."

"뭐야?"

"한진대 미대 다니는 이세진 진짜 몰라요?"

"모른다고 했잖아."

"그럼 그냥 강간 때려도 괜찮겠네?"

"뭐?"

흠칫했다. 그것이 실수였다.

"킬킬킬."

웃음소리가 기분 나쁘다 싶었는데 그대로 전화가 끊겼다.

뭐야, 이건?

'나는 신속하고 야비하다.'

불현듯 나태식의 목소리가 귓전을 맴돌았다.

11.

나는 전화를 끊고는 아무런 말도 하지 않고 한동안 생각에 잠겨 있었다. 그런 내 모습을 보며 인범이 걱정스러운 듯 입을 열었다.

"무슨 일이야?"

"아니다."

"말해. 무슨 일이야? 너 예전에도 이런 식으로 굴다가 교생 죽었잖아."

나는 인범을 바라보았다.

"세진이 기억해?"

"너희 학교 미대 다닌다던? 맞아?"

"누군지 모르겠는데 세진일 강간하겠단다."

인범과 형수가 동시에 흠칫했다.

"강간? 지금?"

"모르겠다. 나태식에게서 나오자마자 이런 전화가 걸려왔어."

"널 파악한 거야."

"파악?"

"이미 너와 네 주위의 모든 것에 대해 파악한 거다. 이세진을 살리려면 나태식에게 돌아가. 구인철과의 계약은 처음부터 없었던 거다. 누구를 거점으로 삼는다고 해도 네가 잘못한 건 아니야."

나는 침묵했다. 그럴 순 없었다. 입술이 실룩거렸다.

"그건 안 돼."

"이정우!"

"여기서 내가 되돌아서면 평생 약점을 잡힐 거야. 내가 가는 길마다 세진이를 가지고 날 방해하겠지. 내 앞을 막을 것은 그 무엇도 없어야 해."

"그럼 그대로 내버려두자는 거야? 나태식은 한다면 하는 사람이다. 이미 이세진의 소재를 파악하고 널 불러들인 것 같아. 그리고 너와의 협상이 깨지면서 곧바로 실력 행사에 들어간 거라고. 늦으면 구하지 못해."

"세진이? 나하고 상관없는 여자다. 내가 왜 신경 써야 돼?"

나는 고개를 돌리며 차갑게 내뱉었다. 하지만 인범은 믿지 않았다.

"거짓말 마. 네가 예전에 병원에 누워 있을 때 이세진한테 전화를 한 사람이 나야. 네 휴대폰 번호 1번이 이세진이었어. 정말 아무 관심도 없어?"

나는 아무 말 없이 걸음을 앞으로 옮겼다.

"너 똑같은 실수를 반복할 셈이야?"

인범이 소리쳤다. 나는 그러나 외면했다.

"바뀌는 건 없다."

인범이 내 앞을 가로막았다.

"너 지금 제대로 가고 있는 거냐?"

"무슨 소리야?"

"제대로 가고 있냐고! 이정우!"

인범이 소리쳤다. 어느새 양손은 덜컥 내 멱살을 잡아챈 후였다.

"네가 원했던 것 아니냐? 내가 이렇게 되는 것 말이다."

"난 김민규에게서 목숨을 보전하길 바랐을 뿐이야. 적당한 세력과 적당한 힘 말이다."

인범은 안타까운 듯 나를 다그쳤다.

"뭔가 잘못됐어. 내가 아는 이정우는 이런 녀석이 아니야."

"난 이런 녀석이었어."

내 뻔뻔한 목소리를 들으며 인범은 풀었던 손아귀를 다시 힘껏 움켜쥐었다.

"한마디도 하지 마라. 너한테 실망하는 중이니까."

"네가 세진이 좋아했어?"

"이 개자식이."

빽! 인범이 더 이상은 참을 수 없다는 듯 내 뺨을 후려쳤다. 나는 인범의 주먹을 정통으로 맞고 바닥에 쓰러졌다. 입술이 터진 듯했다. 짭짜름한 피 맛이 느껴졌다.

"김민규와 일이 있었던 이후로 지금까지 널 지켜보았어. 넌 네 곁에 있는 사람들을 힘들게 하는군. 너무 제멋대로야. 이젠 그럴 나이가 지나지 않았냐?"

"잡소린 집어치워."

나는 주먹으로 터진 입술을 쓱 닦으며 일어섰다.

"잡소리? 넌 친구의 충고를 잡소리라고 표현하냐? 너 솔직히 말해라."

나는 인범을 쏘아보았다. 이 녀석이 잔소리만 늘어놓더니 갑자기 왜 이러나 싶었다.

"솔직히 말해, 이정우."

"뭐야?"

"살기 싫은 거지?"

"뭐?"

"자포자기, 자학. 그런 거지?"

뭐라고 대답할 말이 떠오르지 않았다. 인범의 말이 확실히 틀렸다고 말할 수가 없었다. 가슴을 짓누르는 중압감. 나 자신이 지금 얼마나 못난 짓을 하는지는 나 자신도 잘 알고 있었다. 인범은 말을 이었다.

"일만 벌이고 정작 보이는 건 없어. 신기루를 좇는 바보 같아. 그런데 내가 아는 이정우는 그런 사람이 아니었어."

나는 인범을 노려볼 뿐이었다. 인범의 화난 얼굴을 보고 있는 지금 어떤 말도 떠오르지 않았다.

"일부러 허상을 만들고 허상을 좇아다녀. 될 대로 되라는 식이야. 너 자신한테 실망한 거지? 아니면 우리가 네 인생에 방해되는 거야?"

"지레짐작하지 마라."

나는 인범의 눈빛을 외면했다. 하지만 인범은 그런 내 고개를 들어 자신의 눈과 마주쳤다.

"말해. 네가 생각하는 게 뭐야? 또 널 위해 희생이 필요한거야? 우리가 아니라 단지 네가 좋아서 주위에 맴도는 사람까지도?"

"맴돌라고 한 적 없어."

나와 인범은 팽팽히 대치했다. 그때 다시 전화벨이 울렸다. 나는 인범을 노려보며 천천히 통화 버튼을 눌렀다.

"여보세요."

"저, 정우야,"

세진의 목소리였다. 겁에 질린 목소리가 처절했다.

"저, 정우야, 나……."

"끊어라."

나는 잠시 생각하다가 말했다. 세진의 자지러지는 소리가 들려왔다.

"앗, 정우야!"

그 소리가 코앞에 있는 인범에게까지 들렸던 모양이었다. 인범은 긴장한 표정을 하며 나를 바라보았다. 세진의 애원에 가까운 목소리가 귓속을 파고들었다.

"제발, 제발."

"내가 끊을까?"

"살려줘, 살려줘!"

이제 세진은 울부짖고 있었다. 내 차가운 목소리를 들으며 절규하고 있었다. 그때 남자의 목소리가 이어졌다.

"킬킬킬. 여긴 봄의 하우스다. 두 시간 내로 오는 게 좋을 거다, 킬킬킬."

나는 이어지는 그 녀석의 말을 무시하고 그대로 전화를 끊어버렸다. 인범이 나를 쏘아보았다.

"뭐야?"

"아무것도 아니다."

"우는 소리가 들리던데?"

"날 유인하는 거다. 봄의 하우스 아나?"

"봄의 하우스. 모르겠는데?"

"두 시간 내로 오라는군."

"두 시간? 큰일이군. 어딘지도 모르는데."

인범은 부탁하는 눈빛으로 날 바라보았다.

"안 갈 거냐?"

"날 유인하는 함정이다."

"너라면 파놓은 함정을 뚫고 다니는 녀석 아니냐?"

"목적이 뭔지 정확히 파악하기 전에는 움직이지 않아."

어쩌면 봄의 하우스에 세진이 없을 수도 있었다. 단순하게 걸려들 수는 없었다. 하지만 그런 설명은 하지 않았다. 난 그저 삐딱한 말투로 인범의 말을 받고 있었다.

"이세진은 어떻게 돼도 좋고?"

"내 알 바 아냐."

인범이 입을 다무는 순간 형수의 눈빛도 빛났다. 형수 역시 나를 보는 태도가 평소와는 달라 보였다. 하지만 내색하지 않고 속으로 삭이는 모습이었다.

"이정우, 너……."

인범의 눈썹이 씰룩거렸다. 나는 아무 말도 하지 않고 몸을 돌렸다. 인범과 형수는 날 쫓아오지 않았다. 나는 한참을 걸어 골목길을 돌아 나온 후에야 돌아보았다. 인범과 형수는 보이지 않았다. 세진이? 때가 좋지 않았다. 죽지 않는 것이라면 세진이를 우선으로 생각할 여유가 없었다.

강간? 여자에겐 크나큰 치욕일 수 있었다. 하지만 세상은 정의롭지 않다. 나에게 정의를 기대했다면 오산이다. 살아남아라. 그것이 곧 정의일 것이다. 그리고 다시 전화가 울렸다.

"여보세요?"

"정우냐?"

두현이었다.

"어? 두현이?"

"네 친구한테서 조금 전에 연락이 왔는데, 봄의 하우스를 아냐고."

"그런데?"

"너 내 친구 맞지?"

"무슨 소리야?"

"대답해, 자식아."

"친구 맞다."

"진짜?"

이 녀석, 재미없는 말장난이다. 대답이 없자 두현이 호쾌하게 껄껄 웃는 소리가 들려왔다.

"하하하. 부끄러워하긴. 네 마누라 잡혀 있다며?"

"누가 누구 마누라라는 거야?"

"얘기 다 들었어. 그리고 부탁이 있는데,"

"무슨 소리야?"

"전에 했던 그 부탁이야. 어서 떠나라고. 이런 데에 몸담아봤자 남는 거 없어."

"쓸데없는 소리 마라."

"이 녀석, 친구의 충고를 무시하는군. 어쨌든 좋다. 그럼 난 봄의 하우스로 간다."

"무슨 헛소리야?"

두현은 잠시 키득거리더니 이내 목소리를 가라앉히고 말했다.

"네 마누라, 내가 구해준다."

12.

벌써 저녁놀이 길에 깔리고 있었다. 인범과 형수, 두현이 무슨 짓을 하든 관심 없었다. 그때 전화벨이 울렸다. 이번에도 불필요한 협박일까? 뭐, 어쨌든 좋다.

"여보세요?"

"……."

대답이 없었다.

"여보세요?"

"저기,"

낯익은 목소리였다. 하지만 누구의 목소리인지 도통 기억이 나지 않았다.

"나, 박지영인데."

"뭐야?"

"호, 혹시 소라 어디 있는지 알아?"

지영은 날 껄끄럽게 생각하는 것 같았다. 그렇다면 내게 전화를 하기까지 수차례 망설였을지도 모른다. 문득 이상한 느낌이 왔다.

"언제 없어졌는데?"

"모, 모르겠어. 소식이 없어. 조금 전에 응식이가 선영이도 없어졌다고 그러고."

"그게 언제냐고?"

"벌써 서너 시간 됐나?"

서너 시간? 세진, 소라, 선영이 모두 없어졌다고? 지영은 왜 무사한 거지?

"넌 어디야?"

"집. 몸이 안 좋아서 난 오늘 학교 안 갔거든."

나는 빠르게 머리를 굴렸다. 내게 온 연락은 세진에 관한 것밖에 없었다. 그런데 두 명이 더 실종된 상태였다. 나태식은 사전에 모든 것을 준비하고 나와 담판을 벌인 것이었다. 그런데 왜 담판이 깨졌을 때 세진에 대한 정보만 흘렸을까? 이건 진짜 함정이다!

"너 진짜 깡패야?"

전화기 너머로 지영의 두려운 목소리가 넘어왔다.

"너 정말 영화에 나오는 그런 깡패야?"

"끊어라."

나는 전원 버튼을 눌렀다. 뭔가 생각을 정리해야 했다. 곧 다시 전화벨이 요란하게 울렸다.

"아, 정말, 끊으라고!"

그 시끄러운 기계음에 신경이 날카로워지고 있었다. 하지만 들려온 목소리는 지영의 것이 아니었다.

"이런, 이런, 흥분했나?"

"뭐야?"

"뭐긴요."

말꼬리가 비딱하게 꺾이는 것이 날 조롱하고 있었다. 난 퍼뜩 정신을 차렸다.

"소라하고 선영이는 어떻게 했어?"

"이야."

대답 대신 감탄사가 터져 나왔다.

"축하한다. 그거 얘기해주려고 전화했는데 말이야. 어린 녀석이 벌써 그런 정보망을 가지고 있는 건가?"

"어떻게 했냐고?"

"김선영은 벌써 강간 쳤고 기소라는 지금 데려오는 중인데? 킬킬."

"봄의 하우스?"

"그야 나도 모르지?"

김선영을 벌써? 날 약 올리려는 수작인지 뭔지는 모르겠지만, 전혀 거짓말 같지는 않았다.

"네가 제일 좋아하는 계집이 누군지 몰라서 죄다 붙잡아 들였지. 박지영은 애석하게 놓쳤지만, 킬킬. 자아 누굴 시식해줄까? 응?"

"넌 누구냐?"

나는 목소리를 낮게 깔았다.

"뭐라고? 버스 타고 있니, 꼬마야? 차 소리가 시끄러워서 잘 안 들리는데?"

"너 누구냐고!"

나는 힘껏 소리쳤다. 버스 안의 사람들이 일제히 나를 돌아보았다.

"거, 학생! 버스 안에서 통화 좀 조용히 합시다."

어느 중년 남자가 나를 꾸짖었다. 앞쪽에 서 있던 몇몇 고등학생들은 나를 짜증스럽다는 듯이 바라보고 있었다.

"야, 이 개새끼야! 너 누구냐고!"

하지만 나는 진정할 수 없었다.

"모가지를 비틀어버리기 전에 말해!"

"뭐라고요? 여보세요? 여보세요? 킬킬킬."

사람들의 놀란 시선이 사방으로 흩어졌다. 나를 꾸짖던 남자는 멋쩍은 듯 신문을 펼쳐 들었고 학생들은 짜증스런 시선을 거두었다.

내가 흥분한 사이에 전화가 끊겼다. 장담하건대 세진은 봄의 하우스에 없다. 그곳엔 날 끌어들이기 위한 병력만 배치되어 있을 것이다. 어쩌면 여자애들은 무사할지도 모른다. 생각을 바꿔야 했다. 만약 여기서 내가 그들의 유인에 걸려들지 않는다면 여자애들이 위험할 것이다. 나는 뻔히 수를 알아도 반드시 걸려들어야 했다. 나태식의 입장에선 내가 걸려들면 좋고 아니면 자신의 지위를 보여줄 수 있으니 손해 볼 것 없는 장사였다. 하지만 나로서는 그렇지가 않았다. 여기서 약점을 잡히면 끝이다. 이정우가 여자에 약하다는 소리가 나오면 나는 평생을 그런 약점과 싸워야 한다. 그렇다고 그들을 구한답시고 나선다면 곧바로 함정에 빠져들게 된다. 구하러 가는 곳엔 여자애들이 없을 것이다. 내가 그곳으로 가서 그들을 뒤집어놓는다면 다른 곳에 숨겨놓은 여자애들을 상대로 테러를 하겠다고 협박할 것이다. 딜레마였다.

'이런, 대체 뭘 망설이는 거지?'

손가락으로 턱을 툭툭 치고 있는데 문득 그런 생각이 들었다.

'너답지 않아, 이정우. 넌 필요 없는 존재잖아? 뭘 고민하지?'

그렇다. 내가 존재하는 한 내 주위에 있는 친구들은 해를 입는다. 나는 불필요한 존재라고 마음속으로 절규했던 사실을 잊고 있었던가.

"스스로 빠진다."

나는 중얼거렸다. 봄의 하우스? 여자애들은 없을 것이다. 그들의 목적은 나일뿐이다. 내가 깨지면 되잖아. 아니다. 내가 깨진다고 해서 여자애들을 무사히 풀어준다는 보장도 없다. 머릿속이 복잡하게 흘러갔다.

문득.

"권두현?"

생각이 거기까지 미치자 두현이 떠올랐다. 내가 생각해내는 걸 이 바닥 생리를 뻔히 알고 있는 녀석이 모를 리가 없었다. 그럼? 깨지러 가는 건가? 그 사이에 여자애들을 구해내라는 메시지였나? 하지만 여자애들이 어디 있지?

'너 내 친구 맞지?'

두현의 싱거운 말이 귓가를 맴돌았다. 큰일이다.

지금 확실한 건 두현이가 깨진다는 것이다.

이런 젠장!

13.

두현의 짧은 이야기

"이정우?"

구인철은 늙은 눈을 가늘게 떴다. 구인철의 조직 명칭은 정확하게는 명동 인철파였다. 또 다른 이름도 있었지만, 인근에선 그저 인철파로 통했다.

구인철은 무엇이 좋은지 하현미란 계집을 항상 끼고 있었다. 중요한 이야기를 할 때마다 하현미의 젖가슴을 짓누르는 그의 취미는 나로선 이해가 되지 않았다. 이렇게 허약한 보스가 자신의 파를 아직도 일궈가고 있다는 사실이 더욱 우스웠다.

"이정우를 도우러 가니 병력을 빌려달라?"

"예."

"미쳤군. 나보고 나태식과 싸우라고?"

이미 예상한 반응이었다.

"이정우가 있으면 든든할 겁니다."

"넌 원치 않는 걸로 아는데?"

나는 능글맞게 이죽거리는 구인철을 살짝 보았다. 이빨 빠진

호랑이. 그러나 여전히 눈매는 매섭기만 했다.

"무슨 말입니까?"

"네가 이쪽 장사에 환멸을 가지고 있다는 걸 알고 있다. 나의 세력이 미약한 것도 한 이유겠지만 너 자신에게도 문제가 있는 걸로 알고 있는데 말이야. 그런 놈이 이정우를 끌어들인다니 지나가던 개가 웃을 일이지."

"지원해주시지 않을 겁니까?"

구인철은 냉랭히 웃었다.

"미친. 지금의 나에게 나태식과 정면승부를 하라는 건, 망하라는 것과 같은 얘기 아니냐?"

나는 고개를 끄덕였다. 어차피 구인철이 내 부탁을 들어줄 리 없었다. 이제 나는 내가 정말 하고 싶은 말을 해야 할 차례였다.

"알겠습니다. 그럼 전 혼자 갔다 오겠습니다."

"그것도 안 돼."

"부산 쪽 눈치는 보실 것 없습니다."

구인철은 고개를 저었다.

"내가 지금은 세력을 잃고 내 입에 풀칠하기에 급급하다만 새겨들어라. 친구란,"

구인철은 잠시 말을 끊고 내 얼굴을 바라보고 있었다.

"아무 짝에도 쓸모없는 존재다."

나는 눈을 치떴다.

"이런 곳에서 의리나 정을 찾을 필요 없어."

"정우는 사장님께 몸을 의탁하러 온 녀석입니다. 이대로 내 버려두실 겁니까?"

"거둔다고 한 적 없다."

"어쨌든 저 혼자 하겠습니다. 편지를 써두었습니다. 부산 쪽에 인사치레하실 것 없습니다."

나는 품에서 편지 봉투를 꺼내 구인철 앞에 내밀고 자리에서 일어섰다. 구인철은 날 외면하고 있었다.

"그럼."

나는 크게 절을 하고 밖으로 나왔다. 몸속에는 모든 무장을 끝낸 후였다.

"어떻게 됐어?"

사무실 밖으로 나오니 인범이 궁금한 듯 내게 다가왔다.

"너희,"

"응?"

"여기서 돌아가라."

"뭐?"

인범과 형수가 흠칫했다.

"나머지는 나한테 맡기고 돌아가라."

"모두 맡기라고?"

나는 씩 웃었다.

"이정우에게 전해. 모든 건 두현이에게 맡기라고."

인범은 내 말이 무슨 말인지 얼핏 이해하지 못하는 것 같았다.

"수수께끼 같은 소리 그만해라. 같이 가자고. 이정우는 지금

저 혼자 잘났어."

"훗, 건 내가 알 바 아니고. 아, 그리고,"

"응?"

"너 진짜 내 친구 맞냐고 두현이가 물어보더라고 전해줄래?"

"무슨 소리지?"

"자아, 가볼까?"

나는 인범의 물음은 외면하고 걸음을 옮겼다.

"야, 권두현!"

인범이 날 붙잡았다.

"혼자서 멋있는 척하지 말고 같이 가지그래?"

나는 어깨를 으쓱했다.

"이봐, 우리는 봄의 하우스가 어딘지도 몰라!"

인범이 등 뒤에서 냅다 소리쳤다. 나는 담배 한 개비를 입에
물고 품에서 성냥을 끄집어내었다. 담뱃불을 붙인 후에 그 성
냥갑을 인범에게 던졌다.

"뭐야? 이건."

"거기 약도 보고 찾아가라."

"풍차 도는 마을? 봄의 하우스가 아닌데?"

"장춘석의 진짜 아지트다."

"장춘석?"

"정우보고 여왕벌보다 거길 치라고 해."

"봄의 하우스는?"

"내가 가고 있잖아."

"권두현!"

"이정우를 잡기 위해 봄의 하우스에 인원이 집결되어 있을 거다. 풍차 집에는 지금 치고 들어가야 승산이 있어."

"뭐?"

"정우 혼자서도 충분할 거야. 녀석은 원래 그런 놈이니까."

"이세진은?"

"아마 풍차 집에 있을걸?"

"……."

"머리 아프냐?"

한참 머리를 굴리는 인범을 보며 나는 담뱃불을 뻑뻑 빨아들였다.

"이상하잖아. 그걸 알고 있는 녀석이면 차라리 네가 풍차 집으로……."

"모르는 소리. 봄의 하우스에서 인원들 잡아놔야지."

"너 혼자 말이냐?"

"당연하지. 아, 참, 그리고,"

나는 품에서 아무렇게나 꾸겨놓은 A4 용지를 끄집어내었다.

"내가 그린 조폭 상황이다."

"뭐?"

그것은 내가 직접 그려놓은 조직 폭력배들의 연계도였다. 무슨 파에 누가 있고 심장부는 어디라는 것 따위를 적어놓은 것이었다.

"나태식은 섣불리 움직이지 못하는 처지다. 검경 작전에 걸려 있으니까."

"검경?"

"너무 많은 걸 알려 하지 마라. 정우에게 연락해서 우선 내가 시키는 대로 하라고 해. 간다."

아직도 어안이 벙벙한 모양새인 인범과 형수를 제쳐두고 나는 걸음을 옮겼다. 어느새 어둠이 깊어지고 있었다.

봄의 하우스.

택시에서 내린 나는 손에 손도끼 하나를 들고 대문 앞에 섰다.

삑. 힘껏 벨을 누르자 누군가 기다렸다는 듯 문을 열었다. 나는 목을 뻣뻣이 들고 봄의 하우스 안으로 들어섰다.

"누구지?"

카페 내부에는 수십 명이 험상궂은 표정으로 앉아 있었다. 그중 한 녀석이 인상을 찌푸리며 날 바라보았다.

"이정우가 아니군?"

"이세진은?"

"그런 년이 여기 있을 리가 없잖아? 누구냐? 넌."

"권두현이다."

"권두현? 처음 듣는 이름인데? 누구 권두현이라고 알아?"

녀석들은 서로 돌아보았다. 하지만 아무도 아는 사람이 없는 듯 보였다. 나는 고개를 들었다.

"오늘부터 가슴속에 새기게 될 거다."

"이봐, 얼굴 보니 아직 고삐리 정도로 보이는데 무슨 배짱이냐? 이정우는 어디 있어?"

"이정우는 안 온다."

"뭐라고?"

"장춘석을 잡으러 갔거든?"

"하하하. 이거 웃기는 녀석이군."

녀석들은 나를 보고 낄낄거리고 있었다.

"장춘석이 어디 있는데?"

장춘석이란 이름을 쉽게 말하는 걸로 봐서 역시 나태식 식구들인 듯했다.

"장춘석은 풍차 집에 있고 나태식은 홍등에 있지. 검찰에서 홍등 쪽으로 움직이는 데다 김민규는 뒤에 깔아놓고 양면 들어갔잖아?"

보통 사람이라면 쉽게 알아들을 수 없는 말이겠지만 이들은 내가 무슨 소리를 하는지 금방 알아들었다.

"이런, 대체 뭐 하는 녀석이지? 어린놈이 많이 아는데? 그래서 이정우가 장춘석을 잡으러 풍차 집으로 갔단 말인가?"

"후후후. 그런 말은 안 했다."

"이 새끼가 누굴 놀리나."

"날 붙잡고 알아내 보시지."

"하아!"

놈들이 무기를 꺼내 들고 있었다. 그중 이 무리의 리더로 보이는 녀석이 고개를 까딱거렸다.

"종호, 처리해라."

"예."

머리를 시원하게 민 덩치 좋은 녀석이 손에 각목을 들고 어슬렁거리며 내 앞으로 나섰다. 연신 입가에 배어 있는 미소는 날 얕보고 있는 증거임이 분명했다. 나는 들고 있던 손도끼를 곧추세웠다. 그 순간.

"압!"

내 목에서 힘찬 기합이 솟았다.

"어?"

덩치의 눈이 휘둥그레졌다.

"어라?"

쩍! 미처 손쓸 새도 없이 내 도끼는 덩치의 이마를 찍어 갈랐다. 반으로 갈라진 덩치의 머리통에선 촤악, 피가 솟았다.

쿵! 덩치가 힘없이 쓰러졌다. 녀석들도 이제야 긴장하는 것 같았다. 나는 아무 일도 없었다는 듯 한마디를 내뱉었다.

"다음!"

나는 무서운 눈빛으로 주위를 둘러보았다.

이 무리의 리더로 보이는 녀석이 천천히 몸을 곧추세웠다.

"몸 돌아가는 게 예사롭지 않은데? 권두현이라고 했나?"

"그렇다."

"멋지군. 아까워, 여기서 죽기는."

"훗."

나는 입으로 바람을 불어 흐트러진 앞머리를 살짝 들어 올렸다. 리더는 차분히 입을 열었다.

"네가 '다음!' 하면 우리가 벌벌 떨면서 차례차례 나갈 거로 생각하지는 않았겠지?"

나는 녀석의 모습을 보면서 손도끼를 쥔 손에 더욱 힘을 실었다. 녀석이 다시 말했다.

"1분간 시간을 줄 테니 여길 잘 봐둬라. 네가 죽어나갈 장소가 바로 여기다."

그 말에 나도 모르게 고개를 돌렸다. 봄의 하우스라는 카페. 이곳은 그 홀이었고 내가 들어섰던 나무로 된 현관문 위엔 작은 창이 나 있었다. 그 창 너머로 어두운 하늘이 보였다. 카페 홀도 어두웠다. 테이블을 치우고 칵테일 바만 덩그러니 남겨놓은 이곳은 작은 광장 같았다.

밤!

그래서 우울했다. 햇빛을 보고 싶다는 생각이 문득 뇌리를 스치고 지나갔다. 나는 결심을 다지며 다시 놈들을 향해 돌아섰다. 대충 보아도 50명은 족히 되어 보였다. 한 식구를 그대로 데려온 것 같았다.

"다 돌아봤나?"

"잡소리 집어치워라."

"유언은 없나? 설마 여기서 살아나간다고 생각하지는 않겠지?"

나는 대답 대신 손도끼를 치켜들었다. 그리고 놈들을 향해 낮은 음성으로 말했다.

"와라!"

녀석들은 천천히 몸을 풀고 있었다. 모두 손에 무언가를 들고 대열을 만들고 있었다. 단 한 사람인 나를 위해 준비한 선물이었다. 그것은 날 존중해준다는 의미이기도 했고 다른 한편으로는 빨리 끝내겠다는 의미이기도 했다.

"이 새끼!"

느닷없이 한 녀석이 달려들었다. 나는 피하지 않고 그대로 달려드는 녀석의 얼굴을 손도끼로 찍어 내렸다. 이어서 날아오는 야구 방망이를 녀석의 몸뚱이로 막은 후 무리 속으로 뛰어들어갔다. 쉭! 쉭! 도끼가 허공을 갈랐다.

"이 새끼가!"

퍽퍽! 치고 빠졌다. 나는 두 사람을 쓰러뜨렸지만, 그 정도로는 위협이 될 수 없었다. 나는 홀의 기둥 뒤로 돌아가 거리를 유지하며 숨을 골랐다. 아무리 넓다 하더라도 가게의 홀은 50여 명이 날아서 싸우기엔 협소한 감이 있었다. 놈들이 후드득거리며 나를 정점으로 하고 빙 둘러싸고 있었다.

"빠르긴 하다만,"

리더가 나를 보며 싱긋거렸다.

"감동적인 싸움이 될 것 같군. 손도끼는 사정거리가 너무 짧지 않을까?"

놈은 그렇게 이죽거리면서 긴 칼을 뽑았다. 날이 시퍼렇게 선 일본도였다. 한 무리를 이끄는 놈이라 예사롭지 않은 표정이었다.

"모두 비켜."

놈은 날 둘러싸고 있는 무리를 헤치고 앞으로 나왔다. 나 역시 자세를 고쳐 잡았다.

"일대일은 여간해선 하지 않는다만 너에겐 예외다. 내 손으로 널 베고 싶군."

"잡소리."

나는 한 걸음 앞으로 나섰다. 칼끝을 빙글빙글 돌리며 날 마주 보고 있는 녀석은 특별한 기운으로 날 압도하고 있었다. 그러나 나는 권두현이다. 한때 이정우와 권두현이라 하면 부산 바닥에서 아무도 무시하지 못했었다. 죽어도 좋다. 하지만 쉽게 죽이지는 못할 것이다.

"앗!"

기합이 터졌다. 나는 손도끼를 들고 놈에게로 달려들었다. 챙!

"이런."

놈은 슬쩍 피하면서 내 손도끼를 칼날로 쳐냈다. 동시에 한 발을 빼면서 순식간에 내 허리로 칼끝을 내밀었다. 나는 허리를 비틀고 왼쪽으로 회전해 들어가며 거푸 손도끼를 휘둘렀다. 챙! 챙! 챙! 챙! 그 순간이었다. 누군가 내 발목을 잡았다. 몸이 기운다.

"아악!"

놈의 칼이 번쩍 하고 움직이는 순간 내 왼쪽 손목이 저 멀리 달아나고 있었다. 피가 폭포처럼 튀었다.

"크아악."

나는 손도끼를 버리고 오른손으로 왼쪽 팔뚝을 붙잡았다. 공기에 노출된 잘린 살갗에 마치 수백 개의 바늘로 찌르는 듯한 고통이 일었다. 내 몸은 절로 바닥에 무릎을 꿇으며 무너졌다. 떨어져 나간 왼손이 눈앞에 보였다. 아직 신경이 남았는지 홀로 꿈틀대다 꺼지는 모습이었다.

"권두현, 좋은 동작이었다. 웬만하면 깨끗하게 죽으려고 했는데 급해지다 보니 손목을 잘라내고 말았군."

"아직, 끅, 오른손이 남아 있다."

나는 눈을 부릅뜨고 있었다. 둘만의 싸움에 누군가 나를 건드리다니.

"비겁하다고 생각하지 마라. 내가 그 도끼에 찍히는 것보단 도움을 받는 편이 낫다는 생각이 드니까. 그리고 어차피 넌 각오하고 있던 것 아냐?"

나는 녀석의 말을 들으며 몸을 일으켰다. 오른손에 다시 손도끼를 든 참이었다. 왼쪽 손목에선 빗방울처럼 후드득 붉은 피가 떨어져 내리고 있었다.

"니들, 나 잘못 건드렸다."

"오!"

"최소한 여기서 20명은 내 손에 죽는다."

내 눈에서 불꽃이 일고 있었다. 그런 나를 흥미로운 듯 녀석들은 지켜보았다.

"만용인가?"

"예언이다!"

놈들의 이맛살이 순간 꿈틀거리는 것이 보였다. 나는 빠르게 주위를 살폈다. 열린 공간에선 도저히 불리했다. 이정우라면 워낙 상식 밖의 녀석이니 기적 같은 장면을 연출해낼지도 모른다. 하지만 나로서는 지형지물을 이용해야 했다. 놈들은 이곳 지물에 익숙할 것이다. 우선은 벽에 등을 기대야 했다. 사방팔방으로 열린 공격로를 차단할 수 있을 테니 말이다. 적어도 후방은 막아낼 수 있었다. 하지만 보이지가 않았다. 마땅히 등을 붙이고 설 만한 곳이 없었다. 넓게 펼쳐진 벽은 오히려 떼 지어 달려드는 놈들에게 유리할 가능성이 있었다. 고정된 자리를 지키고 놈들을 상대하려면 다소 움푹 꺼진 곳이 필요했다. 지금 내 눈에 그런 곳은 현관밖에 없었다. 두터운 나무문은 벽 사이에 움푹 꺼진 형태로 있었다. 거기에 몸을 고정하고 상대한다면 어느 정도 버틸 수 있을 것 같았다.

"죽여라!"

내가 한참동안 눈동자와 머리를 굴리자 리더인 녀석이 신호를 보냈다. 우아아아아!

"개새끼!"

수십 명이 몰려들었다. 나는 잘린 내 왼손을 발로 차올렸다.

"어?"

"엇."

피가 튀며 자신의 머리를 향해 날아오는 사람의 진짜 손에 태연할 사람은 그리 많지 않다.

놈들 중 한쪽이 흠칫하는 모습이 보였다. 나는 사정없이 그들 틈으로 뛰어들었다. 콱! 빡! 손도끼가 허공을 가르는 순간 두 녀석의 머리통이 부서졌다. 나는 그 공간을 놓치지 않고 현관 쪽으로 달려가 현관문에 기댔다.

"이 새끼가 진짜!"

누군가 나를 향해 분통을 터뜨리며 무언가를 날렸다. 칼이었다. 나는 손도끼로 칼을 쳐내며 자세를 고쳐 잡았다. 어차피 이런 지물이라면 나에게 달려드는 녀석은 한 명씩 나와 상대할 수밖에 없다. 그렇다면 자신 있다.

"모두 멈춰."

리더가 소리쳤다. 눈에 살기를 가득 띄고 날 노려보던 녀석들이 어깨를 으쓱으쓱하고 있었다.

"사시미 다 꺼내."

이건? 놈들은 숨겨놓은 칼을 꺼내고 있었다.

"어디 한 번에 수십 개 칼을 던져도 네가 버틸 수 있을까, 이 새끼야?"

리더가 이죽거렸다. 날 향해 한꺼번에 날아오는 수십 개의 칼. 몇 개는 걷어낼 수 있겠지만. 젠장, 이게 내 한계인가.

"쿡."

웃음이 나왔다.

"쿡쿡쿡."

"이 새끼가 미쳤나?"

"크핫핫핫! 큭큭큭큭."

허무한 웃음이 끝없이 새어 나왔다. 죽음. 내가 틀리지 않는다면 난 지금 죽음 앞에 직면해 있는 것이다. 그런데 왜 이렇게 기분이 좋은 거지? 쿡쿡쿡. 이럴 땐 눈물이 흘러야 정상 아닌가.

"이 새끼! 죽어!"

누군가 웃고 있는 나에게 달려들었다. 날 너무 우습게 보는군. 나는 그대로 녀석의 머리를 손도끼로 찍었다. 그 순간이었다. 사방에서 칼자루가 날 향해 날아들었다. 움직이며 몇 개를 쳐냈지만 모든 칼을 당해낼 순 없었다.

"억!"

푹! 푹! 무릎에 굵은 것이 하나 들어 왔다. 어깻죽지에도. 그리고 아랫배에도. 묵직하다. 무언가 묵직한 것이 내 살 속을 파고들어 똬리를 틀고 앉은 것 같았다. 갈라진 배에서 피가 흩어진다. 후들, 다리가 떨린다.

"어억."

내 입에서 신음이 흘러나왔다. 덜덜덜, 도끼를 들고 있는 손이 후들거렸다. 기운이 없다. 내 몸을 덮고 있는 이 뜨거운 건, 핏물?

"이 새끼."

후들거리는 나를 보고 자신을 얻었는지 한 녀석이 잽싸게 다가와서 내 아랫배에 덜컥 박힌 사시미를 잡고 뱃속을 휘젓기 시작했다. 짜르륵. 짜르륵. 그 갈라진 살갗 틈으로 무언가가 흘러내렸다.

모든 것이 뜨겁다.

기운을, 차릴 수가 없다.

눈앞이 캄캄해진다.

어두워…….

햇빛이 보고 싶어. 그때.

"권두현!"

이 목소리는? 등 뒤에서 나는 소리였다. 별빛이 쏟아지던 작은 창 뒤에서 누군가가 날 부르고 있었다. 환청인가?

"권두현! 늦어서 미안하다! 인범이한테 얘기 들었다. 풍차 집은 인범이가 갔어! 권두현!"

이정우?

"권두현! 야, 인마!"

반갑다, 이정우. 정말 반가워. 말을 할 기운조차 없었다.

"커억."

입에서 피가 흘러내렸다. 목구멍이 꽉 막히는 것 같다.

"두현아! 문 열어! 문 열어!"

나는 마지막 힘을 내어 입을 열었다.

"정우야……."

"권두현!"

그러자 리더가 내 뱃속을 칼로 휙휙 저어대는 녀석을 제지시켰다.

"잠깐만."

녀석이 내게서 떨어져 나갔다. 갑자기 살 속에서 쇳덩이가 빠져나가자 금방이라도 주저앉고 싶었다. 나는 힘껏 몸을 돌렸다.

작은 창 하나를 사이에 두고 나와 정우가 마주 보고 있었다.

"권두현!"

내 얼굴을 보더니 이정우가 발악하듯 소리쳤다. 바보 같은 놈. 풍차 집에 가라니까.

"정우야……."

"문 열어! 문 열어!"

"나 네 친구지?"

"문 열어! 문 열란 말이다!"

흥분한 정우는 내 숨소리 같은 말소리를 듣지 못하는 것 같았다.

"문 열어! 문 열란 말이다. 문 열어!"

"돌아가. 넌 여기 있으면 안 돼."

숨이 꺽꺽 차오르고 있었다. 더 이상 버틸 수 없을 것 같았다. 나는 마지막 사력을 모아 쥐어짜듯 소리쳤다.

"이정우!"

정우의 발악하는 듯했던 외침이 멎었다. 멍한 표정. 정우는 그렇게 날 바라보고 있었다.

"너 내 친구 맞지?"

"두현아……."

"제발 돌아가."

더 이상은 버틸 수가 없었다. 정우 녀석에게 이런 꼴을 보인다는 건 즐겁지 않았다.

"꺼억, 꺼억."

숨이 턱턱 막힌다. 더 이상은 견딜 수 없다. 나는 그대로 스르륵 바닥으로 쓰러져 내렸다.

잠이 온다. 눈꺼풀이 닫힌다. 내 흐릿해지는 의식 속에서 조금 전까지 폭발하는 듯했던 그 목소리 대신 낮고 묵직한 정우의 음성이 들려왔다.

"문 열어라. 문을 연 녀석은 살려준다."

이 녀석, 정말로 화가 난 것 같았다. 무섭도록 화난 음성이었다. 난 알지. 지금 정우가 얼마나 무서운지.

큭큭큭.

멍청한 놈. 돌아가라니까. 큭큭큭.

14.

"문 열어! 문 열어!"

두현의 얼굴이 스르륵 밑으로 꺼지고 있었다. 녀석은 지금 무너지고 있었다.

"문 열라고!"

쾅! 발로 문을 걷어찼다. 끼이익. 문이 열렸다. 나는 문을 연 녀석의 얼굴을 기억해두었다. 적어도 그놈만큼은 살려주어야 하기 때문이다. 정말로 사람을 죽일 거냐고? 물론이다. 철저히 짓밟아줄 테다.

"키잉, 키잉."

발아래에서 꺼져가는 숨소리가 들려 왔다. 두현은 아직 숨이 붙어 있었다. 하지만 몸 곳곳에 박힌 칼과 냇물처럼 흐르는 피를 보니 오래 버티지 못할 것 같았다. 두현의 눈꺼풀은 반 정도 닫혀 있었고 숨을 쉬기가 고통스러운지 목에서 가래 끓는 탁한 소리가 나면서 어깨가 살짝 튀어 올랐다. 그리고 왼쪽 손목이 절단된 모습이 눈에 들어왔다. 빌어먹을.

눈을 감지 마라. 적어도, 네 숨이 끊어지기 전엔 다 죽이겠다, 두현아.

"네가 이정우냐?"

일본도를 든 녀석이 고개를 까딱거리며 말했다. 대답하기 싫었다. 나는 조용히 양다리를 어깨너비 정도로 벌리고 턱을 가슴 쪽으로 끌어당겼다. 몸은 약간 회전시킨 채 양 손바닥은 쫙 펼친 후 살짝 굽혔다. 지금껏 살아오면서 이렇게 분노한 적은 없었다. 정현이가 내 눈앞에서 죽었을 때는 분노보다는 허탈함과 당혹감이 더 컸다. 하지만 지금 나는 두현의 가슴에 칼을 꽂아 넣은 녀석들을 눈앞에서 상대하고 있다. 두현이 어느 정도 성과를 보인 것 같지만, 상대는 30명가량. 바닥엔 두현의 솜씨로 보이는 시체가 몇 구 널려 있었다.

"어린 녀석이 기가 세구나. 눈빛은 살아 있다만."

나는 모든 것을 보고 있었다. 두현의 몸에만 이미 20개가 넘는 칼이 꽂혀 있다. 나에게도 이런 식으로 던질 수는 없을 것이다.

"아, 이 새끼가. 마빡에 피도 안 마른 게 꼬나보기는."

누군가 나의 자세를 보고 혼자 흥분해서 달려들었다. 아니,

316

달려든다고 하기보다 꿀밤이라도 먹이려는 자세였다. 나는 번 개같이 두현의 가슴에 꽂혀 있는 칼 하나를 낚아채듯 뽑아 그 놈의 목을 찔렀다.

"컥."

"어?"

날만 30센티는 족히 될 것 같은 칼이었다. 놈의 목 뒤로 피 묻은 칼끝이 그대로 뚫고 나왔다. 일순 당황해 모두가 숨을 죽 였다. 놈은 두 눈을 크게 뜨고 날 고통스러운 눈빛으로 바라보 고 있었다. 나는 그 녀석의 귓가에 대고 낮은 목소리로 말했다.

"죽어."

"_끄으, 끄._"

나는 아무 말 없이 놈의 목에 꽂아 넣은 칼을 휘리리릭 회전 시켰다.

"_끄끄끄, 끄으으으._"

녀석은 갑작스러운 상황과 고통에 그저 발발거리기만 할 뿐 제대로 움직이지도 못하고 있었다. 죽어가는 신경이 눈에 보 였다. 살아 있는 사람을 죽인다는 것. 정말로 죽이고 싶어서 죽 인다는 것. 그 끔찍한 쾌감을 나는 절절히 느끼고 있었다. 놈은 눈물을 흘리고 있었다. 파다닥. 손가락이 미세하게 떨리는 것 이 느껴졌다.

"_끄억!_"

"죽어."

꽉! 나는 그대로 놈의 목젖을 칼로 긁어내었다. 동시에 목에서 터진 수도관처럼 피를 쏟아내며 놈은 바닥으로 엎어졌다. 쿵!

정적.

놈이 쓰러지자 한동안 정적이 흘렀다. 살인. 진짜 살인이다. 용서받을 수 없는 죄. 하지만 내 몸에선 살기가, 피비린내가 풀풀 흩날리고 있었다. 녀석의 피가 내 얼굴을 가득 적셨다.

"기가 막히는데?"

일본도를 든 녀석이 입가를 실룩거렸다. 나는 알 수 있었다. 지금 나는 모두를 압도할 수 있다는 것을. 나는 조용히 두현의 몸에 박힌 사시미를 뽑아들었다. 한 손에 두 개씩 네 개의 칼을 집어 들고 놈들을 향했다.

"키이, 키이이이."

두현의 숨소리가 희미해졌다. 빨리 끝내야 한다. 네가 죽기 전에, 네가 눈을 감기 전에 끝내겠다. 나는 걸음을 앞으로 옮겼다. 주춤거리며 놈들이 뒷걸음질 쳤다.

"뭐 하는 거야? 새끼들아!"

일본도가 소리쳤다. 하지만 본능적인 공포를 느낀 그들은 쉽사리 내게 달려들지 못했다.

"상대는 한 놈이다! 쳐!"

쳐! 일본도가 그렇게 외치는 순간, 나는 힘껏 몸을 띄웠다. 손에 든 칼에서 빛이 나는 것 같았다. 콰악! 쨍그랑.

"헉!"

그것은 숨을 쉬는 소리가 아니었다. 숨이 끊어지는 단말마였다. 일본도의 이마 한가운데를 내가 들고 있던 칼 한 자루가 그대로 관통했다.

"끽."

나는 놈의 머리에 박힌 칼을 뽑아내려고 했다. 하지만 워낙 굳세게 박혀 쉽게 빠지지 않았다. 나는 칼을 이리저리 뒤흔들었다. 놈의 머리도 함께 흔들렸다. 놈의 손에서 일본도가 미끄러져 떨어졌다. 나는 놈의 이마에 박힌 칼을 포기하고 천천히 일본도를 주워들었다. 어찌 된 일인지 놈들은 내게 섣불리 달려들지 못하고 있었다. 일본도. 굽은 곡선이 매력적이다. 아마도 두현의 손목을 잘라낸 것은 바로 이것이겠지?

쐐액! 나는 힘껏 칼을 휘둘러 이미 숨이 끊어진 놈의 목을 쳤다. 철컥! 이상한 소리가 날 뿐 영화에서 보던 것처럼 목이 떨어지지는 않았다. 다만 목에 날이 깊숙이 파고들었을 뿐이었다. 나는 칼을 빼내었다. 날이 곡선이라 그런지 휘두를 때 기술이 필요할 듯했다. 막무가내로 휘두른다면 상처는 줄 수 있어도 죽이지는 못할 것 같았다.

"도망칠 생각 마라."

나는 조금 전까지 명령을 내리며 일본도를 들고 있던 녀석의 목이 갈라져 머리가 덜렁거리는 모습을 칼끝으로 가리키며 낮게 말했다. 놈들은 모두 실색한 것 같았다.

"나는 지금까지 맨주먹으로만 싸워왔다."

놈들은 거의 전의를 상실한 것이 틀림없었다. 비참하게 내 손에 죽어간 두 명을 보면서 확연히 긴장한 기색이었다.

"그런데 지금은 내 손에 칼이 들려 있다."

바스락. 놈들이 단체로 뒷걸음질 치고 있었다. 단 한 사람에게 수십 명이 두려움을 띤 모습이었다. 그래, 내가 있는 곳에선 언제나 그랬다.

나는 낮은 목소리로 분노했다.

"너희를 몰살할 것이다."

쿵! 누군가 엉덩방아를 찧으며 바닥에 무너져 내렸다. 다리가 풀린 듯했다. 놈은 공포에 질린 눈으로 나를 바라보고 있었다. 나 한 사람의 기세가 모두를 압도하고 있었다. 그리고,

"앗!"

나는 포효하듯 기합을 넣으며 놈들에게 달려들었다. 그나마 용기 있는 누군가가 앞장서 뛰어들었다. 순간, 나는 칼끝을 세워 놈의 눈동자에 턱! 찔러 넣었다.

"커헉!"

일본도는 길고 굽었다. 사시미처럼 짧고 둔탁한 것이라면 그대로 뒤통수를 뚫었겠지만 일본도는 무엇에 잘못 걸렸는지 깊이 들어가지 않았다. 휘리릭! 나는 일본도를 회전시켰다. 놈의 눈동자가 칼끝에 딸려 밖으로 튀어나왔다.

"아아아아악!"

이제 알 것 같았다. 이놈의 칼을 어떻게 쓰는지. 휘익! 바닥에 무릎을 꿇으며 절규하듯 비명을 지르는 놈의 목에 칼날이 빠르게 파고들었다. 촤아아아. 피가 튀었다. 붉은 피가 튀었다.

내 몸도 놈의 피를 뒤집어썼고 다른 녀석들 모두 놈의 피를 뒤집어써야 했다. 그리고 놈의 머리는 깨끗하게 잘려 저 멀리

벽으로 날아갔다. 벽에 맞아 튄 머리가 다시 데굴데굴 굴러 내 발아래 놓였다. 나는 그 머리를 칼로 찍어 과도로 찍어 올린 사과처럼 들어 올렸다.

"으어, 어."

모든 녀석들의 눈동자에 말할 수 없는 공포가 새겨지고 있었다. 그들의 입에선 이상한 소리가 새어 나오고 있었다. 나도 내가 이렇게까지 미칠 줄은 몰랐다. 하지만 이것은 현실이었다. 꿈도 낭만도 우정도 의리도 모든 것이 지금 이 순간엔 없다. 사람을 죽이며 피를 뒤집어쓰고 있는 내가 바로 현실이다!

"제, 제발."

오금이 저렸을까. 극심한 공포에 빠지면 사람은 도망을 치지 못한다. 몸을 전혀 움직이지 못하는 법이다. 놈들이 그랬다. 놈들의 눈앞에서 펼쳐진 죽음이 그들을 공포로 빠뜨렸고 그 공포는 몸을 얼려놓았다.

"문을 열어준 녀석을 제외하고 모두 이렇게 죽을 것이다."

그때였다.

"씨팔! 엿 같은 소리!"

누군가 울부짖으며 내게 달려들었다. 궁지에 몰린 쥐가 고양이를 물 듯 마지막 사력을 다한 투혼이었다. 한 녀석이 그렇게 내게 달려들자 죽기 살기를 각오한 놈들이 떼 지어 달려들었다.

나 역시 그들을 향해 뛰어들었다.

퍼퍼퍼퍽! 너희는 용서받을 수 없다.

내게 달려들어 봤자 죽음뿐이다.

너희는 절대로,

용서받을 수 없다.

그날 나는,

사람을 죽였다. 약 30여 명의 팔을 자르고 눈알을 도려내고 잘라낸 머리를 짓밟으며 그렇게 잔인하게 죽였다. 내가 마침 내 영혼을 악마에게 온전히 팔아버린 순간이었으며 내가 마침 내 스스로 무너지는 순간이었다. 이후 봄의 하우스 사건은 이 바닥에서 내 이름을 널리 알리는 결정적인 계기가 되는 사건이 되었지만······

빌어먹을. 너희가 이겼다.

나를 악마로 만들었어.

"허억, 허억."

어떻게 싸웠는지 기억이 나지 않았다. 그래도 그 와중에 문을 열어준 녀석만은 살려준 내 정신 상태가 신기하게 느껴질 정도였다. 모두가 시체가 되어 내 발밑에 늘어져 있었고 나는 온몸에 피를 흠뻑 뒤집어쓰고 있었다.

"너!"

나는 칼끝으로 살아남은 한 녀석을 가리켰다. 놈은 바지에 오줌까지 싸고 있었다.

"나태식에게 가서 전해라."

"예, 예?"

"이정우는 정말로 화났다고. 이제 진짜 전쟁을 치르겠다고."

"예, 예."

놈은 울고 있었다. 커다란 덩치가 울고 있었다.

"그리고 이곳은 내가 평정한다고."

"흑흑, 흑흑."

"내가 뭐라고 했지?"

놈은 정신이 없는 것 같았다. 나는 놈을 보며 다그쳤다.

"이, 이정우는 화가 났다고."

"정말로 화났다고!"

"저, 정말로 화났다고!"

"그리고?"

"이, 이제 진짜 전쟁을 치르겠다."

"또?"

"이곳은, 이곳은,"

"이정우가 평정한다! 알겠나?"

"예, 예, 흑흑."

벌벌 떠는 것이 느껴졌다.

"가라."

놈은 움직일 줄을 몰랐다.

"어서!"

놈은 비틀거리며 걸음을 옮겼다. 풀린 다리가 놈의 몸을 지탱해주지 못하는 듯 몇 번이고 비틀거렸다. 그렇게 놈이 완전히 사라지고 난 후에야 나는 두현을 향해 고개를 돌렸다.

"두현아,"

없다.

"두현아,"

숨소리가 없다!

"궈, 권두현?"

이상한 일이었다. 이제 평생 울 것 같지 않았던 내 눈에서 눈물이 떨어지고 있었다. 참으려고 인상을 썼지만 그럴수록 더 급하게 눈물은 줄기를 이루어 흘러내리고 있었다.

"두현아……."

두현은 반쯤 열린 눈으로 날 바라보고 있는 것 같았다. 하지만 미세한 숨소리도, 경련하던 어깨도 조용히 가라앉아 있었다. 두현이는 분명 내가 미치는 모습을 보며 영원히 잠들었다.

"권두현……."

'너 내 친구 맞지?'

"맞다, 권두현."

환청이 들리고 있었다. 나는 이제야 녀석의 물음에 대답하고 있었다.

'정말?'

"크흑."

삼키고 삼키던 울음이 터져 나왔다.

목이 콱 막혔다. 강덕중 선생님 앞에서는 그 사랑에 작아진 나 자신 때문에 울었었다. 그리고 지금은 두현을 위해 눈물을 흘리고 있었다. 나를 위해 목숨을 건 두현에게 보답할 수 있는 것이라곤 죽음 앞에 흘리는 눈물뿐이었다. 남자에게 눈물은 사치라고 했다. 너에게 모두 주마. 내 눈물을 모두 주마.

나는 힘겹게 손을 들어 아직 열려 있는 두현의 눈꺼풀을 가만히 닫아주었다.

"권두현,"

내 눈물을 모두 가져가라. 이젠 어떤 일이 있어도 내게 눈물은 없을 것이다.

네가 모두 가져가라.

모두.

15.

이제부터 진짜 시작이다. 한동안 나는 철저히 은폐하고 있었다. 일이 어떻게 돌아가고 있는지 알 수 없었다. 그동안 내가 한 일은 그저 두현의 시신을 수습하여 내 방식대로 장례를 치러준 것뿐이었다.

그리고.

"이정우, 어떻게 된 거야? 그동안 뭐 했어?"

인범과 연락이 닿아 만난 것은 봄의 하우스 사건 이후 정확히 나흘이 지난 어느 날이었다. 나는 인범이 나오라고 한 여왕벌로 찾아갔다. 물론 형수도 인범과 함께 있었다.

"여왕벌 어떻게 된 거야?"

"나태식이 여왕벌에서 완전히 손을 떼는 대신 널 넘겨달라

고 하는 모양이야. 구인철은 원래 자기 업소였다고 들은 척도
안 하고 있고. 지금 영업은 하지 않아. 요즘 뭔가 분위기가 이
상해. 이런 식으로 나가다가는 전쟁 한번 날 것 같은데."

"너흰?"

"너 없는 동안 우리가 장춘석 아지트에 가서 기소라는 구해
냈는데, 이세진은 못 봤어."

"그 외 별다른 일은 없냐?"

"난리 났지. 봄의 하우스 완전히 뒤집어졌다며? 네가 그렇게
한 거야? 신문에도 나고 뉴스에도 나왔어."

나는 조용히 고개를 끄덕였다. 그래, 내가 그렇게 미쳤었지.

"그리고 구인철이 널 찾는다."

"구인철이?"

"봄의 하우스를 뒤집어놓은 후 너에 대한 평가가 달라졌어.
거기다 나태식이 자꾸 압박하니까,"

"내가 너한테 연락했다는 얘기 했어?"

"아직. 어떻게 할 거냐, 이정우. 구인철과 손을 잡는 게 장래
를 위해서는 낫다."

나는 대답 대신 침묵했다. 두 손을 모으고 이마를 툭툭 건드
렸다.

"일단 만나기는 해야겠지. 하지만 산적한 문제가 많은데."

"차차 처리하자고. 지금 나태식의 타격이 심각한 모양이야. 봄
의 하우스에 동원한 50여 명이 모두 죽었으니 쉽게 움직이지 못
하고 있나 봐. 하지만 곧 어떻게든 애들 동원해서 여길 치러 오

겠지. 대응하려면 그에 상응하는 세력과 배경이 있어야 해."

"구인철이 그 정도가 될까?"

"너 혼자보다는 낫지. 어쨌든 넌 지금 상당히 위험한 상태야."

"네 생각은 어때?"

인범은 잠시 입을 다물었다. 그리고는 손가락으로 탁자를 툭 툭 두들겼다.

"구인철을 등에 업고 세력을 확장할 필요가 있다. 그리고 일 정 선상에 올라서면 구인철을 치고 네가 왕좌에 오르는 거야."

"그리고?"

"그런 후에는 모두 네 발 아래 꿇려야 한다."

"소요되는 시간은?"

"내가 계산한 바로는 최소한 3년 이상은 걸린다. 경찰의 움 직임까지 계산한 후에 한 얘기야."

"어쨌든,"

나는 자리에서 일어섰다.

"구인철을 보러 가야겠군."

"물론."

김인범과 전형수 역시 자리에서 일어섰다.

"지금 움직일 거야?"

"당연하지. 내 성격 알잖아?"

나는 룸의 문을 열고 밖으로 나섰다. 언젠가 보았던 심영주 가 현관 쪽 계단에 쭈그리고 앉아 담배를 피워 물고 있었다.

"오랜만이네요?"

심영주는 날 보더니 피식, 조소를 날렸다. 나는 그런 심영주를 향해 다가갔다.

"나갈 거니까 비켜."

"네, 그래야지요."

심영주는 후우, 길게 연기를 뿜어내며 자리를 비켜주었다. 비딱한 말투가 나에게 불만이 많은 모양이었다.

"뭐 할 말이라도 있어?"

"감히 어떻게 할 말이 있다고 하나요?"

그러고 보니 입에서 술 냄새도 풍겼다. 대낮부터 술을 퍼마신 모양이었다.

"할 말 있으면 해. 아직 빚 문제 때문에 그러나 본데 최 마담한테 확실히 청산해줄 테니까."

"마담 언니 본 지 오래됐어요."

"뭐가 문제야?"

"체!"

심영주는 손가락으로 피우던 담뱃불을 탁탁 튀겨 내었다. 그리고는 코로 한숨을 내쉬며 날 바라보았다.

"나 뭐 먹고 살아요?"

"뭐?"

"당신 때문에 직장 잃게 생겼는데 나 뭐 먹고 사냐고요? 당신 때문에 마담 언니가 내준 집에서 쫓겨났는데 이제 어디서 살아요?"

"당분간 여기서 기거하고 직장은 새로 알아보면 되잖아."

"쿡!"

우스워 죽겠다는 듯 심영주는 이상한 표정으로 웃음을 터뜨렸다. 그리고는 어깨를 조용히 들썩이며 쿡쿡 웃었다. 인범이 조용히 심영주를 붙잡아 한쪽으로 밀어냈다. 형수가 현관문을 열고 나서며 나보고 나오라고 손짓을 했다. 나는 심영주가 궁금했지만 곧 밖으로 나왔다. 뒤따라 나온 인범이 내 어깨를 치며 말했다.

"신경 쓰지 마. 쟤 찍혀서 어디에도 못 나가."

"무슨 일 있는 거야?"

"이 바닥에서 찍힌 거지. 쟤 쓰는 업주는 골치 아파진다고. 이제 아래쪽으로 내려가서 티켓이나 끊든가, 유리창에 진열돼서 몸이나 팔든가 해야 하거든."

"왜 찍혀?"

"네가 쟤 빚을 탕감해주겠다고 큰소리쳤기 때문이지, 뭐긴 뭐야. 최 마담 난리 났겠지. 누가 뭐래도 현 계약자는 최 마담이거든. 심영주가 너하고 붙어먹어서 상도의를 어긴 거야."

"그렇게 되는 건가?"

"뭐 따지고 보면 그렇지도 않지만 어쨌든 그런 상황이다. 네가 힘이 생기면 곧 정상적으로 풀리겠지. 네가 강해지면 돼."

"그렇군. 그럼 여왕벌을 내가 인수할 수밖에 없겠군."

나는 홀로 그렇게 중얼거렸다.

구인철은 예전의 늘어진 모습과는 전혀 다른 얼굴로 나를 대했다. 그가 나를 맞이한 곳은 흔히 기생집이라 부르는 그런 곳이었다. 나와 구인철은 단둘이 독대를 하였고 인범과 형수는 밖에 나가 있었다. 구인철이 항상 끼고 살던 하현미조차 그의 곁에 없었다. 나는 사뭇 진지한 느낌을 받으며 구인철의 얼굴을 똑바로 바라보았다.

"여자는 이야기가 끝나면 붙이도록 하지. 그동안 어떻게 지냈나?"

"두현의 장례를 치르고 부산에 갔다 왔습니다."

"부산?"

"제 고향이니까요. 옛 친구들을 보고 왔습니다만."

"뭐, 좋겠지."

구인철은 고개를 끄덕였다. 그리고는 그와 나 사이에 한 상가득 차려 놓은 술상에 놓인 잔을 내게 내밀었다.

"마시지 않겠습니다."

"받기만 하게."

나는 고개만 까딱거리며 잔을 받았다. 곧 어린 시절 교과서에서 봤음 직한 고려청자 모양의 술병으로 구인철은 내 잔을 채웠다. 나도 구인철의 잔에 술을 따랐다.

"자네가 봄의 하우스를 완전히 뒤집어 놓은 후에 일대 변동이 생겼어."

"……."

"나태식의 병력 모두가 자네 한 사람에게 당한 거야. 행동대장 하종화만 남겨놓고 모조리 당했다. 지금 나태식에겐 자신이 거느린 수하가 없어. 그래서 함부로 움직이지 못하고 있지. 나태식이 그 꼴이 되고 나니 자연스럽게 여왕벌 문제가 해결되고 말았다. 자넨 일을 맡은 지 이틀 만에 문제를 완전히 해결했어."

구인철은 그렇게 말하면서 스스로 감탄스러운 듯 그윽한 눈으로 나를 바라보았다. 그리고는 잔에 든 술을 훌쩍 입에 털어 넣고 말을 이었다.

"너에게 정식으로 한 개 구역의 관리권을 넘겨주겠다. 20명 남짓의 아이들과 처음 3개월 치의 자금을 지원한다. 자네는 나에게 무엇을 준다고 했지?"

"1년 내에 세 배로 확장해드린다고 했습니다."

"좋다. 자네라면 가능하리라는 생각이야. 하지만 1년 내로 그렇게 세력을 확장한다면 수많은 전쟁에 노출되고 이것은 검경 합동 작전에 걸려들지도 모른다는 의미야. 반드시 빠른 시일 안에 세를 불리는 것이 좋은 것만은 아니지. 모든 일에는 순서가 있는 법이니까."

"제가 알아서 하겠습니다."

구인철은 주춤했다. 하지만 곧 입가에 미소를 그렸다.

"내 밑에서 만족할 녀석이 아니란 것쯤은 나도 알고 있어. 때가 되면 나는 스스로 이곳에서 물러날 생각이다. 하지만 그전엔 자네가 내게 지켜주어야 할 것이 있네."

"뭡니까?"

"나를 배신하지 말 것. 내가 자네보다 위에 있음을 인정할 것. 그리고 내가 필요하다고 판단될 때 병력을 움직일 것."

구인철은 스스로 술잔에 술을 따라 다시 훌쩍 마셨다. 나는 그런 구인철을 가만히 바라보았다.

"세금은 어느 정도를 원하십니까?"

"관리 구역에서 얻는 수익금의 30프로. 자네에겐 상당히 괜찮은 조건 같은데."

"난 그런 거 모릅니다."

"어찌 되었건 그렇게 하겠나?"

"좋습니다."

"나에게 부탁할 것은?"

"저에게 자치권을 주십시오."

"자치?"

"독립적인 행동을 보장해주십시오. 사장님께는 피해가 가지 않도록 하겠습니다."

"처음으로 어디를 노리는가?"

"나태식입니다."

구인철은 고개를 흔들었다.

"나태식은 이미 반은 죽은 목숨이다. 나태식이 그렇게 되자 동맹 관계에 있는 다른 중간 보스들의 움직임이 심상치 않아. 지금은 검찰 쪽 움직임 역시 심상치 않아 방관만 하고 있지만, 곧 움직이게 될 거다. 지금 나태식을 건드리면 전면전으로 치달을 우려가 있기 때문에 위험해."

"어차피 나태식이 지금 절 노린다고 들었습니다."

"여왕벌에서 확실히 손을 떼는 대신 널 넘겨달라고 하고 있지. 하지만 어차피 여왕벌은 우리 구역이었다. 나태식 본인의 힘은 거의 없어졌기 때문에 나는 그에게 응하지 않고 있지. 단,"

"단?"

"나태식의 움직임을 사전에 꺾어야 할 필요가 있네. 나태식 밑에 있는 하종화를 친다면 나태식은 이 바닥에서 폐기된 거나 다름없어."

"하종화?"

진중한 분위기를 풍겼던 그 녀석.

인간적으로 나는 그에게 좋은 인상을 느끼고 있었다. 하지만 쳐야 한다면 칠 것이다.

"너에게 모든 권리를 주는 대신 첫 임무로 하종화를 맡기도록 하지, 괜찮나?"

"물론입니다. 그런데 부탁이 있습니다."

"뭔가?"

"여왕벌을 인수하고 싶습니다."

"인수?"

"예."

"지금 명의는 최 마담으로 되어 있을 텐데. 매물로 나온 것도 아니지 않은가?"

구인철은 고개를 갸웃거렸다.

"그곳은 그다지 돈이 되지 않는 곳이야. 하우스로의 기능을 잃어버린 지금으로서는 더더욱 돈이 되지 않는 곳이다."

"기능을 잃었습니까?"

"자네가 기술자들의 손을 못 쓰게 만들었잖아. 장춘석도 사라져버렸고. 어쨌든 그런 일이 생기면 하우스는 문 닫아야 하지. 그렇다고 여왕벌이 입지가 좋아서 단란주점으로서 가치가 있는 것도 아니고. 하지만 인수하려면 최소한 이삼 억은 들지. 물론 강제로 계약서를 작성하게 해서 뺏어버릴 수도 있다. 하지만 이제 그런 방식은 통하지 않아."

"여왕벌을 아지트로 삼고 싶습니다."

"허술한 곳이라 사무실로 삼기에도 문제가 있는데."

"하우스로 쓰던 곳을 사무실로 쓰면 됩니다."

"흠."

구인철은 손으로 이마를 짚으며 생각을 모았다.

"좋다. 아낌없이 지원해주지. 그리고 하종화에 대한 정보는 곧 자네에게 넘어갈 것이네."

나는 고개를 숙이며 감사의 뜻을 표했다. 구인철은 기분이 좋은지 껄껄 웃더니 여자들을 들어오게 했다.

"이제 이야기가 끝난 것 같군. 오늘 하루는 즐기세."

나는 술잔을 들어 입술을 축였다. 내 옆에 앉은 여자가 젓가락으로 고기 산적을 집어 대기하고 있었다.

'하종화라.'

그렇군.

결국 이렇게 다시 시작하는 거로군.

16.

하종화의 정보를 받은 건 구인철을 만난 지 사흘이 지난 날이었다. 그동안 여왕벌의 주인인 최 마담과의 만남이 한 번 있었지만, 이야기는 별 진전을 이루지 못했다. 여왕벌은 여전히 영업을 중단해서 흉물로 남아 있는 상태였다.

"안녕하십니까?"

구인철이 보낸 사람은 차성우라는 40대의 남자였다. 그는 뜻밖에도 변호사였으며 조직 폭력배 쪽과 많은 선이 닿아 있는 사람으로 보였다. 나는 빈방으로 그를 안내하여 독대했다.

"무슨 소식을 가지고 왔습니까?"

"구 회장께서 미리 언질을 주신 일입니다. 하종화에 대한 정보를 가지고 왔습니다."

"말해보시오."

차성우는 금테 안경을 손으로 밀어 올리며 준비해온 서류를 꺼내놓았다.

"이것은 현재 검찰에서 파악하고 있는 조직 폭력배 연계도입니다. 사실과는 조금 다르지만, 참고로 하십시오."

나는 차성우가 건네준 서류를 넘겨받아 훑어보았다. 그 한쪽에 나태식의 이름이 있었고 그곳에 차성우가 직접 표시를 한 것 같은 붉은 원이 그려져 있었다. 나태식의 이름 옆에는 조직원의 수로 생각되는 '28'이라는 숫자가 고딕체로 박혀 있었고 바로 그 옆에 차성우가 직접 손으로 쓴 '하종화'라는 글씨가 보였다.

"28?"

"경찰이 파악하고 있는 나태식의 조직원 수입니다. 하지만
실제로는 그렇지 않습니다."

"100명쯤 됩니까?"

"아닙니다. 물론 자신의 이름으로 동원할 수 있는 병력으로만
따지면 그쯤 됩니다만 실제로 나태식이 관리하는 조직원들은
20명도 되지 않습니다. 그리고 그 조직원들도 다른 곳에서 동원
한 조직원들과 함께 봄의 하우스에서 모두 몰살당했습니다."

"흠."

"그 후에 나태식은 갑작스럽게 모든 세력을 잃고 조직 내에
서도 자숙을 권유받고 숨어버렸습니다."

"조직 내라니요?"

"나태식 역시 한 구역에 대한 자치권을 인정받고 있는 중간
보스일 뿐입니다. 지금 그런 위치를 일시적으로 내려놓고 숨어
버린 겁니다. 거기다 검경이 봄의 하우스 사건을 계기로 나태
식에 대한 내사에 박차를 가하고 있습니다. 아직 사장님은 용
의 선상에 올라 있지 않습니다."

사장님이라는 소리는 나를 불러 하는 말이었다. 차성우는 말
을 이었다.

"나태식을 은신시키고 있는 사람은 그의 오른팔 하종화입니
다."

"그러니까 하종화는 어디 있다는 얘기요?"

"최근 S 나이트클럽 부장으로 자리를 옮겼습니다. 표면적으로는 나태식을 떠나서 터를 옮긴 것으로 되어 있습니다."

"그럼 새로 누구 밑으로 들어갔다는 이야기 아닌가?"

차성우는 다시 서류를 뒤적이며 내게 종이 한 장을 건네주었다.

"맨 위에 있는 이상찬이 찬이파의 수괴입니다. 이상찬의 밑에 있는 여러 중간 보스 중 한 명이 나태식이고 그 나태식과 같은 항렬인 천용택이 이번에 표면적으로 하종화를 거둬간 인물입니다. 실제로 나태식과 천용택은 찬이파에 속해 있는 한 식구입니다."

"그럼 하종화를 깨뜨리려면 천용택과도 문제가 생기겠군요?"

"그렇습니다. 그렇게 되면 찬이파라는 전국구 조직과 구 회장님의 인철파가 전쟁을 피할 수 없게 됩니다."

"위험 부담이 큰데? 그런 일을 나에게 맡겼다고?"

"검경 합동 작전 때문에 조직 간의 전쟁은 쉽게 일어나기 어렵습니다. 어차피 이번 일이 발생한 이유는 나태식이 우리 구역을 넘보다 발생한 일이므로 우리 쪽에 당위성이 섭니다. 이 점을 확실히 한다면 전쟁을 피하고 찬이파에 타격을 줄 수 있으며 나아가서 구 회장님의 입지 또한 새롭게 형성되는 것입니다."

"나를 내세워서 회장께서 이 계통에 얼굴을 다시 들이밀고 싶다?"

"그렇습니다."

"알겠습니다. 복잡하지만 결국 하종화만 건드리고 천용택과는 말썽을 일으키지 않는 걸로. 맞습니까?"

"그것이 최선입니다만 불의의 사태 발생 시엔 독자적인 판단에 따르십시오."

나는 고개를 끄덕였다. 차성우가 돌아가고 난 후 난 인범을 불렀다.

"나와 형수하고 둘이서 나이트클럽에 좀 갔다 와야겠다. 구인철이 파견한 애들 데리고 넌 여기 지켜."

"지금 가는 거야?"

"그래. 변동 사항 있으면 전화하고."

"둘이서 가기엔 무리가 있지 않을까?"

"전쟁하러 가는 건 아니니까. 하종화만 보면 돼."

"알았다. 지금 시각이 오후 6시인가? 몇 시까지 올 거야?"

"9시까지 소식 없으면 애들 끌고 들이닥쳐라."

인범은 말없이 고개를 끄덕였다. 그러더니 빙긋 웃으며 내게 말했다.

"바야흐로 이정우께서 납시는군."

"당연하지."

S 나이트클럽은 꽤 큰 곳이었다. 나와 형수가 그곳에 도착한 시간은 저녁 7시 30분. 하지만 홀은 벌써 북적대고 있었다.

"찾으시는 웨이터 있습니까?"

기도 녀석이 우리를 보더니 쪼르르 달려와 살갑게 웃었다.

"없다."

"아, 그렇습니까? 제가 모시겠습니다. 두 분이세요?"

"두 명. 룸은 얼마나 하나?"

"룸에서는 양주 기본이 작은 거 17만 8천 원, 큰 거 21만 8천 원입니다. 맥주 다섯 병 서비스해드립니다. 필요하시면 다른 양주도 준비되어 있습니다. 룸으로 하시겠습니까?"

"룸으로."

"예, 이쪽으로 오십시오."

웨이터의 명찰에는 '축구공'이라는 이름이 선명히 새겨져 있었다. 별 녀석도 다 있다 싶었다. 하긴 외우기는 쉬운 이름이었다. 축구공은 우리를 2층의 17번 방으로 안내했다. 나는 가만히 축구공의 손에 만 원짜리 몇 장을 집어주며 속삭이듯 말했다.

"부킹은 필요 없으니까 술만 넣어주고 나가라. 그리고 여기 간부급 중에 하종화라고 있나?"

"예에?"

하종화란 이름을 듣더니 축구공의 눈이 휘둥그레졌다.

"호, 혹시 부장님을 찾아오셨습니까?"

"부장인가? 여하튼 모셔와. 이정우가 왔다고 하고."

"죄, 죄송하지만 제가 말을 붙일 위치가 아닙니다."

축구공은 인상을 한없이 일그러뜨리며 불쌍한 표정을 지었다.

"그럼 말이 통할 녀석이라도 데리고 와."

축구공은 깊이 인사를 하며 방을 나섰다. 그리고 얼마 후 술 대신 서너 명의 건장한 어깨들이 방의 문을 박차고 들어섰다.

형수가 그런 놈들을 보고 경계하며 자리에서 벌떡 일어났다.

"이 새끼가 겁도 없이 부장님을 찾아?"

각목을 들고 선두에 선 빡빡머리가 나를 보며 눈알을 부라렸다. 나는 한숨을 내쉬었다.

"크게 말썽 일으키고 싶지 않으니까 하종화를 데려와라. 나는 이정우다."

"이정우? 누구 이정우란 이름 들어봤어? 어디서 통하지도 않을 이름을 들먹여? 너희 새끼들 어디서 왔어? 어디서 넘어와서 수작 걸고 있어?"

"봄의 하우스를 아나?"

흥분한 빡빡머리에 비하면 분명 내 낮은 목소리와 귀찮은 말투는 대조되는 것이었다. 빡빡머리는 봄의 하우스라는 말을 듣자 미간을 찡그렸다.

"봄의 하우스?"

"그곳을 뒤집어놓은 게 나다."

"봄의 하우스 이정우?"

멈칫거리는 게 느껴졌다.

"이정우다."

"그 이정우다."

놈들은 서로 얼굴을 돌아보며 감탄스럽다는 듯 탄성을 연발했다. 그러나 나를 두려워하는 것 같지는 않았다.

"아따, 누군가 했더니 그 이정우가 이런 애송이였나? 너 이 새끼 괜히 이름 팔아서 공으로 얻어먹으려는 거 아냐?"

빡빡머리가 성큼 방 안으로 들어서더니 각목을 탁자에 수직으로 세워 쿡 찍었다.

"이정우고 삼정우고 빨랑 여기서 나가라. 남의 영업장에서 영업 시간에 방해하면 안 되지?"

말꼬리가 늘어지는 것이 은근한 협박을 가하고 있었다. 하지만 여기서 내가 큰 싸움을 일으킬 수는 없었다. 이들을 건드린다는 것은 천용택을 건드린다는 것이었다. 확전이 불가피해진다.

"무슨 일이야?"

내가 생각을 하고 있는데 방 밖에서 불호령 같은 소리가 들렸다. 빡빡머리가 돌아보는 사이로 하종화의 얼굴이 얼핏 보였다.

"부장님, 글쎄 이 애송이 새끼가 시건방지게 부장님 면담하러 왔다지 않습니까요?"

하종화는 녀석들을 헤치고 앞으로 나섰다. 그리고는 나와 눈을 딱 마주쳤다.

"이정우?"

"애들은 내보내라. 할 얘기가 있으니까."

하종화는 까딱 고갯짓을 했다. 나가라는 신호였다. 빡빡머리가 눈알을 부라리며 소리쳤다.

"형님!"

부장이라는 호칭이 형님으로 바뀌어 있었다. 하지만 하종화는 역시 진중한 사내였다.

"나가 있어. 내가 알아서 한다."

"와아, 형님 가다 많이 죽었소."

"나가."

빡빡머리가 성질을 못 이겨 공연히 심통을 내는 중에도 하종화는 침착했다. 어쩔 수 없다고 생각했는지 빡빡머리가 투덜거리며 방을 나섰다. 하종화는 내 앞에 서서 고개를 숙였다.

"저희 업소에 마음에 들지 않는 것이 있습니까?"

능청스런 인물이었다. 그는 철저히 고객과 서비스업 종사자의 관계로 나를 대했다.

"하종화,"

하종화의 입술이 살짝 떨리는 것이 보였다.

"나태식의 힘을 제거하기 위해서 너를 손보러 왔다. 어떻게 생각하나?"

하종화는 아무런 말이 없었다.

"어떻게 생각하느냐고 물었다."

"츳."

하종화는 혀를 차며 자세를 고쳐 잡았다.

"사장님은 나를 제외하고 터전을 모두 잃었는데 나까지 친다는 건 너무 잔인하지 않은가?"

하종화의 턱이 오만하게 올라가면서 반말이 새어 나왔다. 그의 무게 있는 동작에 나는 흥미를 느낄 수밖에 없었다. 나 역시 자리에 앉은 자세 그대로 턱을 약간 추키며 오만하게 말했다.

"그만큼 하종화, 네가 중요한 인물이란 뜻이겠지."

하종화는 양복 안주머니에서 담배를 빼내 물었다.

"이 담배가 모두 탈 때까지만 생각해보겠다. 오늘 일을 어떻게 처리해야 하는지."

하종화가 담배를 모두 태울 때까지 나는 아무 말 없이 기다려주었다. 마침내 하종화는 마지막 불꽃을 빨고는 담배꽁초를 바닥에 던졌다.

"이정우, 네가 고등학교 시절에 적이 없었던 이유가 뭔지 아는가?"

"글쎄?"

"초고교급이었기 때문이다. 고등학교 아이들에 끼어 있으면 감히 누구도 널 넘보지 못하지. 하지만 초고교급 야구 선수가 당장 프로에 뛰어든다고 해서 최고가 될 수는 없다. 네가 있는 이곳은 아이들 장난하는 곳이 아니야. 목숨이 왔다 갔다 하는 곳이니 어린 마음에 부리는 객기는 거두고 이만 돌아가라. 진심으로 하는 말이다."

하종화는 이제 위에서 나를 내려다보고 있었다. 그의 말은 분명 윗사람이 아랫사람에게 대하는 말이었다. 나는 고개를 주억거리며 엉덩이를 일으켰다.

"마음에 드는군. 내 밑으로 와라."

"뭐라고?"

하종화는 어이가 없었는지 실소를 터뜨렸다.

"핫핫. 이거야, 원. 그만 돌아가."

하종화는 어깨를 으쓱하며 몸을 돌렸다. 볼일은 다 봤다는 듯 문을 열고 나가려는 참이었다.

"하종화!"

내가 불렀지만, 하종화는 들리지 않는 듯 거침없이 문을 열고 있었다. 나는 몸을 날렸다. 이쯤 되면 싸움을 걸어야 할 때다.

휘익, 쎽! 내 다리가 번쩍 올라가 하종화의 귀 옆을 스쳤다. 그 바람에 하종화의 단정하게 빗어 넘긴 머리카락 몇 가닥이 흐트러졌다. 하종화가 멈춰 섰다. 나도 올린 다리를 하종화의 귀 옆에 그대로 둔 채 한 발로만 서 있었다.

"봐준 거다."

"후우."

하종화는 한숨을 쉬며 뒷걸음질 쳤다. 그러면서 반쯤 열렸던 문을 다시 닫았다. 그와 동시에 휘익, 하종화의 몸이 급격하게 돌더니 그의 굳은 주먹이 내 코앞에 멈추었다. 빨랐다. 놀란 형수가 움찔하는 것이 보였다. 하종화는 내가 했던 말 그대로 입술을 움직이고 있었다.

"봐준 거다."

17.

나 역시 흠칫한 하종화의 주먹이었다. 한쪽 다리를 들고 있었기 때문에 그대로 꽂았으면 틀림없이 맞았을 것이다. 하종화는 그런 날 보며 쓴웃음을 지으며 조용히 주먹을 거두었다. 나 역시 들어 올린 다리를 내려놓았다.

"애송이, 지금 너와 내가 싸울 수 없는 이유를 가르쳐주겠다."

하종화는 날 보며 무게를 잡고 입을 열었다.

"첫째, 네가 날 이긴다 쳐도 넌 이곳을 빠져나가기 힘들 것이다. 무언가 일이 틀어졌다 싶으면 조금 전 봤던 녀석들이 널 난도질할 테니까. 둘째, 네가 나한테 여기서 지면 살아 나갈 수가 없다. 셋째, 두 가지 상황 모두 영업에 방해되는 사항이야. 따라서 내가 너하고 유치하게 주먹질이나 하고 있을 수는 없어."

"……."

"잘 들어라. 구인철은 직접 운영하는 영업장이 없다. 유흥업소의 이권에 개입하여 그 보호비를 받아먹는 것이고 하부 조직원들의 세금으로 버티고 있는 중견 조직이야. 하지만 이 나이트는 우리가 직접 관청에 소득을 신고하고 세금을 내는 우리거야. 건물도 우리 돈으로 올렸고 정당하게 세금도 낸다. 단순히 이권에 개입하고 있는 게 아냐. 바로 우리 거야. 난 우리의 장사를 망치고 싶지는 않거든."

하종화는 특이한 녀석이었다. 어쩐지 밉지가 않았다. 나는 어깨가 움직일 정도로 크게 심호흡을 했다.

"그렇다면,"

나는 훌렁 윗도리를 벗어 던졌다.

"더더욱 나와 붙어야 할걸? 내가 이대로 얌전하게 돌아가리라 생각해? 영업 방해는 마찬가지다."

"멍청한 놈, 자비를 베풀 때 사라져라. 네 실력으로는 무모한 도전이다."

아무래도 하종화는 날 너무 낮게 보고 있는 것 같았다. 내가 움직이는 걸 이미 보았던 녀석인데도 내 앞에서 배짱을 부리고 있었다. 천하에 누가 감히 나를. 한번 보여줘야겠다.

획! 나는 아무 말 없이 제자리에서 폴짝 뛰어올랐다. 하종화는 이게 갑자기 뭐 하는 짓인가, 하는 표정으로 나를 보고 있었다. 휘익. 내 몸이 한 번 떴다가 다시 바닥으로 떨어지려는 찰나 나는 공중을 한 번 더 박차고 올랐다. 하종화의 멈칫하는 모습이 눈에 들어왔다. 바로 그 순간이었다. 나는 그대로 몸을 돌려 발로 허공을 갈랐다. 쾅! 내 발은 하종화의 머리 위를 지나 뒷문에 박혀버렸다. 나무로 된 문이 금방이라도 쪼개질 듯 균열이 생겼다. 하종화가 놀란 표정으로 바닥에 조용히 내려 선 나를 바라보았다.

"이 좁은 공간에서 그렇게 몸을 돌리는 사람은 거의 없다."

하종화가 중얼거리듯 말했다.

"건방은 집어치워, 하종화. 오늘 나 혼자 이 나이트클럽을 폭파할 수도 있어."

나는 이를 앙다물며 눈을 조용히 치떴다. 이것은 하종화에 대한 첫 번째 경고였다.

"혼자서 말인가?"

"물론이다."

하종화는 고개를 저었다.

"내가 졌다. 그러니 조용히 돌아가라."

"그런 걸로는 안 돼. 나태식의 손발을 묶기 위해선 너를 확실히 제거해야 하거든."

"스스로 손이라도 끊을까?"

하종화는 품에서 단도를 꺼내 들었다. 이 녀석 칼잡이였나? 하지만 들고 있는 칼의 생김새로 보아 칼잡이 같지는 않았다. 저런 단도는 실전에서 주먹보다 못하다.

"그런 걸로 어떻게 손을 끊는다는 거야?"

하종화는 말없이 자신의 왼손을 활짝 펼쳐 탁자 위에 올려놓았다. 그리고는 단도를 수직으로 세웠다. 금방이라도 내려 찌를 기세였다. 하지만 나는 당황하지 않았다. 싸우지도 않았는데 갑자기 이러는 게 이해가 되지 않았다.

"손을 잘라주면 이대로 가겠는가?"

나는 고개를 끄덕였다. 바로 그 순간이었다. 하종화는 더 이상 볼 것도 없다는 듯 힘차게 오른손에 든 칼을 왼손 손등에 내리꽂았다.

정말로 그럴 줄은 몰랐기에 나는 내심 놀랐다.

"그만둬!"

나는 하종화의 오른손을 쳐내며 칼을 뺏어 들었다.

"나태식이 이 정도의 가치가 있나?"

하종화는 아무런 말없이 나를 노려보고 있을 뿐이었다. 대단한 기개다. 싸운다면 지지 않을 자신은 있었지만, 이 사나이의 기개는 분명 감탄스러운 것이었다.

"이렇게까지 할 만큼 나태식이 가치가 있는가?"

"물론이다. 난 오직 처음의 주인을 섬길 뿐이니까."

"나하고 싸워보지도 않고 이게 무슨 짓이야?"

"처음부터 싸울 생각이 없었다, 애송이. 너 같은 애송이는 그
저 싸울 생각만 해서 탈이지. 내 뜻을 네까짓 게 어떻게 알겠
나? 난 분명히 네놈에게 내 손을 줄 용의가 있었다. 하지만 네
가 막아서 이렇게 되었으니 내 책임은 아니다. 물러간다는 약
속을 지켜라."

생각지도 않았던 일이었다. 어째서 이런 꼴이 된 거야? 형수
가 가만히 내 어깨를 짚었다. 무슨 뜻을 가진 눈빛인지 모르겠
다. 나는 형수의 손을 떼어 내고 거드름을 피우며 하종화 앞에
섰다.

"까고 있네."

"뭐, 뭐?"

"누가 약속을 했다는 거야? 이 미친놈아."

"뭐라고?"

하종화의 눈썹이 꿈틀거렸다.

"끝내 전쟁을 일으키자는 거야?"

나는 대답 대신 뺏은 칼을 하종화의 발밑에 던졌다.

"왜 그렇게 몸을 사리는지 모르겠지만 재미없군. 만화나 영
화 보면 서로 싸우기 바쁜데 말이야. 조폭치고는 너무 무게를
잡는 거 아닌가?"

"홋."

"그 손은 내 손이다."

"뭐라고?"

"네 몸에 붙어 있는 왼손은 내 것이다. 하지만 지금은 받지

않겠다. 가자, 형수야."

하종화. 내 것으로 만들고 싶었다. 지금은 왼손 한쪽이지만 곧 너의 모든 것을 내 것으로 만들겠다. 내가 방의 문을 열고 나오자 조금 전 보았던 빡빡머리가 방 안을 확인하러 들어갔다. 어찌 된 일인지 조용했다. 적어도 복수한답시고 우르르 몰려들어 날 쳐야 마땅하지 않을까. 아무튼, 이쪽 녀석들은 이해가 되지 않는다.

금방 달구어지고 쉽게 싸움을 거는 양아치들이 내 취향에 맞는 것일지도 모르겠다. 이렇게 무거운 녀석들은 재미없다.

"그렇게 되었다고?"

여왕벌에서 자초지종을 들은 인범은 연신 고개를 갸웃거렸다.

"이거 잘하면 하종화가 네 밑으로 굴러들어 오겠는데?"

"무슨 소리야?"

"나태식 밑에 하종화가 있기 때문에 문제가 있었던 거야. 하지만 한쪽 손을 못 쓰는 상태라면 나태식을 무서워할 사람은 없어."

"하종화가 그렇게 대단해? 그런데 왜 나하고 싸우지 않았던 거야?"

"대단하지. 넌 모르겠지만, 거기서 싸우면 모두에게 안 좋아."

"어째서?"

"하종화는 이유야 어찌 되었건 남의 업소에서 부장을 맡고 있으니까. 들어간 지 얼마 되지도 않았는데 자기 때문에 시끄러워진다면 면목이 없지. 거기다 그쪽은 검경 쪽에도 눈치를 봐야 하거든. 지금 일을 만드는 것보단 조용히 힘을 키울 거야."

"그런데 절로 굴러들어 오다니 그건 또 무슨 소리야?"

"네가 봄의 하우스에서 쓰러뜨린 수십 명보다 하종화 한 명이 더 무서운 존재라고. 그런데 그 녀석이 그렇게 되었으니 나태식은 기반이 없어. 완전히 그 세계에서 쫓아낼 좋은 기회라고. 그렇게 되면 갈 곳 없어지는 하종화는 너한테로 오지 않을까?"

"도대체 뭐가 이렇게 복잡한지. 학교처럼 쉬웠으면 좋겠군. 그런데 하종화는 어떻게 싸우는 녀석이야? 무게는 꽤 잡던데."

"오른손에 단도, 왼손에 장도를 들고 싸우는 칼잡이야. 장도라고 해봐야 사시미보다 약간 긴 정도지만."

"특이하군. 오른손에 단도라니."

"하종화는 왼손잡이거든."

"뭐?"

왼손잡이? 왼손잡이인 하종화가 왼손을 끊어내려 했다. 그리고 그 이전에 내 얼굴에 박아 넣으려는 주먹은 분명 오른손 주먹이었다. 그것만으로도 나와 형수는 충분히 위협을 받았었다.

"이거 장난이 아닌 녀석이잖아?"

아무런 정보도 없이 싸웠다면 내가 당했을지도 모른다고 생각하니 묘하게 흥분되었다. 그 정도의 실력자란 말인가. 정말 아깝잖아, 그냥 지나친 것이.

"참, 정우야,"

"응?"

"너 이세진 소식 못 들었지?"

"이세진?"

"어."

"그날 이후로 소식 없다."

"기소라한테서 전화가 왔었어."

"언제 걔들은 친해진 거야? 과도 다르면서."

"같이 붙잡혀 있으면서겠지? 문제는 이세진의 행방이 묘연하다는 거야."

"나더러 어쩌라는 거야? 상관없어."

"아니, 그냥."

그런 소리는 안 듣는 게 낫다. 그게 뭐 어쨌다는 거야? 인범도 입을 다물었다.

지루한 일상이 흘러가고 있었다. 나는 여왕벌을 거점으로 내게 할당된 구역의 업소들을 돌아다니며 보호비를 걷는 일 외엔 아무런 일도 하지 않았다. 특별히 구인철에게 따로 지시가 있지도 않았다. 원래 이 세계가 이렇게 따분한 곳이었던가. 최 마담도 나타나지 않아 여왕벌의 인수 작업은 더디기만 했고 하종화 측에서도 어떤 소식이 들려오지 않았다. 지겹다. 뭔가 일이 터졌으면 좋겠다.

18.

"여보세요?"

그렇게 한참을 빈둥거리며 시간을 보내던 중이었다. 1년 내
에 구인철의 세력을 세 배로 확장해준다고 큰소리를 친 것도
민망해질 무렵, 사무실이랍시고 예전에 하우스로 쓰던 건물에
박혀 있던 나에게 한 통의 전화가 걸려 왔다.

"저기,"

이 목소리?

"나 소란데……."

"소라? 할 말 없으니까 끊어."

이제 학교 쪽 애들은 신경 쓰고 싶지 않았다. 하지만 소라의
목소리는 다급했다.

"저기, 혹시……."

"뭐야?"

"세진이 소식 없어?"

"어떻게 되든지 말든지 무슨 상관이야?"

"선영이가 집에 돌아왔는데 걔 몰골이 말이 아냐. 세진이한
테도 무슨 일 있었을 것 같은데."

"선영이? 걔도 잡혔었나?"

"그, 그래."

"그게 뭐 어쨌다는 거야?"

"순전히 너하고 알고 지냈다는 이유만으로 우리 모두 해코

지당했어. 넌 너 때문에 우리가 이렇게 곤란을 당하고 사는데 걱정도 안 돼?"

소라는 울먹이고 있었다.

"전부 너 때문이야. 전부 너 때문이라고."

"세진이하고 너하고 같이 있었던 거 아냐?"

"네 친구들이 데리고 간 건 나뿐이란 말이야. 난 세진이도 나중에 나온 줄 알았어. 그런데 아직도 아무런 소식이 없다고! 열흘이나 지났단 말이야!"

"왜 나한테 성질이야? 난 모르는 일이야!"

난 화를 내며 전화를 끊었다. 불같이 다시 전화벨이 울렸다.

"이정우!"

"야, 소리치지 말고 내 말 들어. 다 제 팔자대로 사는 거니까 나한테 악쓰지 마."

"찾아줘, 제발."

소라의 흐느낌이 내 귀에 생생하게 전해지고 있었다.

"네가 아니면 안 돼. 제발 찾아줘. 걱정돼서 죽겠단 말이야."

"그럼 죽어."

나는 심드렁하게 내뱉었다. 그러자 소라의 찢어지는 외침이 휴대폰 너머로 터지고 있었다.

"제발! 제발! 좀! 좀! 그렇게 말하지 마! 너도 선영이를 봤다면 그렇게 말 못 해. 네가 뭘 알아? 너 때문에 이렇게 된 거잖아!"

소라는 이제 악을 쓰고 있었다. 나는 짜는 소리가 듣기 싫어서 휴대폰 전원을 꺼버렸다.

"항상 그런 식이에요?"

흠칫하며 고개를 돌려 보니 심영주였다.

"뭐야?"

"자기밖에 모르는 사람이네요."

심영주는 담배를 입에 문 채 팔짱을 끼고 나를 한심하다는 듯 내려다보고 있었다.

"뭐야? 여긴 뭐 하러 왔어?"

"매일 오는 데인데 새삼스럽게 왜요? 그런데 가만히 생각해 보니까 기분 나쁘네?"

"기분?"

"나보다 나이가 어린 것 같은데 꼬박꼬박 존대 들으면서 나한테는 반말이네."

보아하니 혀가 살짝 꼬인 것이 낮술을 들이켠 모양이었다. 이런 데로 빠지기 전엔 어떠했는지 몰라도 지금 이 모습은 영락없이 술집 작부였다.

"억울하면 말 놓든가."

"아유, 그랬다간 사장님 동생들한테 맞아 죽지. 깔깔. 나 취직도 못 시키는 사장님."

"나 참."

"눈에 힘 좀 빼시죠? 하나도 안 멋있으니까. 당신, 잘난 척하는 거 정말 밥맛이야."

만약 인범이 이때 들어오지 않았다면 심영주는 나에게 삿대질을 했을지도 몰랐다.

"뭐야? 심영주. 너 여기 왜 있어? 빨리 나가."

인범은 들어오자마자 심영주의 등을 밀었다. 그 큰 몸으로 툭툭 밀다 보니 술에 취한 심영주는 당장에라도 바닥에 엎어질 듯 비틀거렸다.

"알았어, 알았어. 밀지 마. 아, 씨."

만취한 여자를 보는 것도 웃기는 일이었다. 인범은 심영주를 완전히 밀어내고 문을 닫았다.

"쟤 왜 저러냐?"

"내가 알겠냐?"

"츱."

인범은 혀를 찼다.

"최 마담하고 연락됐어."

"최 마담? 구인철 쪽에서 해결해주기로 했잖아?"

"그랬었는데 어떻게 나한테 연락이 왔네?"

"뭐라고 했어?"

"여왕벌 빨리 내놓지 않으면 세진이 가만 안 두겠다는데?"

"뭐?"

나는 인상을 찌푸렸다. 갑자기 웬 세진이란 말인가.

"장춘석이하고 아직 붙어 있는 모양이야. 장춘석이 라인을 대서 건달을 끌어들인 거 같아."

"라인?"

"말하자면 용병이야. 보도 같은 거지. 장춘석 쪽이 조직은 아니라서, 돈을 주고 애들을 고용한 모양이야. 그런 놈들은 어디에도 소속되어 있지 않아. 돈에 따라 움직여."

"그래서?"

"여하튼 지금 장춘석하고 최 마담하고 서로 죽이 맞아서 우리릴 협박하고 있어."

"세진이 내세워서?"

"법적으로 고소할 거라고도 하던데, 하여튼 나중에는 순순히 여왕벌 내놓으면 세진이를 돌려주겠다고……."

더 들을 것도 없었다. 나는 손을 내저었다.

"그냥 구인철한테 파는 게 나을 텐데?"

"나도 그렇게 얘기했어. 어차피 여왕벌에서 다시 장사할 수도 없을 거고 우리한테 팔라고. 그런데 가격이 마음에 안 들었나 봐. 하긴 지 입장에서야 억울하지. 매물로 내놓은 적도 없는데 일방적으로 헐값에 팔라고 하니까."

"훗, 그래서 어쩌자는 거야?"

인범은 의미를 알 수 없는 미소를 지었다.

"그건 네가 결재해야지. 어떻게 할 건지. 이제 지시를 내려주시지요, 사장님."

그랬다. 그 결정은 내가 내려야 했다. 나는 내 대답을 기다리는 인범을 보며 스윽 몸을 뒤로 젖히고 거만하게 눈을 내리깔았다. 그러는 내가 우스워서 웃음이 터져 나올 것 같았다.

"우리가 제시하는 값에 팔지 않으면 죽는다고 해. 그리고 세진이는 어떻게 하든 상관없다고. 나에게 결코 협박이 되지 않을 테니까 알아서 하라고 해."

"옛! 알겠습니다."

"푸하하."

"하하하."

우리는 서로 마주 보며 폭소를 터뜨렸다. 확실히 우리는 아직 어렸다. 하지만 이것만은 분명했다. 내가 한 말은 비록 장난 같았지만, 그것은 공식적으로 내린 나의 첫 지시였다.

"아, 그리고 정우야,"

"왜?"

"우리도 무슨 이름이 있어야 하지 않겠냐? 멋진 조직 이름 같은 거 말이야."

"인철파 소속이잖아?"

"에이, 구인철은 보스고 너도 하나 업소 맡은 데다 장이잖아, 장. 원래 윤재식이 사장이던 재식파가 동해파의 하부 조직이고 그런 거야. 우리도 멋지게 이름 하나 만들자고."

이름이라.

"거기다 행동 강령도 만들고. 우리도 좀 폼 나게 조직을 꾸며야 하지 않겠냐?"

행동 강령? 이것은 말 그대로 조직 폭력배가 되자는 소리였다. 법적으로 조직을 결성했다는 것 자체만으로도 처벌을 받는다는 것은 알고 있었다. 바야흐로 정말로 위법하고 불법적인 세계로 나를 안내하는 소리였다.

"좋다. 애들 다 모아라. 발대식을 하겠다."

"좋지."

드디어 내가 말로만 듣던 조직 폭력배의 수괴가 되는구나, 하는 생각이 맴돌았다. 무슨 장난처럼 즉흥적이고 우스꽝스러웠지만 분명 나는 불법적인 조직의 대장이 되어 있었다. 이때까지만 해도 나에게 일어나는 일련의 일들은 마치 장난이나 일상적인 생활의 연속처럼 느껴질 뿐이었다. 그만큼 하루하루가 무료했고 별다른 말썽도 특별한 사항도 일어나지 않고 있었다. 문제가 발생하려면 내가 먼저 쳐들어가서 싸움을 거는 수밖에 없었는데 그 첫 번째 표적이었던 하종화에게는 결과적으로 실패한 셈이었다. 따라서 우리는 매일같이 신문을 뒤지거나 오락실을 들락거리고 사우나를 즐기면서 한량 노릇을 하고 있었다. 형수는 그런 와중에 몸에 문신을 새겼고 인범은 케이블 TV 채널 돌리는 것이 하루 일과였다.

나는 혼자서 별 생각을 하다가 친구의 이름을 기린다는 의미에서 두현파라는 이름을 붙였고 열 가지 행동 강령을 마련했다. 서열 간 위계질서 확립과 절대 복종이 그 주요 내용이었다. 하종화에 대한 소식도 끊겼고 최 마담도 포기했는지 몇 번 우리를 찔러보더니 아무런 반응도 보이지 않고 있었다. 매일 구역 다툼이나 하고 싸우며 사는 줄 알았더니 세상에 이렇게 늘어지는 직업이 다 있나 싶을 정도로 평화로운 하루하루가 지나갔다. 건달이 사실은 유유자적하던 신선의 이름이라고 했던가. 그러고 보면 참으로 우리는 건달이었다.

그러던 어느 날이었다.

"사장님, 밖에 누가 찾아왔습니다."

문밖 기도를 보고 있던 망치 녀석이 내게 보고를 하러 왔다.

"뭐?"

"여자 두 명과 남자 한 명입니다. 기소라라고 하던데요?"

"기소라? 여긴 어떻게 안 거지. 데리고 와."

"예."

망치는 고개를 깊이 숙이고 나가서는 곧 소라와 지영이, 그리고 응식을 데리고 들어왔다.

"사장님, 커피로 하시겠습니까? 주스로 하시겠습니까?"

"커피."

"예."

망치는 씨름을 했던 녀석이었다. 덩치는 산만 하고 손은 살인지 근육인지 포동포동하게 부풀어 있었다. 그런 녀석이 덩치에 어울리지 않게 커피를 열심히 타와서는 조심스럽게 나와 손님들 앞에 내려놓고 있었다.

"필요하면 부를 테니까 나가."

"예."

소라와 지영은 도무지 적응이 안 되는 듯 고개를 제대로 들지 못하고 있었다.

"여긴 어떻게 알고 왔나?"

"수, 수소문해서."

"전화로는 큰소리치더니 왜 쫄고 그래?"

소라는 대답 대신 조용히 고개를 들었다.

"저, 정우야, 너 진짜 깡패 된 거야?"

"보면 모르냐?"

나한테 그렇게 큰소리치던 웅식도 어쩐지 기가 죽어 있는 것 같았다.

"찾아왔으면 말을 해야 할 거 아냐?"

나는 커피를 들이키며 소라를 재촉했다. 소라의 눈동자가 잠깐 놀란 듯 커지더니 어깨를 살짝 떨었다.

"너, 너 아닌 것 같아. 진짜 건달 같아."

"하하. 뭐가 말이야?"

"학교 다닐 때는 안 그랬는데 지금은 정말 놀고먹는 건달 같아."

놀고먹는 건달? 소라의 한마디가 가슴을 찔렀다.

"용건이나 말해."

"세진이 찾아줘."

"아직도 연락 없어?"

"없어. 너 진짜 깡패면 찾기도 쉬울 거 아냐?"

"내가 왜 걔를 찾아야 하냐? 걔가 내 애인이야?"

"세진이는 너 진짜 좋아했어!"

"걔가 날 좋아하면 나도 걔 좋아해야 해? 감정이 무슨 적선이야?"

"중요한 건 그게 아니잖아! 부탁이야. 제발, 너도 사람이면 생각을 해봐. 걔 진짜 너 좋아했던 죄밖에 없어. 왜 세진이가 그렇게 불행해야 해?"

"하! 네가 왜 그렇게 신경 쓰냐?"

"나하고 같이 있으면서 서로 무서워서 얼마나 꼭 손 붙잡고 있었던 줄 알아? 나만 빠져나왔을 때 내 마음이 얼마나 불편했는지 알아? 하루, 이틀, 사흘, 열흘이 지나도록 아무 소식이 없을 때, 그래서 내가 미대에 찾아갔을 때조차 아무런 소식을 못 들었을 때, 내 속이 얼마나 타버렸는지 알아?"

"몰라."

"어떻게……."

내 냉랭한 대답에 소라는 주르륵 눈물을 흘리고야 말았다.

"너 정말 못됐어. 말 그렇게 하지 마. 선영이는 살아 돌아오기라도 했어. 매일 죽겠다고 난리를 치지만 살아서는 왔어. 하지만 세진이는 살았는지 죽었는지도 모른단 말이야. 그런 세진이한테 너 말 함부로 하지 마."

"거, 참. 무슨 말 하는지 알았으니까 가."

"부탁이야. 찾아줘."

"가라고."

"부탁이야."

소라의 눈물이 앞에 놓인 커피 잔 속으로 떨어졌다. 소라는 촉촉이 젖은 눈으로 나를 애원하듯 바라보았다.

"세진이가 나한테 뭐라고 했는지 알아? 네 신부가 되고 싶다고 했어. 그냥 네 신부가 되고 싶다고 했다고. 너무 무서우니까, 서로 의지할 사람이 없으니까 속에 있는 말 다 하게 되더라."

"야야, 짜증난다. 쫓아내기 전에 나가라."

"너에 대한 말 다 들었어. 네 친구도 너 지키려다 죽었다며?

너 가르치던 교생 선생님도 너 때문에 죽었다며?"

고개를 숙인 채 가만히 듣고만 있던 지영이 그 소리에 고개를 들었다. 소라는 절규하듯이 소리치고 있었다.

"도대체 몇 명이나 죽일 거야? 너 때문에 몇 명이나 죽어야해? 너 하나 때문에 몇 명이나 희생해야 하니!"

"야!"

나는 순간 화가 머리끝까지 치솟아 앞에 놓여 있던 커피 잔을 사정없이 소라에게 집어 던졌다. 커피 잔은 소라의 옆을 스치며 뒷벽에 부딪혀 부서졌다. 쨍그랑!

"무슨 일이십니까?"

망치가 커피 잔이 깨지는 소리에 후다닥 들이닥쳤다.

"이것들 다 쫓아내. 얼른!"

"예!"

망치와 다른 녀석들 몇 명이 사무실로 들어와 아이들을 끌어냈다. 생각만큼 저항하지는 않았다.

"정우야, 부탁이야."

소라가 다시 말했다.

"빨리 끌어내!"

내 화는 폭발했다. 잊고 있었다. 정말로 잊고 있었다. 그것을 소라가 일깨워주었다. 내 주위에서 맴도는 사람들의 희생.

"인범아,"

소란이 가라앉았을 즈음 나는 인범을 불렀다.

"응?"

"쟤네들 여기 어떻게 안 거야?"

"글쎄?"

"여왕벌 안 넘긴다면 세진이 가만 안 둔다고 최 마담이 그랬다고?"

"응, 하지만 최 마담과 장춘석이 어디에 짱 박혀 있는지는 모르겠어."

"앉아서 당해야 한다는 소리잖아? 열린 라인도 없어?"

"연락은 되지."

"직접 만나서 담판 짓자고 해."

"너하고? 어디서 만나자고 하려고?"

"지네들 좋다는 장소 잡으라고 해."

"그건 위험해. 이젠 너 몸조심해야 해. 막말로 너 유인해서 잡아버리면 어떡하려고 그래?"

"시키는 대로 해라. 내가 장이다."

인범은 한동안 가만히 있더니 결국 고개를 끄덕였다. 무료했던 시간은 이렇게 날아가고 있었다.

19.

나는 이틀 후 형수와 함께 둘이서 장춘석이 제시한 장소로 담판을 지으러 갔다. 그곳은 일명 '꽃마차'라 불리는 유흥업소 뒤에 붙어 있는 하우스였다. 말하자면 도박을 위한 공간이었고 겉으로 보기엔 멀쩡한 단독주택이었으나 안에 들어가 보니 그 야말로 희한한 곳이었다.

보통의 아파트 같은 구조에 방이 다섯 개 있었고 나는 그중 포커 방으로 쓰인다는 안방으로 들어갔다. 안방에는 가구도 없 었고 가운데에 포커 칠 때 쓰이는 테이블이 놓여 있었다. 나는 방문 앞에 놓인 슬리퍼를 신고 테이블에 앉았다. 형수가 그런 내 곁에 조용히 섰다. 내 맞은편에는 최 마담과 장춘석이 앉았 고 그 뒤로 주먹패들 10여 명이 쭉 늘어섰다. 방 밖에도 열 명 남짓의 주먹패들이 살벌한 기운을 풍기고 있었다.

"둘이서 왔나?"

장춘석은 금니를 번득이며 내게 말했다. 나이는 오십쯤 되었 을까. 약간 머리가 벗겨지고 얼굴에 주름이 많았다. 하지만 호 리호리한 얼굴에 뾰족하게 솟은 턱은 그의 심술을 말해주는 듯 했다. 그의 옆에선 최 마담이 잔뜩 아니꼬운 눈으로 나를 보며 껌을 딱딱 씹어대고 있었다.

"둘뿐이다."

"그럼 협상해볼까?"

"뭐야?"

"우선 그쪽부터 들어보지. 레이스를 할지, 다운을 할지, 콜을 할지는 듣고 말하지. 거기부터 얘기해봐."

장춘석은 씩 웃더니 품에서 담배를 빼내 물며 불을 붙였다.

"여왕벌을 우리한테 팔아라."

일부러 세진에 대한 얘기는 뺐다.

"흠, 금액은?"

"5천만 원."

"하하. 이거야, 원. 날로 먹겠다는 거로군."

장춘석은 정말 우습다는 듯 크게 웃었다. 최 마담 역시 나를 경멸하는 듯, 멸시하는 듯 묘한 인상을 그리며 비웃고 있었다.

"서울에 있는 단란주점이 아무려면 5천밖에 안 해? 착각하고 있나 본데 히든은 내가 가지고 있어."

"히든?"

"이세진!"

"관심 없어."

"전화를 잘못 들었나? 김인범이 이세진을 걸고 협상하던데?"

"녀석이 얘기를 잘못 한 거다."

"흠."

장춘석은 팔짱을 끼며 무언가 곰곰이 생각에 잠겼다.

"어디 그럼 네 진심을 알아보게 레이스를 해볼까? 다운해야 할 것 같지는 않은데 말이야."

그러면서 장춘석은 포켓에서 작은 상자를 꺼내 들었다. 탁! 그것을 내려놓는 장춘석의 입가에 의미를 알 수 없는 미소가 배어 있었다. 장춘석은 기묘한 손놀림으로 한 손으로 상자의 뚜껑을 열었다. 하얀 솜 위에 얌전하게 놓여 있는 건 분명 사람의 손가락이었다.

"이세진의 새끼손가락이다."

나는 꿀꺽 침을 삼켰다. 하지만 나는 아무렇지도 않다는 모습을 보여야 할 필요가 있었다.

"그래서?"

"정말로 이세진에 관심이 없다면 목을 잘라주겠다."

"그게 협박이 된다고 생각해?"

"훗훗, 어쨌든 5천에 여왕벌을 꿀꺽하려면 차액은 그 계집애의 목숨으로 하지. 섬에다 팔아버릴 수도 있지만, 밑이 너무 헐어서 값도 안 나오겠고."

꿈틀. 나도 모르게 어깨가 움찔거렸다. 하지만 장춘석은 그런 나를 놀리려고 작정한 것 같았다.

"놀랐나? 나태식이 여자 세 명을 잡아 와서 둘은 지네가 맡고 한 명은 나한테 맡기더군. 그런데 새빵한 계집애가 울고불고 지랄지랄을 하는데 이거 진짜 재밌더군. 홀딱 벗겨놓고 돌아가면서 매일 돌림빵을 놓았지. 그랬더니 글쎄, 밑이 헐어버리는 거야. 별짓도 안 했는데 말이야."

주먹이 절로 쥐어졌다. 하지만 나는 가슴속으로 꾹꾹 화를 삼키고 있었다. 장춘석이 나를 도발하려고 일부러 이러는 것일지도 몰랐다.

"사실 그 돈에 여왕벌을 넘길 수도 있어. 그년 강간 때리면서 동영상 촬영 다 해놨거든. 한국 포르노 웹하드에 올리면 그럭저럭 차액이 보전될 것 같아서 말이야."

말문이 막히고 있었다. 장춘석의 능글거리는 말이 나를 분노하게 하고 있었다.

"어때, 이정우? 어떻게 하든 우리는 손해 볼 거 없어. 어쨌든 여기서 우리 쪽 조건을 제시하지. 여왕벌은 우리가 계속 우리가 하우스로 쓰겠다. 하지만 굳이 팔라고 한다면 현실적인 금액을 책정해야겠지? 최소한 3억 5천이다. 여기서 단 한 푼도 깎을 수 없다. 위 두 가지만 들어준다면 세진이란 아가씨를 풀어주지. 나태식이 붙잡고 있던 한 여학생은 하종화가 돌려준 것 같으니까 나도 거기에 호응할 수 있어."

하종화? 선영을 보낸 것이 하종화였나. 장춘석은 말을 이었다.

"하지만 거절하고 5천에 팔라고 우리를 강요한다면 그 차액을 우리 방식으로 보전하겠다. 찍어놓은 동영상이 CD로 20개가 넘어. 모두 HD 영상이지. 그걸 잘 편집하면 일곱 편 정도 나올걸? 평범한 여대생에다 마스크도 좋고 연예인보다야 못하겠지만 제법 값이 크게 나올 거야. 뭐, 그래도 차액이 안 나오면 통나무 작업을 해버리든가."

"통나무?"

"설마 뭔지 모르는 것은 아니겠지? 장기 빼서 파는 거다. 양쪽에 두 개 달렸으니까 콩팥만 팔아도 상당하겠는데?"

"그럼 죽잖아?"

"당연하지."

"이런 개새끼가 진짜!"

꽝! 나는 더 이상 들어주지 못하고 주먹으로 테이블을 치며 와락 일어섰다. 장춘석의 뒤에 있던 주먹들이 험상궂은 표정을 지으며 흉기를 빼내 들었다.

"이정우, 선택해. 여긴 내 아지트고 넌 포위됐어. 억울하면 사람 목숨 하나 살리시지?"

심장이 타들어가고 있었다.

"이딴 식으로 나오면 강제로 뺏어버리겠다. 한 푼도 못 받을 줄 알아."

"하하. 다급해졌나? 네가 협박할 상황이 아닌 것 같은데? 뭐, 좋아. 그렇게 나온다면 이제 법적으로 따져볼까? 여왕벌 명의 가 누구로 되어 있더라?"

장춘석도 나를 흉내 내는 것처럼 테이블을 주먹으로 치면서 일어났다.

"네 녀석이 지금 불법으로 여왕벌을 점거하고 있다는 거 알아? 아예 법적으로 해볼까?"

장춘석의 고함이 안방을 가득 울렸다. 그러더니 다시 피식 웃으며 나를 비꼬기 시작했다.

"좋은 게 좋은 거 아닌가, 이정우?"

"형수야!"

나는 형수를 불렀다. 턱이 으스러진 녀석이라 대답은 없었지 만 나는 녀석이 반응하고 있다는 걸 알 수 있었다.

"그냥 뒤집어버릴까?"

그러자 형수의 눈빛이 느껴졌다. 장춘석은 약간 당황하는 듯 했다.

"뭐야? 정말로 해보겠다는 건가?"

"다 필요 없어, 개새끼들. 네놈들 목숨하고 거래하겠다."

"파하!"

기가 찬 모양이었다. 장춘석이 웃음을 터뜨렸다.

"알았다, 알았어. 그럼 5천에 넘기지, 뭐. 대신 이세진에 대한 소유와 결정은 우리에게 있다. 어떻게 하든 그건 우리 맘이야. 글쎄, 우린 손해 볼 것 없다니까?"

장춘석은 능글거리며 자리에 앉았다. 하지만 나는 그럴 수 없었다. 어쩐지 내가 장춘석에게 말려들고 있는 것 같았다. 고등학교 때 만났던 수많은 녀석들은 성격이 난폭해서 그렇지 그러고 보면 순수했다.

"앉아, 계약서를 내줄 테니까. 우린 준비 다 되어 있어. 서류상으로 업소가 거래되었다는 문서를 만들어야 할 것 아닌가? 참, 돈은 언제 입금할 텐가?"

와락 주먹을 쥐었다. 화가 가라앉지 않았다. 장춘석의 뒤에 늘어선 녀석들은 꺼내 든 흉기를 슬그머니 다시 집어넣고 있었다.

"계약서에 사인하고 지장만 찍으면 돼. 네 뜻이 5천이라면, 뭐, 그렇게 하지, 하하."

나는 자리에 앉았다. 장춘석이 어느새 준비한 서류를 펼쳐 내게 내보였다.

"우아, 정말 이세진에게는 관심이 없군. 내가 생각을 잘못 했나? 이세진은 자면서 매일 네 이름만 부르던데. 내가 걔 아빠면 너한테 시집 보내고 싶더라고."

"펜!"

"부모도 버릴 놈이로군. 냉정한 척하는 건가, 냉정한 건가. 여기 있다. 여기, 여기 양쪽에 서명해라. 그런데 정말 이세진이 불쌍하지도 않나?"

나는 아무런 대답도 하지 않고 계약서를 살폈다. 일금 3억 5천만 원에 여왕벌의 소유주를 최정숙에게서 구인철에게 넘긴다는 내용이었다.

"3억 5천?"

"서류상이야."

나는 몇 가지 문구를 더 살펴보다 사인을 했다.

"도장이 없을 테니 이건 지장으로 하지."

장춘석은 두 장의 계약서를 겹치고 살짝 어긋나게 한 채 자신이 먼저 도장을 찍었다. 나는 지장으로 대신했다.

"우선 한 가지 문제는 해결되었군. 이 계약서는 이 자리엔 없지만 공인중개사에 의해서 거래된 계약으로 처리될 것이다. 법적 효력이 생긴다는 거지. 자, 이건 우리만의 거래다."

그러면서 장춘석은 또 다른 계약서를 꺼내 들었다. 거기엔 이세진의 처리에 대해 간섭하지 말 것이 표기되어 있었다.

"이제 여기도 서명해."

장춘석은 다시 서명을 하라며 능글맞은 웃음을 짓고 있었다.

"한 가지,"

"뭐야?"

"여왕벌 계약은 끝난 건가?"

"공식적으로는 그렇다. 나중에 준비해야 할 서류들이 있기는 하지만 그건 애들 시키면 되는 거고."

"형수야,"

나는 장춘석의 말을 자르며 낮은 목소리로 형수를 불렀다.

"방문 잠가라."

"뭐야?"

장춘석이 이맛살을 찌푸렸다. 뒤에 늘어서 있던 10여 명의 장정들이 다시 품속에서 흉기를 빼 드는 모습이 보였다.

"이정우, 이거 야비하잖아? 벌써 계약 위반인가?"

장춘석이 아직은 여유를 부리고 있었다. 나는 대답 대신 그 자리에서 화악 뛰어올랐다.

20.

휘익! 공중에 훌쩍 뛰어올랐다 싶은 순간 장춘석의 일그러진 얼굴이 보였다. 나는 테이블 위에서 허공을 차며 장춘석의 머리를 훌쩍 뛰어넘었다. 그리고 그 순간, 뒤편에 늘어서 있던 녀석들의 머리와 어깨에 퍽퍽 발을 내리꽂았다. 따각! 빡!

"억!"

"어엇."

한 녀석은 이빨을 쏟으며, 다른 한 녀석은 어깨뼈 부러지는 소리를 내며 바닥으로 주저앉았다. 다른 녀석들이 품 안에 넣었던 흉기를 다시 빼내며 경계 자세를 취했다. 하지만 놀란 얼굴로 흉기를 쉭쉭 내지르기만 할 뿐 섣불리 달려들지는 못하고 있었다.

"장춘석!"

"뭐, 뭐야?"

장춘석도 눈앞에서 그런 모습을 보자 당황한 것 같았다.

"나를 막을 셈인가?"

"이, 이런 개자식이."

"여왕벌 협상은 끝났다. 더불어 이세진에 대한 보유권도 내가 가지겠다."

"이런 식으로 나오면 너만 개밥 된다. 그거 아냐?"

"몰라."

"이런! 죽여라!"

장춘석은 발악하듯 외치며 늘어선 녀석들에게 명령을 내렸다. 하지만 놈들은 역시 내게 쉽게 접근하지 못하고 있었다.

그와 동시였다. 나는 벽을 발로 차며 공중으로 몸을 띄웠다. 빙글 돌아간 내 몸에서 뻗어 나온 주먹이 가까이에 있는 녀석의 안면을 박살내고 있었다. 뻑!

"크핫!"

녀석은 이상한 소리를 지르고는 땅바닥에 처박히며 뒹굴었다.

"뭐야?"

다른 녀석들의 눈동자가 휘둥그레지고 있었다. 나는 곧바로 몸을 돌려 발로 한 녀석의 손목을 차 흉기를 떨어뜨리고 이어 공중으로 뛰어올라 녀석의 빗장뼈를 으스러뜨렸다.

뚝!

"아앗!"

"컥!"

"아직 안 끝났다."

쉬익, 쉬익. 내 주먹과 발에서 바람 소리가 났다.

꽝! 꽝꽝꽝!

"이건!"

장춘석이 비명 같은 발악을 내질렀을 때 이미 방바닥에는 여덟 명이 누워서 신음하며 꿈틀거리고 있었다. 모든 것이 눈 깜짝할 새에 일어난 일이었다.

"마, 말도 안 돼. 이런 좁은 공간에서……."

장춘석의 입술이 부르르 떨렸다. 나는 장춘석의 목을 턱, 하고 손으로 잡았다.

"이대로 눌러서 죽여버릴 수도 있다."

"위, 원하는 게 뭐야?"

"이세진 데리고 와."

"여왕벌은?"

"5천."

"이건 말도 안 돼. 너 정말 이러다가 제 무덤 팔 거다. 지금 네가 눕힌 애들 이상환 애들이야. 주위에 적만 만들게 될 거다."

"이상환이 누군지 나는 모른다."

"네가 아무리 날고 기어 봤자다. 너 같이 혼자 잘나서 설치는 놈들은 반드시 끝이 안 좋더군."

나는 손가락에 힘을 주었다. 장춘석의 목에 내 손이 움푹 들어갔다.

"끄으윽."

"내 뜻대로 해라."

"이세진 여기 없어."

"나는 웬만하면 큰 문제 일으키고 싶지 않은 사람이야. 데리고 와."

"여기 없다니까! 컥!"

내 손가락에 더 힘이 들어갔다. 장춘석은 나를 노려보며 안간힘을 쓰고 있었다.

"끄으으으으."

"데리고 와."

"여, 여왕벌로 보내주겠다."

"데리고 와."

"야, 이 새끼야! 여기 없단 말이야! 여왕벌로 보내주겠다니까! 일단 이거 놔봐. 전화로 연락해야 할 거 아냐!"

장춘석은 이제 온몸을 비비 꼬고 있었다. 고통으로 이마에선 땀이 한가득 흘러내렸다. 나는 손을 놓았다.

"후아."

긴장을 얼마나 했던 것일까? 장춘석은 내 손이 풀리자마자 온몸의 기운이 빠져나가는 모양이었다.

"전화해."

"알았어, 알았다고."

장춘석은 최 마담을 흘낏 보더니 다시 나를 바라보았다. 그리고는 크게 숨을 쉬며 심호흡을 골라내었다.

"여보세요? 나다. 지금 보내라. 내가 알아서 했으니까 작업하지 말고 그냥 보내. 참, 옷은 제대로 입혀서."

장춘석은 그렇게만 말하고 전화를 끊었다.

"여왕벌로 돌아가면 아마 도착해 있을 거다."

"믿을 수가 없잖아?"

"어떡하자는 거야?"

"이쪽으로 불러."

"그건 안 돼."

"왜?"

"시스템상 안 되게 되어 있어. 복잡하단 말이야."

"그럼 내가 널 어떻게 믿나?"

"……."

"테이프나 USB 가져와."

"뭐라고?"

"이세진 찍어놓은 동영상 가져오라고."

"……."

"머리 굴리지 말고 빨리 가져와!"

내가 버럭 고함을 치자 장춘석은 어깨를 움찔거렸다.

"최, 최 마담……."

최 마담은 입술을 깨물며 자리에서 일어났다.

"가지고 올 테니까 기다려."

오히려 최 마담이 장춘석보다 대범한 데가 있었다. 하긴 마담은 아무나 하는 것이 아닐 것이다. 최 마담은 밖에 나가서 좀 있더니 커다란 종이 가방을 들고 왔다. 다른 엉뚱한 짓을 한 건 아닌 것 같았다.

"여기 있어."

최 마담은 종이 가방을 거꾸로 뒤집어 테이블 위에 쏟았다. CD 100여 장, 그리고 외장 하드, USB 등이 테이블 위에 우르르 쏟아져 내렸다. 20개라더니 이건 100개도 넘을 것 같았다.

"원본은? 이건 다 복사본이잖아?"

최 마담은 아무 말 없이 손으로 더미를 헤치며 작은 캠코더 테이프 10여 개를 끄집어내었다.

"이게 다야. 그러니 이만 가."

"어디다 또 숨겨놨을지 어떻게 알아?"

"못 믿겠으면 차라리 날 죽여! 짜증나게."

최 마담은 정말로 내게 신경질을 부리고 있었다. 참으로 여장부였다.

"재수 없게, 진짜. 저런 새끼하고 같이 일하는 게 아닌데."

최 마담은 장춘석을 원망하며 핸드백에서 담배를 꺼내 들었다. 이런 상황에서 담배를 피워 물다니.

최 마담은 담배를 든 손으로 내게 삿대질을 하고 있었다.

"이 새끼야, 잘난 척만 하고 남자 값도 못하는 새끼가. 5천? 먹고 떨어질 테니까 이거 들고 가라. 상판대기 보기 싫으니까."

그 누구도 내게 이렇게 말하는 사람은 없었다. 형수가 그런 최 마담을 빤히 바라보았다.

"넌 또 뭘 봐? 이 새끼야! 화류계 계집이나 깡패 새끼들이나 잘난 거 하나 없어. 왜? 네 형님한테 내가 막말하니까 배알이 꼴리냐? 눈깔에 힘 빼! 새끼야."

형수도 최 마담에게 한 방 먹고 있었다.

"빨리 나가. 보기 싫어! 나가라고!"

이제 최 마담은 나와 형수를 손으로 떠밀고 있었다. 그리고는 자신이 테이프를 손으로 쓸어 담아 종이 가방에 마구 쑤셔 넣고는 내 손에 들려주었다.

"자! 가라, 가, 이 화상들아."

우리는 최 마담의 기세에 눌리고 말았다. 내가 생각해도 이 상황이 어이가 없어서 웃음이 나왔다. 확실히 여자는 남자보다 두렵다. 내게는 말이다.

이상한 기세에 눌려 여왕벌에 돌아왔지만 인범을 대면하는 순간 뭔가 찜찜한 기분이 치솟아 올라왔다. 이세진이 아직 도착해 있지 않았다.

"뭐야? 이정우, 너 자꾸 순진하게 찾아갔다가 바보 돼서 올 거야? 다음번엔 나하고 가자."

"이세진 아직 안 왔어?"

"그런 말을 곧이곧대로 믿냐? 들고 있는 거 뭐야?"

"알 거 없어. 전량 폐기할 거야."

"바보 같은 소리 마. 뭔가 거래한 모양인데 하나만 재생해 보

자. 속임수인지도 모르잖아."

"음?"

인범의 한마디에 뒤통수에 망치가 내리꽂히는 것 같았다.

"속임수?"

"도대체 뭘 하고 온 거야? 이건 계약서고. 계약서는 제대로 모양을 갖춘 것 같은데?"

나는 별수 없이 인범에게 자초지종을 설명했다. 이야기를 다 듣고 난 인범의 표정은 한없이 굳어 있었다.

인범은 우선 아무 노트북에 외장 하드를 연결했다. 이내 노트북 모니터는 화면을 내보냈다.

"뭐야?"

"포르노는 포르노인데 미국 포르노다. 어휴, 근데 이거 언제 다 보냐? 너도 컴퓨터에 외장 하드 연결해서 좀 봐라."

인범은 4배속, 8배속으로 탐색을 하기 시작했다. 20여 분이 지나 동영상이 온전히 다 돌아갔는데도 이세진의 그림자도 보이지 않았다. 나 역시 표정이 굳었다.

"통나무 작업한댔어?"

인범은 다른 동영상 파일을 클릭하며 내게 말했다.

"어, 가격을 맞춰주지 않으면. 장기 빼면 돈이 되는 거야?"

"억도 나와."

"뭐라고?"

"장기에 따라 억이 넘는 것도 있어. 부르는 게 값이야."

"그럼?"

"내 생각엔 아무래도 이세진을 벌써 죽인 것 같다."

지금 돌아가는 동영상에는 일본 만화 포르노가 들어 있었다.

"죽였다고?"

"요즘 장기 가지고 장난치는 놈들은 거의 없는데. 법도 엄격하고, 이 세계에서도 못할 짓이란 인식이 있어서. 장춘석이 손잡았다는 사람이 이상환이라고?"

"그렇게 들었어."

"알아봐야겠다. 장기 쪽에도 손대고 있는지. 이상환이라, 원래 마약에 손대던 놈이었는데."

"마약?"

"그런 소문이 있었어. 그쪽은 워낙 점조직이라 뭐가 뭔지 아는 사람은 없어. 어쨌든, 이것도 아니네."

인범은 다시 세 번째 동영상을 클릭했다.

"됐다."

"응?"

"지금 애들 다 모아라. 다시 가야겠다."

"늦었어."

"뭐라고?"

"너 따돌리고 벌써 튀었을 거다. 구인철한테 이상환에 대해 정보 좀 알아봐 달라고 해야겠어."

"이런, 씨."

울컥 무언가가 속에서 올라왔다.

"저기, 사장님,"

그즈음에 망치가 문을 두드리며 사무실로 들어왔다.

"뭐야?"

"택배가 왔는데 좀 나와주셔야겠는데요."

"택배?"

택배? 인범과 형수도 곧 나를 뒤따라 사무실 밖 마당으로 나왔다. 택배라기보다는 누군가 놓고 간 모양이었다. 사람 키보다 더 큰 기둥 같은 것이 하얀 천에 둘러싸여 우뚝 서 있었다.

그리고 그 한가운데에는 카드가 걸려 있었는데 '정우에게'라는 글귀가 선명히 눈에 들어왔다.

나는 카드를 떼어 펼쳤다.

— 정우야, 살려줘.

짙은 갈색 글씨로 쓰여 있는 건 분명 그것이었다. 가슴이 철렁 내려앉았다.

"처, 천 벗겨봐."

"예!"

망치가 조심스럽게 천을 벗겼다. 어느새 우리 주위를 여러 명이 둘러싸고 있었다. 그중엔 심영주도 있었다.

"관이다."

하얀 천이 벗겨지자 우뚝 서 있는 것이 관이란 건 어렵지 않게 알 수 있었다. 뚜껑을 열려면 관을 바닥에 눕혀야 했다. 주위에서 웅성거리기 시작했다. 관? 망치는 낑낑거리며 세워진 관을 바닥에 쓰러뜨리고 단단히 못질이 되어 있는 관 뚜껑을 열기 위해 안간힘을 쓰고 있었다. 인범이 한심하다는 듯 망치의 뒤통수를 후려갈겼다.

"이 한심한 새끼야, 끌하고 망치 가져와. 너 말고 못질할 때 쓰는 망치."

우스운 상황이었나 보다. 주위에서 어리바리한 망치를 보며 웃음을 터뜨렸다. 하지만 나는 그럴 수 없었다. 인범은 망치가 가져다준 끌을 관 뚜껑 밑으로 쑤셔 넣고 쾅쾅 망치질하기 시작했다. 한참을 그렇게 두드린 후에야 뚜껑을 열 수 있었다. 관 속에는 누군가 누워 있었고 머리끝까지 흰 천으로 가려놓았다. 시체라는 생각이 들자 망치 때문에 웅성거리던 놈들도 이내 조용해졌다.

"정우야……."

인범이 나를 보았다. 나는 주먹을 불끈 쥐며 관 앞에 한쪽 무릎을 꿇고 손을 뻗었다. 세진일까. 흰 천을 약간 들어 올리자 심영주의 목소리가 들렸다.

"웨딩드레스."

웨딩드레스? 천 밖으로 뭔가 하얀 것이 살짝 삐져나왔다. 나는 이내 천을 완전히 걷어내었다.

"이건?"

누워 있는 사람은 금방 결혼식을 마치고 나온 것처럼 하얀 웨딩드레스를 입은 신부였다. 평온하게 두 눈을 감았고 신부 화장을 한 얼굴엔 온기가 감도는 듯 볼이 따사로웠다. 붉은 립스틱을 바른 입술은 미소를 머금은 듯했고, 드레스 입은 어깨선은 가냘프고 아름다웠다. 죽은 몸이 틀림없었지만, 너무나 예쁘고 아름다운 어여쁜 신부의 모습이었다.

'내가 걔 아빠면 너한테 시집 보내고 싶더라고.'

장춘석의 한마디가 가슴을 파고 있었다. 나는 신부의 한쪽 손을 잡았다. 결혼반지도 없는 손이었다. 그리고 새끼손가락도 없는 그런 손이었다. 그리고 차가웠다. 너무나 차갑게 식어 있었다. 하지만 나는 놓을 수가 없었다. 나는 그 손을 내 볼에 대며 가만히 신부의 이름을 불렀다.

"세진아……."

21.

"정우야,"

인범이 내 어깨를 지그시 눌렀다. 인범의 목소리가 분노로 떨리고 있다는 것이 느껴졌다.

"이건 미리 죽여 놓은 거야. 너하고 만나기 전부터 이미 죽여 놓은 거라고. 작살내자. 우리."

나는 아무 말 않고 세진의 눈꺼풀을 열어 보았다. 있어야 할 눈동자 대신 검은 고무가 들어 있었다.

"안구를 빼냈어."

"정우야,"

"다른 것도 다 뽑아냈겠지?"

"……."

"장례를 치러주어야겠다. 인범이 너는 나 대신 학교에 가서 세진이 인적 사항을 뽑아봐. 적어도 부모한테는 알려야지."

"김보영한테 알아보면 될 거야."

"김보영?"

"미용 기술 배운다는 이야기를 들은 것 같아. 장태수한테 연락하면 찾아낼 수 있을 거다."

"장태수? 아, 그런 녀석이 있었지. 그리고 전형수,"

형수는 굳은 얼굴로 나와 눈을 마주쳤다.

"내가 가지고 온 것들 이틀 내로 분석 다 해라. 힘들겠지만."

형수는 고개를 끄덕였다. 나는 세진의 손을 놓고 일어섰다. 그리고 주위를 둘러보았다.

"여기서 내가 흥분하여 치고 들어간다면 그것이 나의 약점이 될 것이다. 앞으로 날 위협하려는 녀석들은 또 다른 애들을 납치해서 날 협박하겠지."

"그냥 넘어갈 거야?"

"그렇지는 않아. 어떠한 방식으로든 날 건드리는 게 얼마나 위험한지는 알려주어야겠지. 감히 두 번 다시 나를 상대로 위협을 하지 않도록."

주위에 적막감이 감돌고 있었다. 상념에 빠져 천천히 마당을 걸었다. 적막 속에서 울리는 내 구두 발자국 소리가 무겁게 울렸다. 무거운 적막을 깨고 인범이 다시 물었다.

"그래서 어떻게 할 거란 얘기냐, 이정우?"

"김인범,"

"응?"

"일단 내가 시킨 것부터 해라. 생각을 해야겠다. 시체 치우고 다들 자기 위치로 돌아가."

나는 그렇게 말하고 몸을 돌렸다. 내 표정은 무미건조했지만, 마음속으로는 주먹으로 벽을 치고 있었다. 하지만 생각보다 돌파구가 쉽게 보이지 않았다.

다음 날.

"이게 누구야?"

나는 인범과 함께 시내에 있는 미장원을 찾았다. 그곳에서 김보영이 보조로 일하고 있었다.

"이정우? 이게 얼마만이야? 잠깐만."

보영은 전혀 어울리지 않은 미용 치마를 두르고 바쁘게 움직이고 있었다. 미용 학원에서 배운 게 있을 텐데도 아직 가위를 잡으면 안 되는 모양이었다. 그저 바삐 돌아다니면서 손님들의 머리를 감겨주는 게 일인가 싶었다. 인범이 그런 보영을 불렀다.

"오래 걸리냐?"

"그럴 것 같은데? 마치면 밤 10시쯤?"

나는 시계를 보았다. 오후 2시를 가리키고 있었다.

"원장 누구야?"

인범이 큰 목소리를 내며 카운터 쪽으로 다가갔다. 190센티가 넘는 인범이 험악한 인상을 쓰며 다가가자 카운터의 여직원은 조금 당황하는 듯했다.

"나 재하고 얘기 좀 해야겠는데 안 되겠습니까?"

입은 존댓말을 쓰고 있었지만 말투는 거의 협박이었다. 여직원이 기세에 눌려 아무런 말도 못 하자 인범은 목청을 높여 보영을 불렀다.

"야, 나와. 옆에 커피숍 가서 얘기하자."

미용실에 있는 미용사와 손님들의 눈길이 일제히 거울을 통해 인범에게 쏠렸다. 나는 아직 우물쭈물하는 보영에게 나가자는 손짓을 하며 현관을 나섰다.

"뭐야? 나 잘리는 거 보고 싶어서 그래?"

보영은 커피숍에 앉자마자 우리를 타박하며 냉큼 담배를 빼내 입에 물었다.

"천하의 김보영이 어쩌다 이렇게 됐어? 완전히 시다네, 시다."

"관둬. 내 나이가 스물 하고도 둘이다. 교복 입고 다닐 때처럼 살 순 없잖아? 아무리 개망나니도 철이 들면 달라진다던데 그 말이 맞나 보지, 뭐."

"얼굴은 왜 그래?"

"2년 전에 깨진 병 조각에 얼굴을 간 적이 있어. 지금은 많이 좋아진 거야."

"하여튼."

"야, 그런데 진짜 반갑다. 너희 뭐 하고 살아? 양복 입고 어깨에 뽕 넣고 다니는 것 보니까 평탄해 보이지는 않네?"

"쓸데없는 소리는 집어치우고, 너 이세진 알아?"

"세진이? 알아. 미술부 후배였어. 금방 학교 때려치우고 검정고시 한다고 했었지?"

"걔 죽었어."

주춤. 보영은 쑤욱 빨아들이던 담배를 놓고 나와 인범을 한참 바라보았다. 그러더니 이내 코로 연기를 내뿜고 있었다.

"죽었다고? 어떻게 죽은 거야, 사고로?"

"누가 죽였다. 칼로 몸을 다 갈라놨어."

"짜증나네."

보영은 서둘러 담배를 재떨이에 비벼 껐다.

"부모한테 연락하려고?"

"그래야지. 연락처 아냐?"

"내가 그걸 어떻게 알아? 몰라, 학교에나 알아볼 것이지. 아, 등신 같은 년, 왜 죽고 지랄이야? 뭐가 그렇게 급해서."

보영은 그렇게 말하며 다시 담뱃불을 붙였다.

"이정우, 너 때문이야?"

나는 고개만 끄덕였다.

"하여튼 팔자 하난 세. 너 때문에 사람 많이 죽네. 너 같은 팔자도 없을 거다. 굿이라도 해봐."

거침없이 지껄이는 보영이었지만 밉지는 않았다.

"세진이 부모한테는 내가 연락할게."

"모른다며?"

"모른다고 했지, 없다고 했어? 찾아보면 있겠지. 어떻게 전해줄까?"

"죽었다고."

"그렇게만 전하면 돼? 뭐 그러냐?"

"깊게 알아서 좋을 건 없잖아."

"알았어. 당신 딸 죽었으니까 그렇게 알라고 하지, 뭐. 누군지 속 뒤집히겠네. 안 믿고 전단지 붙이고 돌아다닐 게 뻔하지. 참, 정우야."

"왜?"

"정태 봤어, 나."

"정태?"

"그래, 예전에 봤던 네 부산 친구. 소년원 출신. 얼마 전에 머리 하러 왔다가 만났는데, 걔는 소년원에서 어떻게 엮여가지고 지금 조폭 됐나 보더라."

"진짜야? 연락돼?"

"연락은 안 되는데 내 얼굴 보고 자주 온다 했으니까 다음에 들를 거야. 오면 연락해줄까?"

"그래라."

"알았어."

정태. 팔자가 센 놈들은 결국 헤어져도 이렇게 소식이 닿는구나. 그래, 내 친구들이 노는 물이라야 다 거기서 거기지. 씁쓰레하면서도 반가운 이름이었다. 정태라.

"그나저나 장춘석은 어디로 튀었을까?"

미용실에 다시 들어가는 보영을 창 너머로 보며 나는 중얼거렸다. 그동안 침묵하고 있던 인범이 말했다.

"어떻게 할 거야?"

"죽일 거다."

"이상환에 대해서 알아보고 있는데 통 진전이 없네."

"어디 있는지만 파악해라."

"어디 있는지만?"

"응."

"이상환만 알아서 뭐해?"

"그냥 죽일 테니까."

"장춘석은?"

"죽는 것이 두려워 알아서 토해내도록 만들겠다."

인범은 흠칫하며 나를 돌아보았다. 내가 무엇을 말하고 있는지 인범도 깨달았다.

나는 입을 열었다.

"서울의 모든 조직을 상대로 전쟁을 벌일 거야."

"요즘은 그런 게 안 통할 텐데."

"통하게 만들어줄게. 이정우란 이름만 들어도 벌벌 떨게 만들 거야. 내 그림자만 봐도 오줌을 싸게 만들 거다."

나는 앞에 놓인 커피를 들어 올렸다.

"잘 몰라서 지금까지는 조금 헤맸다. 이제 그런 건 없어."

"결심 선 거야?"

"당연."

나는 단숨에 커피를 마셔버렸다.

이제 알겠다. 이런 놈들에겐 그저 힘으로 밀어붙이는 것밖에 없음을 말이다. 더 이상 나를 가지고 놀지 못하게 해줄 테다. 감히 내 앞에서 고개조차 들지 못하게 만들겠다.

"인범아,"

"응?"

"S 치러 가자."

나는 계산서를 들고 일어섰다.

"영업 시작하기 전에 주인을 바꿔야겠다. 하종화하고도 마무리해야겠고."

계속

비밀 1

© 오영석, 2016

초판 1쇄 인쇄일 | 2016년 4월 11일
초판 1쇄 발행일 | 2016년 4월 18일

지은이 | 오영석
펴낸이 | 정은영

펴낸곳 | (주)자음과모음
출판등록 | 2001년 11월 28일 제2001-000259호
주   소 | 04083 서울시 마포구 성지길 54
전   화 | 편집부 (02)324-2347, 경영지원부 (02)325-6047
팩   스 | 편집부 (02)324-2348, 경영지원부 (02)2648-1311
E-mail | neofiction@jamobook.com

ISBN 979-11-5740-134-5 (04810)
        979-11-5740-133-8 (set)